빛나는
말
_____

가만한
생각
_____

빛나는 말
가만한 생각

김별아 지음

조금 덜 아프고 조금 덜 외롭게
나와 함께 울어주고 내 삶을 일으켜준
위로와 희망의 문장들

예담

어떤 글은 말이다. 아무리 외쳐도 변하지 않는 세상과
변해가는 나에게 지치고 지루해졌다.
어떤 글은 생각이다. 스스로 외로우면 가만한 가운데 생각이 돋으니
그것을 받아 적으면 그만이다.
다행히 창공에는 여전히 길잡이별이 빛나고 있고,
별을 바라보며 걸을 때는 발밑의 웅덩이를 조심해야 한다는
경계 또한 잊지 않고 있다. 진실은 맞놓아도 모순되지 않는다.

2017년 가을
김별아

• 일러두기

　서울시 온라인 뉴스 『서울톡톡』에 2013년 12월부터 싣기 시작해, 미디어허브
『내 손안에 서울』에서 2016년 6월 끝맺은 130편의 연재 원고 중 100개를 추렸다.

차례

작가의 말 005
빛나는 말 가만한 생각 008
참고 도서 415

#1

인생에는 두 가지 길이 있다.
하나는 기적은 없다고 믿는 것이며,
다른 하나는 모든 게 기적이라고 믿는 것이다.

알베르트 아인슈타인

물론 아인슈타인은 과학자이므로 신비주의자는 아니었다. 그럼에도 불구하고 그는 신비를 존중했다. '진정한 예술'과 '진정한 과학'을 낳아 기르는 신비로움의 너른 품을 인정했다. 그리하여 그는 기적을 믿었다. 지극히 합리적인 방식으로, 어쩌면 종교를 앞세우는 사람들보다 더 신실하게.

여기서 말하는 기적은 사전에 기록된 '상식으로는 생각할 수 없는 기이한 일, 혹은 종교적으로 신에 의해 행해졌다고 믿어지는 불가사의한 현상'과 다르다. 눈앞의 바다가 쩍 갈라지거나, 죽은 사람이 관을 박차고 벌떡 일어나거나, 불치병이 단번에 씻은 듯이 낫거나, 미래 혹은 먼 곳의 일을 손바닥 안의 손금처럼 그려내는 일 따위가 기적이라면, 살아생전 기적 비슷한 것이라도 한 번 보는 것이 기적이다. 그렇게 빛나는 기적을 비루한 일상과 분리해 떠올리면 기적은 좀처럼 믿을 수 없는 신비가 된다.

하지만 시시풍덩하게만 느껴지던 일상을 한순간에 잃어버릴 위기에 빠졌던 사람들은 안다. 기적이라는 것이 첨탑 위에 높이 걸린 아득한 무엇이 아니라 무심히 흘려보내는 일상 속에 깔려 있었던 바로 그것이라는 사실을. 우리는 무심코 "별일 없으신가요?"라는 인사말을 건넨다. 별일이 없어야 좋은 것이다. 별일이 없다는 것이 기적이다. 위암에 걸려 위장 전부를 적출한 사람은 소금엣밥이나마 배부르게 마음껏 먹을 수 있었던 시절을 간절히 그리워한다. 폐암으로 호흡이 곤란하여 앉아서 잠들어야 하는 사람은 거친 잠자리에서나마 누워 잠들 수 있었던 때를 안타까이 떠올린다. 사랑하는 사람을 잃고서야 그에게 했던 부질없는 닦달과 덧없는 원망을 반성하고, 함께 있는 것만으로 충분했음을 몰랐던 일에 통탄한다. 인간은 어리석은 존재라서 그토록 도저한 불행에 맞닥뜨렸을 때에야 비로소 평범하게 먹고, 자고, 사랑하고…… 살아가는 것 자체가 기적이었음을 깨닫는다.

애당초 우리는 기적으로 세상에 났다. 1억 마리의 정자 중 단 하나가 기적적으로 난자를 만나 수정되었고, 세상의 다른 어떤 것이 아닌 인간으로 탄생했다. 지구라는 행성에 사는 70억 인구가 모두 낱낱이 다른 존재라는 사실도 기적이며, 그중 하나인 내가 지금 여기서 살아보겠다고 발버둥치는 것도 기적이다.

이처럼 우리 곁에 바싹 붙어 있는, 우리 안에 이미 자리한 기적을 인정하고 이해하면 하루하루의 삶이 신비해진다. 끊임없이 새로운 신비를 발견하며 놀라움으로 설레게 된다. 그리하여 그 가깝고 평범하며 끝없이 이어지는 기적에 감사하게 된다.

'감사한다'의 반대말은 '감사하지 않는다'가 아니라 '당연하게 여긴다'이다. 무언가를 누리는 일을 당연하게 여기게 되면 뻔뻔해진다. 부끄러운 줄도 모르고 더 많이 누리지 못함을 불평한다. 삶이 당연해지면 이윽고 지루해진다. 지루함을 이기기 위해 더 자극적인 오락을 찾아 헤맨다. 기적을 믿지 못하기에 기적을 모사한 '한탕'을 꿈꾼다.

기적을 믿느냐, 믿지 않느냐. 이것은 종교적 믿음과 다르다. 믿을 것이냐, 믿지 않을 것이냐. 그것은 다만 삶의 태도에 대한 문제다.

#2

삶이란 치과 의사 앞에 앉아 있을 때와 같다.
당신은 언제나 가장 심한 통증이 곧 이어지겠지, 하고 생각한다.
그러다 보면 통증은 이미 끝나 있을 것이다.

비스마르크

『서경』에서 말하는 인간의 다섯 가지 복五福은 장수, 부富, 건강, 덕을 좋아하는 삶攸好德, 그리고 아름다운 죽음考終命이다. 평범한 사람들은 덕을 쌓는 일보다 신분 상승을, 아름답게 죽기 전에 자손이 번성하기를 바라는 것으로 오복의 내용을 슬쩍 바꾸기도 했지만, 어쨌거나 건강한 치아가 오복에 끼지 못함은 분명하다.

그럼에도 튼튼한 이는 때에 따라 삶의 질을 좌우하는 결정적인 역할을 한다. 잘 살기 위해서는 잘 먹어야 한다. 먹은 것을 잘 소화시키기 위해서는 잘 씹어야 한다. 흔히 치아가 좋지 못하면 위장에도 문제가 생긴다. 게다가 신장과 요로의 결석, 대상포진과 더불어 일상에서 경험하는 가장 고통스러운 통증으로 손꼽히는 치통은 또 어떤가!

타고나길 박복하여 어려서부터 지금까지 온갖 치과 치료를 섭렵한 나로서는 건치가 축복이라는 사실에 고개를 주억거리지 않을 도리가 없다. 욱신욱신 쑤시고 찌릿찌릿 저려 꿍꿍 앓다가 마지못해 치과 문을 두드릴 때의 심정은 조금 과장해 지옥문을 밀고 들어가는 기분이다. 병원에는 은은한 클래식 음악이 흐르고 치과 의사 선생님과 간호사 언니들은 언제나 상냥하지만, 그 고문 기계 같은 의자에 눕는 순간부터 어른 아이 할 것 없이 덜덜 떨게 마련이다. 귓전에서 윙윙거리는 기계음을 들으며 턱이 빠져라 크게 입을 벌리고 내 썩은 곳을 향해 육박해올 연장(?)을 기다린다. 아, 얼마나 끔찍하게 아플 것인가?

독일 통일을 주도하며 '철혈 수상'으로 불렸던 비스마르크도 행적에 대한 찬반의 평가를 떠나 삶의 '통증'을 앓았던 인간이었나 보다. 맹견 불 마스티프를 닮은 근엄한 얼굴과 달리 감수성이 풍부하고 감상적인 성격이었다는 증언이 나오는 것을 보면 냉혹한 정치판 한가운데서 그도 어쩔 수 없이 두려웠던 때가 있었을지 모른다.

기실 공포는 예고된 무언가가 벌어지기 직전에 극대화된다. 전쟁 중일 때보다 전쟁 위기가 고조될 때, 파산하여 빈털터리가 되었을 때보다 모든 것을 잃을지도 모른다는 예감에 휩싸일 때, 인간은 더욱 큰 공포를 느낀다. 언젠가 이보다 심한 통증이 물밀어 삶이 난파해버릴지도 모른다는 두려움으로 벌벌 떨게 되는 것이다.

하지만 정녕 피할 수 없는 고통이라면, 차마 즐길 수는 없을지라도 묵묵히 참으며 가만히 응시하는 것이 그것을 견뎌내는 가장 효과적인 대처법이다. 미래에 현재를 저당 잡히기보다는 지금 이 순간, 여기에서 삶과 맞서는 것이다. 그러다 보면 세상만사의 위력적인 해결사인 시간이 우리의 등을 은근슬쩍 떠민다. 곧 이어질 가장 심한 통증에 대한 공포 때문에 견뎌내지 못할 지금의 통증은 없다. 썩은 부위를 긁어내고 때우지 않으면 환부는 점점 커져 뼈를 파고들기 마련이다.

그리고 치과는 언제나 빨리 가는 것이 돈 벌고, 덜 아프고, 그나마 간신히 남은 복의 끄트러기나마 지키는 길이다.

빛나는 말

#3

무항산자무항심無恒産者無恒心

『맹자』, 등문공 편

젊은 날 부르던 노래 중에 '돈타령'이란 것이 있었다. 판소리 「춘향가」와 「흥부가」 가운데 돈에 얽힌 이야기를 노래한 대목인 본래의 돈타령과는 상관없이, "돈, 돈, 돈, 돈에 돈돈, 악마의 금전……"으로 시작되는 구슬픈 가사의 구전민요였다. 노래 속에서 서로 사랑하던 갑돌이와 갑순이는 아마도 돈 때문에 못 살 지경에 이르렀는지 맑고 푸른 한강수에 그만 몸을 던지고 만다. 너는 죽어서 화초가 되고 나는 죽어서 벌 나비가 되어 내년 춘삼월에 다시 만나자고 약속하지만, 죽어 꽃이 되고 나비가 되어도 살아 개똥밭에서 뒹구느니만 못한 것은 자명하니 참으로 가련한 일이다.

하지만 그때 나는 등록금이며 용돈을 부모님께 받아 쓰던 철부지였던지라 무심히 읊조렸던 '악마의 금전'이라는 말이 얼마나 흉악한 뜻인지 몰랐다. 그 당시만 해도 의대보다는 '순수한' 열망으로 물리학과를 선택하는 수재들이 많았고, 국문과를 '굶는 과'라고 자조적으로 부르기는 했지만 학창 시절부터 취업을 걱정하는 친구들은 거의 없다시피 했던 나름 '낭만적'인 시절이었다.

IMF 경제 위기를 분수령으로 세상이 바뀌었다. '악마에게 영혼이라도 팔겠다는 듯 '금전'이 한국 사회 부동의 제1가치가 되어버렸다. 기실 돈이 세상을 지배하고 돈 싫어하는 사람 없는 것은 새삼스러운 일이 아니다. 동서고금을 막론하고 돈의 위력은 항시 막강했다. 다만 예전에 돈을 대하는 태도가 '위선적'이었다면 이제는 지극히 '노골적'이라는 사실이 다르다.

"부자 되세요!"가 최고의 덕담이 되었고, 도박판에서 주로 쓰이던 '대박'이라는 단어가 대단한 일과 황당한 일을 동시에 뜻하는 신조어로 등장했다. 웃기고도 슬픈 시대의 농담으로 한국의 이념은 좌나 우가 아니라 '먹고사니즘'이라고 말한다. 마침내 돈이 권력을 넘어 인격이 되고 가난은 동정받기보다 혐오스럽게 여겨지는 지경에 이르러, 다시금 '돈'의 정체를 짚어봐야 마땅할 터이다. 사랑을 속이고 삶을 파괴하는 악마인지, 그것만 있으면 모든 황홀이 펼쳐지리라는 천국의 열쇠인지.

돈을 좋아하든 싫어하든 돈 없이 살 수 있는 사람은 없다. 하지만 과연 돈은 얼마나, 무엇을 위해 필요한가? 등나라의 문공이 맹자에게 나라 다스리는 것에 대해 묻자 맹자는 백성들의 농사일을 늦추어서는 안 된다며 '금전'을 중시하는 중국인답게 대답한다.

"항산恒産이 있는 자는 항심恒心이 있을 것이요, 항산이 없는 자는 항심이 없을 것입니다."

　항산이란 항상적인 재산, 살아갈 수 있는 일정한 재산이나 생업
이다. 스스로 항산을 일구지 못하면 돈벌이에 혈안이 된 속물과 마
찬가지로 돈의 노예가 될 수밖에 없다는 것이다. 현실주의자인 맹
자는 가차 없이 묻는다.

　"나 자신이 몸 둘 곳이 없는데 어떻게 뒷사람들을 근심할 틈이
있겠는가?"

　그 항산을 일구어 지은 항심은 천한 탐욕과 다르다. 좋은 밭 천
만 이랑이 있어도 하루에 쌀 두 되를 먹고, 큰 집이 천 칸 있어도
밤에는 여덟 자 방에 눕는 이치를 잊지 않는다면, 돈은 진정한 힘
이 된다. '악마의 금전'에 삼켜질 수 없는 자존을 지키는 힘이.

　돈은 행복의 기준이 아니라, 자유의 조건이다.

#4

나는 오랫동안 황금률을 추구해왔다. 즉, 나의 일반적인 연구 결과와 상충하는 사실이 공표되거나 새로운 관찰과 사상을 접하게 되면 즉시 그것을 메모해두곤 했다. 왜냐하면 나의 경험에 비추어 볼 때, 그런 사실이나 사상은 내 주장에 찬동하는 것들보다 훨씬 잊어버리기 쉽기 때문이다.

찰스 다윈

이지적이고, 사리분별이 확실하고, 심지어는 현명한 사람들이 아주 단순한 '그것'에 무너지는 모습을 여러 번 보았다. 처음에는 무심히 외면하는 듯하다가도 결국엔 반복된 그것에 홀라당 넘어간다. 끝끝내 포커페이스를 유지해 내색하지 않더라도 이후로 그것을 바친 사람에 대한 대우는 확실히 달라진다. 그것은 바로 '아부'다. 아첨, 감언이설, 비위를 맞추기 위해 거짓을 고해바친 게 아니라 좋은 의도였음을 감안한다면 '찬사' 정도로 말할 수도 있겠다.

십여 년 전 베스트셀러 중에 『칭찬은 고래도 춤추게 한다』는 책이 있었다. 범고래에게 멋진 쇼를 하게 하려고 조련사가 칭찬과 격려를 거듭하는 '고래 반응'을 소재로 인간관계에서의 긍정적 관심과 칭찬 그리고 격려를 강조한 것이다. 그런데 그것도 제대로 된 방식으로 구체적인 내용을 가지고 해야지 안 그러면 '칭찬은 고래나 춤추게 한다'. 그저 한바탕 '쇼'를 위해!

아부는 심지어 그 말이 희번드르르한 아부라는 사실을 뻔히 아는 사람마저 흔든다. 자기 살이라도 아까워하지 않고 베어줄 것같이 턱밑에 붙어 사근사근히 입에 발린 말을 하는 사람을 차마 내치지 못한다. 날탕이든 사탕발림이든 일단은 달콤한 말이 듣기 좋은 것이다. 쓴소리와 직언은 아무리 옳은 말이라도 듣기 싫다. 그리하여 신분과 지위가 높아질수록 주변에는 아부꾼들이 늘어가고, 그는 결국 허영에 들뜨고 자기도취에 빠져 진실로부터 멀어지기 십상이다.

뉴턴, 갈릴레이와 함께 인류에 가장 큰 영향을 미친 3대 과학자로 꼽히는 다윈의 자서전 제목은 『나의 삶은 서서히 진화해왔다』이다. 제목대로 그는 평생토록 진리를 찾기 위해 은둔과 고립을 감내하며 스스로를 '진화시켰다'. 세상의 찬사에 함부로 춤추는 '쇼'를 하지 않기 위해 이 고집쟁이 과학자는 자기주장에 찬동하는 것들보다 자기와 다른, 때로 자기를 반박하는 관찰과 사상을 접하면 즉시 그것을 '메모'했다. 그 이유에 대한 고백이 참으로 솔직해 감동적이기까지 하다. 쓴소리는 달콤한 말보다 훨씬 잊어버리기 쉬운 것이니까.

기억은 인간을 인간답게 만드는 핵심 요소임에 분명하지만 한편으로 망각은 축복이다. 그중에서 기억하기 싫은 것을 기억하지 않는 동기적 망각은 큰 불행을 겪은 인간을 '그럼에도 불구하고' 살게 한다. 하지만 곱씹어 괴로운 이야기를 빨리 잊어버리고자 하는 것이 본능에 가까운 방어기제일지언정 정당한 비판과 문제 제기까지 망각 속에 흘려보낼 수는 없다. 물론 그만큼 반성과 성찰을 할 수 있는 성숙한 인간은 그리 많지 않다. 많지 않기에 더욱 귀하다.

나도 모르게 꽃노래에 취해 귀를 막고 있지 않은가 돌아보며, 시간이 흐를수록 타인에게는 관대해지고 자신에게는 더욱 엄격해질 수 있기를 기어이 소망한다.

#5

나는 세상에 내가 어떻게 비치는지 모른다.
하지만 나는 나 자신이 바닷가에서 노는 소년이라고 생각했다.
앞에는 아무것도 발견되지 않은 진리라는 거대한 대양이 펼쳐져
있고, 가끔씩 보통 것보다 더 매끈한 돌이나 더 예쁜 조개껍데기
를 찾고 즐거워하는 소년 말이다.

아이작 뉴턴, 임종 직전 자신의 일생을 회고하며 남긴 말

물리학자이자 천문학자이며 수학자이자 근대 이론과학의 선구자로
불리는 뉴턴은 그 이름 자체로 거대하다. 24세에 만유인력의 법칙
을 발견했고, 26세에 자기 방식의 반사망원경을 발명했으며, 46세
에 캠브리지 대학 대표 국회의원이 된 것을 시작으로 장관과 왕립
학회 회장을 거쳐 마침내 68세에는 영국 여왕에게 기사 작위를 받
아 아이작 뉴턴 경Sir으로 불리게 된다. 평생 독신으로 살며 결혼
생활의 범상한 즐거움은 포기했지만 이미 살아생전에 최고의 연구
자로서 부와 명예를 한껏 누렸다(물론 말년에 주식 투자의 실패로 '부'는
몽땅 날려버렸다는 뒷얘기가 있지만).

　또한 뉴턴은 그 시대 사람으로서는 대단히 장수했다. 18세기 후
반 유럽의 평균수명을 대략 35세로 추정하는 연구 결과로 미루어
보면 85세까지 살았던 그는 거의 '살아 있는 전설'이었을 것이다.
하지만 그가 세상을 떠나기 얼마 전 스스로 표현한 자신은 원로元
老나 대학자가 아닌 소년, 어리고 어리석은 채로 천방지축 좌충우
돌하는 어린아이다.

　소년은 바닷가에 서 있다. 짜고 비린 바람이 자분치를 흔들어 뺨
을 간지럽힌다. 수직으로 내리꽂히는 햇볕 아래 등이 발갛게 익어

간다. 그는 바다에 홀려 있다. 46억 년 전 생성된 바다, 지구 표면의 70퍼센트 이상을 뒤덮고 있는 바다, 그러나 아무도 못다 파헤친 비밀로 가득한 바다. 소년의 가슴이 우둔우둔 세차게 뛴다. 처음 만나 한눈에 반한 연인들처럼 소년이 바다를, 바다가 소년을 홀린 듯 바라본다. 대단한 놀이 도구나 물놀이 장비는 없다. 어쩌면 친구마저 없어도 좋다. 바다 그 자체가 거대한 놀이터이며 알뜰한 벗이다. 소년은 온종일 시간 가는 줄도 모르고 바닷가를 헤맨다. 그리고 발견한다. 수많은 돌들 사이에서 더 매끈한 돌, 어지러이 흩어진 조개껍데기들 중에서 더 예쁜 조개껍데기, 누구의 눈에도 띄지 않았던 그 보석 같은 아름다움.

새로운 것을 발견하기 위해서는, 진실에 좀 더 다가가기 위해서는, 노인이 아닌 소년으로 살아야 한다. 경험이 많은 만큼 교활해진 노인이 돌과 조개껍데기를 캐내기 위해 등의 살갗이 벗겨지는 고통을 감수할 리 없다. 오직 자신이 낯선 세계로 접어들고 있다는 사실조차 잊은 소년만이 그토록 시시하고 사소한 재미에 몰두할 수 있다.

재미와 즐거움! 그것을 제외하고 무시한다면 과학 연구뿐만 아니라 우리의 삶을 이루는 대부분의 것들은 지루한 고행에 불과하다. 여기서 분명한 것은 노인과 소년이, 노회함과 호기심이 물리적인 나이로 변별되지 않는다는 사실이다. 뉴턴은 무려 여든다섯 살을 먹은 소년이었다.

6

본성을 고치는 것보다는 습관을 고치는 것이 더 쉽다.
사실 습관을 바꾸는 것이 어려운 것도 그것이 본성을 닮은 탓이다.

아리스토텔레스, 『니코마코스 윤리학』

해가 바뀌고 달이 지난다는 건 시간을 '흐르는 것'으로 여기는 인간의 관념일 뿐일지 모르지만, 어쨌거나 사람들은 새해의 시작을 심기일전의 기회로 삼곤 한다. 이제까지 가졌던 마음가짐을 버리고 완전히 달라지는 동기가 되는 것이다. 큰맘 먹고 목표를 정하고 분주하게 계획을 세우고 주먹을 불끈 쥔다. 자, 올해부터 달라지는 거야!

미국의 한 체인형 헬스클럽이 2천여 명의 고객을 대상으로 조사한 신년 계획을 살펴보면 이같이 새삼스러운 포부와 희망은 구태여 '세계화'라는 구호 따위를 외칠 필요 없는 인지상정인 듯하다. 독서, 저축, 여행, 기부, 운동 등 지금까지 미뤄두었던 일들을 시작하거나 더 많이 하기로 마음먹고, 술, 담배, 인터넷, 텔레비전 시청, 쇼핑 등 좋지 않다는 것을 뻔히 알면서도 기어이 했던 일들을 끊거나 줄이기로 결심한다. 건전한 생활인들의 소망 혹은 목표는 국경과 연령과 성별을 뛰어넘어 눈물겹게 소박하다. 습관을 고치고 일상을 바꾸어 '새로운 나'로 거듭나겠다는 것이다.

하지만 새 달력의 첫 번째 장이 채 넘어가기도 전에 대부분의 계획은 무너지고 결심은 흐지부지된다. 어차피 여태껏 몰라서 못했던 일들이 아니다. 다만 게으름에, 눈앞의 욕망에 무릎을 꿇고 굴복하는 것이다. 슬슬 익숙한 사자성어가 입에 오르내리기 시작한다. 어차피 '작심삼일'이라니까!

본디부터 가진 성질, 본성의 막강한 힘은 어떤 계획과 소망과 결심도 간단히 꺾어버린다. 게의 새끼는 나면서부터 무어라도 집으려 하고, 참새는 방앗간에 치여 죽어도 짹 하고 죽는다고 했다. 악하거나 선하거나, 느리거나 빠르거나, 게으르거나 바지런하거나, 단순하거나 복잡하거나, 아둔하거나 약삭빠르거나…… 타고난 밑바탕은 쉽게 변하지 않는다. 아무리 잘 가리고 숨기고 극복했다고 스스로를 속여도 궁하거나 급한 처지에 놓이면 자기도 모르게 드러나는 것이 본성이다. '나'를 바꾸는 일은 '세상'을 바꾸는 것만큼이나, 어쩌면 그보다 더 어려운 일인지도 모른다.

그나마 바꾸어 고칠 수 있는 것이 습관이다. 습관은 어떤 행동을 오랫동안 되풀이하는 가운데 몸에 익고 삶에 밴다. 예를 들면 나는 아이를 낳기 전까지 '야행성 작가'였지만, 도저히 조화롭기 어려운 육아와 창작을 병행하기 위해 필사적으로 '아침형 인간'이 되었다. 온종일 앉아서 일하기 위해 기어이 걷기 운동을 습관화했다.

하지만 습관을 바꾸기까지는 익숙하여 편안했던 것들과 결별하기 위해 피나는 투쟁을 벌여야 한다. 아리스토텔레스의 예리한 지적대로 습관이라는 관성은 타고난 밑그림인 본성을 닮아 있기 때문이다.

대문으로 쫓아내면 창문으로 기어들어오는 것이 본성이라 했던가! 그렇다면 할 수 없다. 사흘을 못 견디는 나약한 마음을 사흘에 한 번씩 다잡는 궁여지책이라도 써볼 일이다. 심기일전으로 작심삼일을 또다시 도모한다. 거듭거듭 어리석어도 기신기신 이어나가는 것이 삶이다. 갈 길이 멀다.

#7

젊어서 나는 과시하기 위해 공부했고,
시간이 흐른 후에는 약간의 지혜를 얻기 위해 공부했다.
지금은 무엇을 얻기 위해서가 아니라 재미로 공부한다.

미셸 몽테뉴, 『수상록』

산책길에 동네 도서관에 들른다. 읽은 책을 반납하고 대출할 책을 고른다. 얼마 전부터 도서관 규정이 바뀌어서 2주일에 네 권으로 제한되었던 대출 권수가 여섯 권으로 늘었다. 갑자기 덤을 얻은 기분이다. 신이 나서 2층 문학예술 문헌정보실과 3층 사회과학역사 문헌정보실을 밤나무골에 들어선 다람쥐처럼 총망히 오르내린다. 서가를 가득 메운 고전 전집도 살펴보고 시집들도 뒤적이고 신간 비치대도 살핀다. 아직 읽지 못한 책, 새로 나온 책, 지난번 대출 중이라 빌리지 못했던 책…… 읽어야 할 책들이 너무도 많다. 머릿속에서 폭죽이 터지는 듯하고 가슴이 우둔우둔 방망이질한다. 아아, 행복하다!

한동안 누군가 취미를 물어오면, 나는 '배우는 일, 그 자체'라고 대답하곤 했다. 혼자 배우는 일도 좋지만 함께 배우는 일 또한 즐거웠다. 그때의 스승은 앞서 배워 가르치는 사람이기도 했지만 더불어 경쟁하고 격려하는 동학同學이기도 했다. 나는 열심히 공부하고 싶었고, 공부하려 애썼다. 하지만 몽테뉴의 말대로 젊은 날에는 '내가 안다'는 사실을 확인하고 알리려고 공부했던 측면이 없지 않다. 모른다는 사실이 부끄러웠고 결점이나 약점처럼 느껴지기도 했다. 그래서 어려운 것, 아무도 모르는 것, 누구에게나 그럴듯해 보이는 공부에 몰두했다. 조금 아는 것을 부풀리거나 지금 알고 있는 것으로 다른 것들을 재단할 때도 있었다.

그러다 공부가 조금 무르익어 타인의 시선을 의식하지 않게 될 즈음에는 앎보다 삶이 더 중요하다는 사실을 깨닫게 되었다. 어차피 모든 것을 알 수 없을 바에야 살아가는 일에 꼭 필요한 지혜를 얻고 싶었다. 어쩌면 지금도 나는 지혜를 구하는 그 분주한 길 위에 있는지도 모른다. 불교에서 말하는 십이연기十二緣起의 하나인 무명無明은 무지와 집착으로 진리를 깨치지 못하여 번뇌하는 상태다. 그 어둠으로부터 빛을 구하는 일이 진정한 공부다. 그런데 문제는 이 또한 '재미'가 없으면 못할 일이라는 사실이다. 즐거운 기분과 느낌, 소소한 행복감과 흥취가 없다면 아무리 요긴하고 중요한 일이라도 고행이 되어버릴지니.

어쩌다 글을 쓰는 사람으로 살게 되었지만 내가 본래 사랑한 일은 책 읽기였다. 문자가 발명된 후 5천 년 동안 인류가 집적한 성취가 얄따란 종이 묶음에 새겨져 손아귀에 쏙 들어올 때면, 나도 모르게 빛나는 듯했다. 저절로 지혜로워지는 듯했다. 세상을 속속들이 톺아보겠노라는 오만한 열망에 들떴다. 내게 책 읽기는 공부가 아니었다. 놀이였다. 놀이 같은 공부였다.

공부는 하면 할수록 끝없어진다. 읽어야 할 책은 늘어나고 알아야 할 이치는 많아진다. 오로지 내가 모른다는 사실만을 확인한다. 하지만 여전히 몰라서 재미있다. 새록새록 알아가는 일들이 재미난다. 때로는 당장의 쓸모를 갖지 못한 것들을 공부한다. 자랑할 것도 없고 얻을 바도 없는 일에 골몰한다. 눈앞의 빛은 아슴아슴하다. 잡힐 듯 잡히지 않는다. 하지만 끝까지 숨은 아이들을 모두 찾아내지 못해 거듭거듭 술래가 될지라도, 이 재미난 장난질을 포기하고 싶지 않다. 나는 영원한 학생으로 살고 싶다.

#8

나는 나를 주인으로 하니
나 외에 따로 주인이 없네
그러므로 마땅히 나를 다루어야 하나니
말을 다루는 장수처럼

『법구경』

『법구경』은 시詩이다. 그래서 머리로 이해하기 전에 가슴으로 느껴진다. 그렇다. 나의 주인은 오직 나뿐일지니, 나 외에 누가 주인일 수 있겠는가? 내 몸이 내 것임이 자명하고 내 정신 또한 내 것이어야 마땅하다. 하지만 이 시구가 가슴을 뻐근하고도 쓰라리게 하는 것은 때때로 그 사실을 잊은 채, 무언가의 노예처럼 살아가기 때문이다.

과거의 노예나 농노는 몸의 자유를 빼앗긴 계급이었다. 그래서 그 소유주에게 정신마저도 저당 잡혔다. 자신의 의지와 무관하게 시키면 시키는 대로 오직 명령에 순연히 복종하는 태도를 우리는 지금도 '노예근성'이라고 부른다. 그런데 근대 이후 땅과 신분제로부터 해방되어 어쨌거나 '자유'를 보장받았음에도 불구하고 사람들은 여전히 자유롭지 않다. 돈과 욕망에 얽히고설킨 채 관계와 습속에 꽁꽁 얽매인 채 진정한 나의 주인으로 살아가지 못한다.

언젠가 캐나다에 이민 간 여고 동창이 잠시 귀국하여 만나러 나갔다. 어느덧 흘러버린 시간 속에서 늘어난 것은 친구의 낯선 흰머리만이 아니었다. 그곳에서 늦둥이 딸따니를 낳아 식구가 늘었고, 전화로 옹알이를 들려주던 고 녀석의 말까지 부쩍 늘었다. 그뿐이랴. 이제는 아이들이 조숙해져 미운 일곱 살이 아니라 미운 서너 살이라더니 떼를 쓰고 고집을 부리는 일도 만만찮았다. 그런데 요 녀석이 악지를 쓰며 외치는 소리에 나도 모르게 웃음이 터졌다.

"미me, 미me, 미me!"

집에서는 식구들끼리 한국말을 쓴다지만 어린이집에서 친구들과 소통하는 영어가 더 편했던 모양이다. 그렇게 아이는 다른 언어와 문화에 익숙해지고 있었지만 고만때 아이들이 뭐든 자기 것이라고, 자기가 하겠다고 주장하며 나서는 것은 동서양이 똑같았다. 그처럼 천진한 이기심, 거침없는 자기중심주의의 시간을 거치며 아이는 남과 다른 자신을 확인하고, 부딪히고, 화해한다. 사랑이란 이름의 구속, 교육이란 이름의 속박, 그리고 타인의 시선에 길들여져 상처 받고 타협하여 비겁해지기 전까지 나 외에 다른 주인은 알지 못한다. 그리하여 오직 스스로의 주인인 어린아이들만이 진정으로 자유롭게 울고 웃을 수 있는 것이다.

말馬은 상당히 예민한 동물로 알려져 있다. 말을 모는 사람의 마음과 말의 힘이 일치하지 않으면 말이 아예 걸음을 내딛지 않거나 거꾸러지고, 그 와중에 사람은 낙마하게 된다. 그리하여 옛사람들은 말 타는 방도에 있어 일신一神이요, 이기二氣에 삼태三態이고, 사술四術이라 하였다. 기술은 스스로 힘껏 배워야 하리라. 태도는 애써 지어야 마땅하다. 기력은 꾸준히 길러야 하며, 신령스러움은 배우거나 짓거나 길러서 될 수 없는 만큼 천생이 있지마는 많이 배우고 오래 짓고 힘써 기르면 나중에 절로 생긴다고 하였다.

　사납게 날뛰는 나를 달래어 마침내 힘차게 달려 나가기 위해, 나는 나의 고삐를 누구에게도 양보하지 않을 것이다.

#9

유머 감각은 모든 상황에서, 심지어 죽음에서도 균형 감각을 유지하게 해주지요.

알리스 헤르츠좀머

나는 '사람'이 궁금하다. 사람이라는 존재의 바닥이, 그 가없는 비밀이 궁금하다. 그래서 조금은 끔찍한, 아무래도 괴로운, 차라리 외면하고픈 '사람의 일'에서도 끝내 눈을 뗄 수가 없다. 서가에 꽂힌 수많은 책 중에 또다시 '수용소의 기록'을 뽑아낸 것 역시 그런 잔인한 호기심, 서글픈 의문 때문인지 모른다.

'아우슈비츠'로 상징되는 나치의 유대인 학살은 70여 년이 지난 지금까지도 "인간이란 무엇인가?"라는 질문을 거듭거듭 던진다. 역사와 정치는 물론이거니와 그로부터 철학과 문학, 심리학과 사회학이 새롭게 쓰였다. 인간이 인간에게 가장 잔혹했던 순간이 역설적으로 인간이 인간답다는 것이 과연 무엇인가를 뼈저리게 성찰하도록 했기 때문이다.

1903년에 태어난 알리스 헤르츠좀머는 2014년 2월 타계하기까지 112년을 살았다. 마흔 살의 그녀는 프라하에서 베를린 방향으로 60킬로미터 떨어진 작은 도시 테레진에 자리한 수용소에 갇혔다. 피아니스트였던 그녀의 죄목은 단순하고도 명확한 하나, 유대인이라는 것이었다. 그녀는 그곳에서 체코슬로바키아, 오스트리아, 네덜란드, 덴마크, 독일 출신의 예술가와 지성인들과 함께 허기와 추위와 질병과 고문에 시달렸고 어머니와 남편을 잃는 슬픔을 겪었다. 1945년 전쟁이 끝나 테레진 수용소가 해방되었을 때, 수감되었던 15만 6천 명 중 1만 7,505명이 생존했다. 그곳에 징발되었던 1만 5천 명 이상의 어린이 중 마지막까지 남은 아이들은 1백 명에 불과했다. 그 1만 7,505명 중 한 사람이 그녀였고, 1백 명의 어린이 중 하나가 그녀의 아들이었다. 그들은 지옥에서 '살아남았다'.

하지만 알리스 헤르츠좀머의 삶이 인상적인 것은 끔찍한 경험 때문이 아니다. 그녀는 지독하게 낙천적이었다. 열렬하게 삶을 사랑했다. 수용소에서도 1백 회 이상 음악회를 열었고, 내일이면 어디론가 사라질지도 모를 아이들에게 피아노를 가르쳤다. 수용소에서 돌아온 후에도 그녀의 삶은 녹록지 않았다. 집과 재산을 모두 잃고 정든 고향을 떠나야 했으며, 여든이 넘어 아들이 돌연사하는 참척의 고통까지 겪었다. 그럼에도 불구하고 그녀는 여전히 웃었다. 백 살이 넘어서도 역사와 철학을 공부하고 바흐와 베토벤과 쇼팽을 연주하며 주어진 하루를 기꺼이, 기어이 기뻐했다.

그녀가 칭송한 유머는 위태로운 삶의 줄타기를 견뎌내는 균형추다. 사방에서 내 뜻과 상관없이 불어오는 바람에 줄은 자주 흔들리지만 뒤뚱거리는 채로 우스꽝스러운 모습으로나마 비척비척 나아가야 한다. 마찬가지로 죽음의 수용소에 수감되었다 생환한 심리학자 빅터 프랭클은 그때의 유머를 '자기 보존을 위한 투쟁에 필요한 또 다른 영혼의 무기'라고 부른다. 시시때때로 인간으로서의 존엄을 잃고 모욕당하며 언제 가스실로 끌려갈지 모르는 상황에서도 사람들은 살아 있기에 웃었고, 웃었기에 살아 있었다.

삶이 고통스럽기에 웃어야 한다. 고통스러울수록 더 웃어야 한다. 내가 약해서 웃어야 하고, 상대가 악해도 웃어야 한다. 마지막 순간까지 웃는 사람이 강한 것이다. 진짜 승리는 그곳에 있다.

#10

우리가 독창적이라고 생각하는 것은,

그저 우리가 아무것도 모르기 때문이다.

요한 볼프강 폰 괴테

가끔 기업체나 학교에서 '창조성/창조력'에 대한 강연을 해달라고 요청받는다. 그나마 '리더십'에 대해 말해달라고 하는 것보다는 낫기에(나는 무리를 다스리거나 이끌어가는 리더십이라곤 눈곱만큼도 없는 사람이다), 일단 승낙한다. 하지만 강연장에서 만나는 대부분의 직장인과 학생들은 별로 독창적이고 싶지 않은 얼굴이다. 창조적이고 싶은 얼굴이 따로 있냐고? 나는 있다고 생각한다. 최소한 아무것도 궁금하지 않은 눈빛으로 심드렁하게 의자 깊숙이 파묻혀 있는 모습은 아니리라고 믿는다.

"창조적이고 싶으세요? 정말 그걸 원하세요?"

남들이 그래야 한다기에, 시대의 유행이자 대세이기에 창조적일 수는 없다. 승진과 취업을 위한 또 다른 '스펙'으로서 창조력을 기른다는 것도 어불성설이다. 나는 그나마 창조적이라고 불리는 일로 밥벌이를 하는 처지에서, 어떻게든 독창적인 세계를 구축하고자 발버둥치는 입장에서 조금은 서글프고 냉소적으로 말한다.

"정말 독창적이고 창조적이길 원한다면, 우선 스스로 다짐부터 해야 해요. 비속어를 써서 죄송하지만, '미친년'이나 '꼴통'으로 불리기를 두려워하지 않겠다고."

오랜 속담처럼 하늘 아래 새로운 것은 없다. 감정과 욕망, 생각과 영감, 기쁨과 슬픔과 노여움까지도 모두 이미 있었던 것이다. 고대 철학서를 읽노라면 그토록 복잡하다는 현대인의 고민이 철학자들이 광장 구석구석에 모여서 나누었던 시시콜콜한 이야기에서 한 발짝도 벗어나지 못했다는 사실을 확인한다. 과학의 빛나는 성취는 어떻게 설명하겠느냐고 따질 수도 있다. 물론 과학기술의 발달로 만들어진 몇몇 물건들은 분명히 새롭지만, 다만 조건이 실재를 가능케 했을 뿐 그것을 만들고자 했던 욕망은 오래된 것이다.

독일 문학의 최고봉을 상징하며 세계 문학에 큰 영향을 미친 괴테조차 독창적이라고 생각하는 것 자체가 무지에서 비롯된 착각이라고 선언한다. 문학의 영역에서 습작생이거나 창작자가 된 초기에는 자신이 정말 창조적이고 독창적이라고 믿는다. 그런 어리석은 믿음 없이는 아예 시작할 엄두도 내지 못한다. 하지만 공부가 깊어지고 실제로 자신의 작품을 '창작'할수록 당황하게 된다.

"왜 내가 쓰려는 것마다 다 써버린 거야?"

그때의 표절 아닌 표절은 윤리의 문제가 아니라 무지의 문제다.

하지만 '처음'을 의미하지 못할지라도 새롭고자 하는 모든 시도가 무의미한 반복은 아니다. 인간이 직립보행을 한다고 하여 아이의 첫 걸음마가 경이롭지 않다고는 할 수 없다. 조금 새롭기 위해, 더욱 다르기 위해서는 무지를 깨치고 알아야 한다. 무엇을 모르는지 끊임없이 묻는 과정에서 무모한 도전과 가상한 용기 때문에 설령 비웃음과 손가락질을 받는다 해도, 불가능한 창조성과 묘원한 독창성의 시도를 멈출 수는 없다. 세상 모든 것이 새롭지 않다고 해도, 한 번뿐인 나의 삶은 오롯이 새로울 수밖에 없으니.

#11

재능이란 '관심'의 다른 표현이다.
단 집요한, 목숨을 내건 관심이다.

이성복, 『네 고통은 나뭇잎 하나 푸르게 하지 못한다』

발명가 에디슨의 "천재는 1퍼센트의 영감과 99퍼센트의 땀으로 이루어진다"는 격언은 재능보다 노력이 중요함을 나타낸다고 알려져 있다. 포기하지 않고 열심히 노력하면 반드시 보상이 있으리라고. 하지만 이 말에 대한 또 다른 해석이 있으니, 99퍼센트의 노력도 1퍼센트의 재능을 뛰어넘기가 쉽지 않다는 것이다. 백여 년 전 인터뷰에서 이 말을 내뱉은 에디슨의 의중이 무엇인지는 여전히 갑론을박의 문제다. 하지만 최소한 '예술'의 영역에 있어서 평범한 노력가를 절망시키는 비범한 천재의 재능은 인정하기 고통스럽지만 의심할 수 없이 명백하다.

재능보다는 노력을 믿을 수밖에 없는 둔재인 나는 그 '1퍼센트'에 대한 목마름으로 번번이 좌절하곤 한다. 아무리 발버둥질해도 잡힐 듯 잡히지 않는 빛나는 성취는 여전히 먼 곳에서 반짝이는 별이다. 그러나 결코 '필승必勝'이 될 수 없는 '필패必敗'의 작업에 지금껏 매달려온 까닭은 언젠가 그 별을 잡을 수 있으리라는 헛된 욕심 때문이 아니다. 최소한 그것의 정체를 알고 있는 한 별을 향해 다가가는 발걸음을 멈추지 않으리라는 다짐에 가깝다.

습작 시절부터 신진 작가로 불리기까지 내 주변에는 나보다 훨씬 뛰어난 사람들이 많았다. 고작 스무 살에 삶의 통찰이 깃든 문장을 멋들어지게 뽑아내는 친구도 있었고, 배워서는 알 수 없는 뛰어난 감각과 풍성한 감성을 애초부터 타고난 친구도 있었다. 아둔한 나는 그들의 재능이 부러워 남몰래 질투로 애태우기도 했다. 하지만 이십여 년이 지난 지금, 그들 중 많은 수는 붓을 꺾고 글판을 떠나 다른 삶을 살고 있다. 그렇다고 그들의 삶이 실패한 게 아니고 그들의 재능이 사라진 것도 아니지만, 이제는 감히 말할 수 있다. 글을 쓰지 않는다는 것은 글을 쓰지 못한다는 것이다. 쓰지 못할 때 '재능'은 더 이상 의미를 가질 수 없다.

그때부터 나는 재능이 '열정과 노력'의 다른 이름이라고 믿기 시작했다. 재능이란 '관심'의 다른 표현이라는 이성복 시인의 말을 듣는 순간 나의 믿음이 아주 틀린 것은 아니라는 생각에 안도했다. '관심'은 '끌림'이다. 어쩔 수 없이, 나도 모르게, 눈길이 가고 구미가 동한다. 세상의 가치와 남들의 평가에 아랑곳없다. 그저 내 몸과 마음이 저절로 한곳으로 이끌린다. 그런데 여기에 중요한 조건이 붙는다. 오로지 집요한, 목숨을 내걸 만큼의 관심이어야 비로소 재능이 될 수 있다는 것! 고집스럽고 끈질기게 자신의 삶 전부를 던

지지 않으면 손끝에 닿을 듯 닿지 않는 별에 끝끝내 가까워질 수
없으리라는…… 가혹한 진실이다.

　문화예술계의 척박함이 온 세상에 소문난 지금도 이따금 글을
쓰고 싶다, 연극을 하고 싶다, 만화를 그리고 싶다, 음악을 하고 싶
다는 젊은 친구들을 만난다. 하고 싶으면, 하면 된다. 아니, 해야 한
다. 그런데 여전히 하고 싶다는 말만 중얼거리며 망설이는 까닭은
두 가지로 요약된다. 먹고살기 힘들까 봐, 그리고 자신의 재능을 믿
지 못해서. 전혀 다른 이유인 듯하지만 기실 그것은 둘이 아닌 하
나다. 정녕 목숨을 걸 만큼 절박한 관심이라면 굶어죽든 그 거대한
파고에 풍덩 빠져죽든 두려울 것이 없을지니. 내게 그런 재능이 있
는지는 오직 스스로 물어봐야 마땅하다.

#12

역자이교지易子而教之

『맹자』, 이루 편

한동안 젊은 엄마들 사이에서는 이른바 '엄마표'라 불리는 학습 지
도 방법이 화제가 되었다. 엄마가 직접 만든 음식이나 물건뿐 아니
라 자식을 가르치는 일까지도 남에게 맡기지 않겠다는 것이다. 조
기교육 열풍으로 몸살을 앓는 영어 공부를 시키는 데 엄마표가 도
입되었고, 교재 선정과 학습법에 대한 정보를 나누는 인터넷 카페
들도 여럿 생겨났다. 엄마표의 애초 의도는 좋다. 부담스러운 사교
육비를 줄이고 내 아이의 수준에 맞는 차별화된 교육을 실행하겠
다는 것이다. 하지만 그만큼 능력 있고 적극적인 엄마가 되기에 아
무래도 모자란, 그리고 그들보다 조금 앞서 시행착오 속에 아이를
길렀던 나로서는 그 방법이 최선인가에 대해 얼마간 회의적일 수
밖에 없다.

　자식은 마지막 욕망이다. 스스로 성공해 남부러울 것이 없어 보
이는 사람들로부터 인간의 평범한 욕망을 끊었다고 자부하는 도인
들까지도 자식이란 존재에서 쉽게 자유로워지지 못한다. 자식은 내
가 했던 일을 다 해야 한다. 적어도 나만큼은 살아주어야 한다. 또
한 내가 하지 못했던 일까지도 해야 한다. 자식만큼은 나처럼 후회
하지 말아야 한다. 그러다 보니 자식이라는 분신分身 앞에서 부모

의 어리석은 욕심은 줄어들 줄 모르고 커지기만 한다.

자식을 직접 가르쳐본 사람은 알 것이다. 당연히 알아야 할 것을 모르는, 정답이 뻔한 문제를 번번이 틀리는, 아무리 가르쳐도 돌아서면 잊어버리는, 어쩌면 부모의 노고에는 아랑곳없이 배울 생각마저 없어 보이는 자식을 볼 때 마치 세상 최고의 부정의를 목도한 듯 피가 거꾸로 치솟는 느낌을. 나도 모르게 욕이 튀어나오고 잘못하면 주먹까지 뻗칠 지경이다. 사실 그 모두가 자식 때문이 아니다. 나 자신 때문이다. 아이의 삶과 내 삶이 별개라는 사실, 어이없이 폭발하는 분노는 내 욕망을 자식에게 투사한 것일 뿐이라는 사실을 잠시 잊었기 때문이다.

맹자와 제자 공손추의 대화에서 비롯된 '역자이교지'라는 말은 자기 자식은 부모가 가르치기 어려우므로 남의 자식과 서로 바꾸어서 가르친다는 뜻이다. 공자가 자기 아들 이鯉를 직접 가르치지 않았던 사실에 대해 공손추가 이유를 물으니, 맹자는 대답했다.

"형편이 그렇게 될 수 없기 때문이다. 가르치는 사람은 반드시 바르게 하라고 가르친다. 바르게 하라고 가르쳐도 그대로 실행하지 않으면 자연 노여움이 따르게 된다. 그렇게 되면 도리어 부자간의 정리를 상하게 된다. 자식이 속으로 생각하기를, 아버지는 나보고 바른 일을 하라고 가르치지만 아버지 역시 바르게는 못하고 있다, 한다. 이것은 부자가 다 같이 정리를 상하는 것이 된다. 그러기에 옛날 사람들은 자식을 바꾸어 가르쳤다. 결국 부모가 직접 자기 자식을 가르치지 않는다. 부자 사이에는 잘못한다고 책하지 않는 법이다. 잘못한다고 책하게 되면 서로 정리가 멀어지게 된다. 정리가 멀어지면 그보다 더 불행한 일이 또 어디 있겠는가?"

엄마표가 위험할 수밖에 없는 이유는 2천여 년 전에도 있었다. 자식은 부모의 말을 듣고 배우는 게 아니라 부모의 뒷모습을 보고 배운다는 말이 통렬하다. 내가 가르치려는 의도를 버릴 때, 아이는 세상으로부터 스스로 배울 것이다.

#13

세상을 이해할 수 없지만 포용할 수는 있다.
그 존재들 중 한 사람의 포용을 통해서.

마르틴 부버

자연은 사람에게 시련을 준다. 물건은 사람에게 욕망의 갈등을 준다. 하지만 사람에게 상처를 주는 것은 자연도 물건도 아닌 사람뿐이다.

인면수심이라는 말이 있다. 얼굴은 사람의 모습을 하였으나 마음은 짐승과 같다는 뜻으로, 사람의 도리를 지키지 못하고 배은망덕하거나 행동이 흉악하고 음탕한 사람을 가리킨다. 하지만 오로지 삶의 본능에 따라 움직이는 짐승들에게 무슨 죄가 있겠는가? 그들은 '이성'을 가졌다는 인간보다 덜 교활하며, '감성'을 가졌다는 인간보다 더 천진하다. 그들은 결코 고의적이고 계획적으로 자신의 이익을 위해 남을 해치지 않는다.

"어떻게 사람이 되어 그런 짓을 할 수 있어?"

우리는 사람으로부터 예측하지 못한 상처를 입고 그렇게 부르짖는다. 사람이라는 존재가 저지른 일을 도저히 이해할 수 없어서, 그들의 세상을 이해하고 싶지 않아서 도리질한다. 하지만 어쩌면 그것은 애당초 '사람'에 대한 이해의 부재로부터 비롯된 오해일는지도 모른다. 사람이니까 그런 짓을 하는 것이다. 사람이기에 짐승보다 집요하고 치밀하고 잔혹한 욕망을 드러내는 것이다. 사람이기에 사람에게 상처를 준다.

비정한 현실을 깨닫는 일이 비관적이지만은 않다. 삶이 우리에게 가르치는 신비는, 사람에게서 받은 상처 또한 사람에게서 치유받을 수 있다는 사실이다. 그것을 오스트리아의 철학자 마르틴 부버는 '포옹'이라고 부른다. '나와 그것'의 대립이 아니라 '나와 너'의 관계로 이루어지는 세상을 꿈꾸었던 부버의 사상은 이른바 '대화철학'이다. 부버는 유대인으로 태어나 홀로코스트라는 끔찍한 고통을 겪었음에도 불구하고 팔레스타인에 아랍-유대 공동 국가를 세우는 운동을 활발히 벌이는 등 아랍과의 평화를 위해 노력한다.

기실 사랑보다는 증오가 빠르다. 이해보다는 오해가 쉽다. 용서보다는 복수가 명징하다. 내가 받은 상처를 네게 돌려주고야 말겠다는 의지는 오늘도 세상을 황폐한 전쟁터로 만든다. 그리하여 인간은 끊임없이 어리석어진다. 나의 목소리를 키우기 위해 타인의 목소리에 귀를 막는다. "말의 위기는 신뢰의 위기와 밀접하게 관련된다"는 부버의 또 다른 지적처럼, 소통이 아니라 설복을 강요하는 말은 서로에 대한 불신으로부터 비롯된다. 아무도 믿지 못한다. 어쩌면 나 자신마저도.

포옹은 따뜻하다. 누군가를 끌어안기 위해서는 두 팔을 크게 벌려야 한다. 그것은 방어의 자세를 허물고 나의 허점을 고스란히 노출하는 행동이다. 누군가 나를 노리는 자가 있었다면 그때가 공격의 적기가 되리라. 하지만 그런 위험까지도 감수한다면 반드시 무언가를 껴안게 된다.

나를 향해 두 팔을 벌린 또 다른 사람이 있다. 팔과 팔이 엉기고 가슴과 가슴이 닿으면, 따뜻하다. 숨결과 피돌기가 온몸으로 느껴진다. 그렇게 포옹한 채로 나누는 말이 세차고 사나운 논쟁이거나 날카로운 비난일 리 없다. 비로소 진정한 대화가 이루어진다. 때로는 침묵할지라도 어색할 리 없다. 한 사람을 깊이 포옹하면서 세상을 뜨겁게 껴안은 것이니까. 그제야 우리는 '사람다운' 사람이 된다.

#14

행운이여, 내가 그대를 당연한 권리처럼 받아들여도,
너무 노여워 말라

고인들이여, 내 기억 속에서 당신들의 존재가 점차 희미해진대도,
너그러이 이해해달라

시간이여, 매 순간, 세상의 수많은 사물들을
보지 못하고 지나친 데 대해 뉘우치노라

지나간 옛사랑이여, 새로운 사랑을
첫사랑으로 착각한 점 뉘우치노라

먼 나라에서 일어난 전쟁이여, 태연하게 집으로
꽃을 사들고 가는 나를 부디 용서하라

벌어진 상처여, 손가락으로 쑤셔서
고통을 확인하는 나를 제발 용서하라

비스와바 쉼보르스카, 「작은 별 아래서」, 『끝과 시작』

갑자기 인생이 터무니없다는 느낌이 들 때가 있다. 아무것도 모르는 채로 뭔가 아는 체하며, 쥐뿔도 없이 있는 체하며, 취생몽사醉生夢死, 술에 취해 꿈속에 살고 죽는 듯 흐리멍덩하게 살면서, 몽중몽설夢中夢說, 꿈속에서 꿈 이야기를 하듯 횡설수설 종잡을 수 없는 말들을 지껄이는 것 같기도 하다. 삶이 문득 낯설게 느껴지고 그 속에 못 박힌 내가 불현듯 헐겁게 덜그럭거릴 때, 두려움과 쓸쓸함이 물밀어 든다. 그럴 때 감정에 붙매이면 고스란히 우울과 허무 속으로 끌려들어 간다. 그로부터 벗어나기 위한 유일한 방도는 삶의 허방에서 지혜를 길어 올리는 진솔한 고백에 귀를 기울이는 것뿐이다. 침몰하지 않기 위한 비상!

폴란드 시인 비스와바 쉼보르스카는 1996년 노벨문학상 수상 소감에서 "끊임없이 '나는 모른다'고 말하는 가운데 새로운 영감이 솟아난다"고 밝혔다. "흔히 우리 자신이 잘 알고 있거나, 보편적인 기준으로 널리 공인된 당위성에서 벗어났을 때 비로소 놀라움을 느끼게" 되며, "우리가 준거의 틀로 삼을 만한 지극히 '당연한' 세상은 실제로 어디에도 존재하지 않는다"고.

'나는 모른다'는 고백은 아름답다. 그것은 무지에 대한 겸허한 인정임과 동시에 무언가를, 아마도 어딘가에 오롯이 존재할 삶의 비밀을 '알고 싶다'는 간절함이기도 하다. 일단 '모른다'고 인정하면 마음이 편해진다. 쥐꼬리만큼 아는 것을 움켜잡고 전부를 아는 체하며 긴장할 필요가 없기 때문이다. 조금 바보 같아 보여도 좋다. 나잇값 못하고 철없어 보여도 좋다. 내가 걸어온 길, 살아낸 일 모두가 정당하다고 핏대를 세울 필요도 없다. 후회하는 일은 후회한다. 잘못한 일은 뉘우친다. 그리고 엎드려 용서를 구한다. 무지로부터 비롯된 숱한 오만과 편견과 나태에 대하여.

행운은 당연한 권리가 아니라 우연히 찾아오는 좋은 운수일 뿐이다. 시간은 매 순간 귀중한 선물을 주지만 우리는 따분해하거나 지루해하며 곁눈으로 세상을 흘려보낸다. 지나간 옛사랑 역시 언젠가는 새로운 사랑이었음을 깜박 잊고, 새로이 홀린 사랑만이 처음이자 끝이라고 착각한다. 지금도 세상 어딘가에서 벌어지고 있는 전쟁과 살육이 단지 나의 일이 아니라는 사실에 안도하며 피비린내를 잊고 꽃향기에 취한다. 때로는 아물어가는 상처를 스스로 헤집어 고통을 확인한다. 어리석게도, 어리석게도……

어쩌다 기적처럼 등장하는 성인聖人을 제외하면, 인간은 끝내 삶의 비밀을 모르는 채 마지막을 맞을 것이다. 이 모든 어리석음은 몰랐기에 벌어진 일이다. 하지만 모른다는 것을 깨닫고 인정했기에 비로소 알아낸 진실이다. 삶에는 어느 하나도 '당연한' 것이 없기에, 오직 끊임없이 '나는 모른다'고 되뇌어야 마땅하다. 그것만이 작은 별처럼 잠시 반짝였다 스러지는 진실을 감지할 유일한 길이리라.

[#]15

어떤 사람에게는 눈앞의 보자기만 한 시간이 현재이지만, 어떤 사람에게는 조선 시대에 노비들이 당했던 고통도 현재다. 미학적이건 정치적이건 한 사람이 지닌 감수성의 질은 그 사람의 현재가 얼마나 두터우냐에 따라 가름될 것만 같다.

황현산, 『밤이 선생이다』

"왜 현재의 이야기가 아닌 과거의 역사를 쓰는가?"

역사를 소재로 한 소설을 창작하기 시작하면서부터 숱하게 들어온 질문이다. 어쨌거나 현대를 살아가는 작가로서 당대의 인간과 삶을 탐구하는 것은 자연스러운 일이다. 하지만 내게 역사는 지나간 시간, 과거의 일만이 아니다. 여러 겹의 페이스트리 빵처럼 낱낱이 떼려야 뗄 수 없는 하나다. 한입에 베어 물면 그 겹겹의 맛이 하나로 느껴진다. 바삭, 과거와 현재와 미래가 두툼하게 씹힌다.

학창 시절 교실에서 교과서를 통해 역사를 배울 때 역사는 지루한 연대기만 같았다. 427년 고구려의 평양 천도, 676년 신라의 삼국 통일, 918년 왕건의 고려 건국, 1388년 이성계의 위화도 회군…… 연대표로 줄줄 외운 역사는 시간 속에 굳어 묻혀 있는 화석 같았다. 아무런 감흥이 없었고 자꾸 헷갈리기만 했다.

철학자 니체는 『삶에 대한 역사의 공과』에서 역사에 대한 세 가지 관점을 제시한다. 첫 번째는 기념비적 방식으로, 과거가 다시 한 번 가능하리라고 생각하며 그대로 재현하려는 시도이다. 두 번째는 골동품적 역사관으로, 과거를 방부 처리해 박물관에 전시하려고만 한다. 그리고 세 번째는 비판적 방식으로, 인간이 살기 위해서는 과거를 파괴해야 하기 때문에 과거와 대립하는 방식으로 자기를 규정하는 것이다. 나를 포함한 전前세대가 역사를 배운 방식은 두 번째에 가까웠다. 그래서 과거를 복원하거나 해체하려는 시도를 할 수 없었다. 그렇게 역사는 우리의 삶에서, 현재에서 멀어졌다.

역사를 쓰는 손은 두 가지가 있다고 한다. 하나가 역사가의 손이라면 다른 하나는 문학가의 손이다. 작가는 사실 자체를 넘어 역사 속에서 살았던 사람들의 삶과 욕망을 찾아낸다. 그때 역사는 서사의 보고가 된다. 감각만이 남고 서사가 실종된 시대에 작가가 매혹적인 이야기가 수없이 묻혀 있는 보물 창고 같은 골방을 뒤지고, 이야기에 목마른 독자들이 그 작가의 손끝에 이끌리는 것은 당연하다.

현재 위에 과거와 미래를 새롭게 구성한다는 것은 곧 역사를 '상상'하는 일이다. 나는 현실의 누추한 보자기 틈새로 끊임없이 되풀이됨과 동시에 시대의 변화 속에서 새롭게 탄생하는 과거를 본다. 신라 왕실의 여인, 조선의 음남탕녀, 일제강점기의 모던 뽀이가 내 상상 속에서 살아 숨 쉰다. 그들과 같이 경주 월성을 거닌다. 한양의 뒷골목을 누빈다. 인력거를 타고 경성 시내를 달린다.

그들과 함께하는 상상이 즐겁기도 하거니와 그들의 손을 종내 뿌리치지 못하는 이유는 언젠가 우리도 그들처럼 '역사'가 될 것이기 때문이다. 기록과 보존만으로는 상상과 공감의 감성을 얻을 수 없다. 먼지가 아닌 보석이 될 수가 없다.

#16

공감은 정신의 성장에 산소와 같은 역할을 한다.
따라서 아이들에게 공감은 있으면 좋은 것이 아니라,
없으면 죽는 것이다.

하인즈 코헛

공감하면 좋은 게 아니다. 기왕이면 공감해야 하는 게 아니다. 공감하지 못하면 죽는다. 산소 공급이 중단되면 단 4분 만에 뇌세포가 파괴되어 몸이 죽는 것처럼, 공감을 느끼고 공감을 얻지 못하면 마음이 죽는다.

공감共感의 사전적 의미는 '남의 감정, 의견, 주장 따위에 대하여 자기도 그렇다고 느낌. 또는 그렇게 느끼는 기분'이다. '어떤 견해나 의견에 같은 생각을 가짐. 또는 그 생각'을 일컫는 동감同感과는 비슷한 듯하면서도 얼마간 다르다. 한마디로 동감이 상대와 내가 통한다고 느끼는 감정이입이라면, 공감은 나와 상대의 처지를 서로 바꾸어 생각하고 느끼는 역지사지라고 할 수 있다.

여전히 헷갈린다면 정신과 의사 하지현의 예를 빌려와 보자. 하지현은 거지가 불쌍하다고 느끼는 감정이 동감이라면, 자신의 운명이 언젠가 거지처럼 불우한 처지에 놓일 수도 있다는 것을 직감하는 것이 공감이라고 설명한다. 그러니까 적선을 하고 자원봉사를 하는 것이 동감에서 비롯된다면, 어쩌면 위험이나 두려움을 느껴 피하고 외면할 수도 있는 것이 공감의 작용이라는 것이다.

그렇다면 동감이 공감보다 더 좋은 것이 아닌가, 선한 것이 아닌가 생각할 수도 있다. 하지만 윤리의 문제를 떠나 생각해보면, 동감은 나를 중심에 두고 상대를 판단한다. 반면 공감은 나와 상대가 같은 선상에서 평등하다. 누가 누구보다 더 불쌍하지도 않고 누가 누구보다 더 불행하지도 않다. 진정한 공감 속에서 모두 다 같이 어리고 어리석은 인간이다.

공감 능력이 없으면 남의 고통에 둔감하다. 따돌림을 당하는 친구가 왜 괴로워하는지, 폭력이 왜 나쁜 것인지 알지 못한다. 공감 능력이 없으면 나의 이익과 쾌락을 위해 다른 사람을 속이는 일에 양심의 가책을 느끼지 않는다. 다른 사람의 감정에 전혀 관심이 없는 대신 심하게는 남의 고통을 즐기기까지 한다. 작게는 눈치가 없고 소통 능력이 부족한 것부터 크게는 소시오패스나 사이코패스까지, 공감의 부족은 반드시 영혼에 상처를 남긴다. 이러한 공감 능력은 성장기, 스스로 가장 공감이 필요한 시기에 형성된다. 사랑받은 사람만이 사랑할 줄 아는 것처럼 공감받은 아이만이 공감할 수 있는 것이다.

요즘은 공감 능력 향상이니 공감 지수EQ니 하여 여러 가지 검사와 훈련 방법이 널리 알려져 있다. 그런데 그 거창한 이론들이 밝힌 이치는 기실 하나다. 부모와 교사를 비롯한 양육자들이 아이에게 공감하는 방법은 어른의 감정이 아니라 아이의 감정을 알아주고, 들어주고, 자연스럽게 표현하도록 도와주는 것뿐이다. 감정에는 옳고 그른 것이 없다. 부정적인 감정이라도 충분히 공감해주는 상대만 있으면 시나브로 사그라진다. 함께 화내주는 사람, 함께 눈물 흘려주는 사람, 함께 웃고 기뻐해주는 사람을 통해 스스로 감정을 다스리는 방법을 배우는 것이다.

마음을 다친 아이들이 너무 많은 세상이다. 그 아이들이 자라 마음을 다친 어른들로 넘치는 세상이다. 배고픈 아이에게 젖을 먹이듯 마음이 고픈 아이를 공감으로 다독일 일이다. 나는 너와 함께 느낀다. 나는 너다. 너는 나다.

#17

미래에 우리가 어떤 인간일 것인가를 모른다면,
우리는 지금 우리가 누구인가도 알지 못한다.

시몬 드 보부아르, 『노년』

얼마 전 모처에 급하게 서류를 보낼 일이 생겨 지하철 퀵 서비스를 이용했다. 일반 택배보다 빠르고 오토바이 퀵 서비스보다 가격이 저렴하다니 인터넷을 뒤져 서비스를 예약했다. 그런데 예정 수거 시간을 훌쩍 지나 도착한 기사님은 백발이 성성한 할아버지였다. 아파트 숲에서 길을 잃어 한겨울에 땀범벅이 되도록 한참을 헤매셨단다. 하긴 아파트에 무슨 무슨 데시앙이니 이차저차 쉐르빌이니 하는 국적 불명의 이름들을 붙이는 까닭이 시부모가 찾아오지 못하게 하려는 것이라는 웃지 못할 음모론이 블랙 유머로 떠도는 바에야! 시간이 촉박해 안절부절못하며 짜증스러웠던 마음이 순간 맥없이 식었다. 알고 보니 지하철 퀵은 무임승차 혜택을 받을 수 있는 노인 인력을 이용해 가격을 내린 서비스였다. 부랴부랴 음료수를 건넸지만 그조차 여유 있게 마시지 못하고 다급히 돌아서는 굽은 등을 바라보는 마음이 아팠다. 하지만 이런 노동이나마 할 수 있는 분들은 상황이 나은 편이다.

한국은 OECD 국가 중 노인 빈곤률, 노인 자살률 1위라는 불명예에서 벗어나지 못하고 있다. 온종일 무거운 리어카를 끌며 폐지를 모으고 다니는 노인들의 일당은 하루 9천 원, 프랜차이즈 커피

숍의 커피 두 잔 값이다. 하지만 궂은 날씨와 위험한 도로 사정에도 불구하고 이 노동을 멈출 수 없는 노인들이 전국에 140만, 놀랍다 못해 슬픈 일이다. 슬프다 못해 무서운 일이다. 코엔 형제의 영화 「노인을 위한 나라는 없다」는 제목과 별반 상관없는 사이코패스 살인마의 이야기지만, 정말 노인들에게 이 나라는 잔혹한 스릴러 영화보다 더 무섭다.

2026년이면 65세 이상 노인 인구가 20퍼센트를 넘는 초고령 사회에 진입할 것이 예상되는 가운데 지금 당장 우리가 노인 문제에 주의를 기울이고 해결에 노력해야 하는 이유는 단순히 그들의 처지가 딱해서만이 아니다. 불행한 미래는 현재도 행복하지 못하게 한다.

여성주의의 고전인 『제2의 성』을 쓴 시몬 드 보부아르가 하필이면 인생의 황혼인 '노년'에 주목한 이유는, 여성을 알지 못하면 남성도 제대로 이해할 수 없는 것과 마찬가지로 노년을 모르면 청춘도 알 수 없기 때문이다. 보부아르는 노년을 통해 한 사람이 살아낸 전 생애의 의미, 혹은 무의미가 드러난다고 말한다. 인간에게는 육체조차 순수한 자연이 아니기에 노년은 단지 생물학적인 현상이 아니라 문화적 현상이기도 하다고.

　인간적인 품위와 자기 삶과의 화해와 연장자로서의 존경을 지키는 노년을 꿈꾼다면 그것을 당장 내 주위에서 찾아야 마땅할 것이다. 깊은 연륜으로 아름답고 너그러운 노년의 삶을 알고 있는 사람은 지금 어떤 경험과 지혜를 쌓아야 할는지를 알 것이다. 고통스럽고 빈곤하며 세월의 더께가 앉아 더욱 완고하고 편협해진 노년을 알고 있는 사람은 그로부터 공포를 느끼며 피할 궁리를 하게 될 것이다. 조금이라도 덜 늙어 보이고, 기를 쓰고 천천히 늙고, 어떻게든 늙은 것을 숨기려는 세상에서는 청춘조차도 마음껏 젊을 수 없으리니.

#18

무재칠시無財七施: 재물이 없어도 베풀 수 있는 일곱 가지.

안시眼施: 따뜻한 눈빛으로 사람을 대하는 것.

화안시和顏施: 부드러운 얼굴로 사람을 대하는 것.

언시言施: 남에게 좋은 말을 해주는 것.

신시身施: 힘든 일을 내 몸으로 때우는 것.

심시心施: 마음의 온정을 주는 것.

좌시座施: 먼저 잡은 자리를 내주어 양보하는 것.

찰시察施: 남의 마음을 헤아려 그가 원하는 바를 도와주는 것.

『잡보장경雜寶藏經』

미국 경제 잡지 『포브스』의 집계에 의하면 2017년 마이크로소프트의 설립자 빌 게이츠의 순 자산은 860억 달러, 한국 돈으로 96조가 넘는다고 한다. 그런데 빌 게이츠는 세계 1위의 억만장자로서만이 아니라 세계 최고의 기부자로서 명성이 높다.

그는 10년간 백신에 100억 달러를 기부하기로 서약했는데, 이로써 800만 명이 넘는 어린이의 목숨을 구하게 되었다. 또한 그는 노벨물리학상 수상자 리처드 파인만 강의의 저작권을 사서 그 강의에 자기가 직접 주석을 달아 모든 이들이 무료로 볼 수 있게 하였다. 레오나르도 다 빈치의 기록장 중 하나를 3천만 달러가 넘는 가격에 구입한 것도 같은 이유에서였다. 그는 이 밖에도 의학과 과학의 발전, 세계 각지의 인권과 복지를 향상시키는 데 자신이 가진 재산의 절반 이상을 아낌없이 내놓았다. 세 명의 아들딸에게 남겨줄 유산으로는 각각 천만 달러 이하를 정해두었는데, 그래야 아이들이 자립할 수 있기 때문이라나.

놀라운 재산보다 더욱 놀라운 빌 게이츠의 기부 행각은 '돈'과 그것의 '소비'에 대한 진정한 의미를 상기시킨다. 허나 한편으로는 그만큼 돈이 있으니까 마음껏 자선을 베풀 수 있다는 생각이 드는 것도 사실이다. 지금은 돈이 없어서 안 되지만 언젠가 부자가 되면, 복권에라도 당첨되면 그때는 베풀며 살겠다는 사람들도 많다. 가진 것이 없으니 나눠줄 것도 없다는 것이다. 이를테면 곳간에서 인심이 난다는 이치인데…… 부처의 말씀은 이와 조금 다르다. 빈 곳간에서도 마땅히 인심이 날 수 있다는 것이다.

가진 것이 없어서 아무것도 나누어줄 수 없다고 호소하는 사람에게 부처는 답했다. 눈이 있거나, 표정을 지을 수 있거나, 말할 수 있거나, 스스로 몸뚱이를 움직일 수 있거나, 그도 저도 아니라 마음이 남아 있기만 하다면 누구라도 무언가를 나누어줄 수 있다고.

무재칠시의 일곱 방도는 기실 대단한 것이 아니다. 따뜻하고 부드러운 눈빛과 표정, 다정한 말과 지극한 마음에는 돈이 들지 않는다. 귀찮더라도 조금 먼저 움직이고 양보하며 보살피는 일에는 땡전 한 푼 필요치 않다. 하지만 그것은 값어치를 셈할 수 없을 만큼 대단하다. 인간을 '어엿비' 여기며 받기보다는 주기에서 행복을 느낀다는 것은 진정으로 마음이 가난하지 않은 자만이 할 수 있는 보시행이다.

빌 게이츠가 될 수는 없을지라도 인색한 수전노가 되지 않을 방법이 있으니 다행이다. 오늘부터 딱 하나씩만 가만가만 해보면 어떨까?

19

내가 인간이라면, 모든 인간적인 것은 나와 무관하지 않다.

테렌티우스

내가 악마라면, 모든 인간적인 것은 나와 무관하지 않다.

도스토예프스키, 『카라마조프의 형제들』

고대 로마의 희극 작가 테렌티우스와 19세기 러시아의 작가 도스토예프스키가 2천 년의 시간을 뛰어넘어 한 지점에서 만난다. 짐짓 모순된 듯 대비되는 두 문장은 과연 '인간적인 것'이란 무엇이냐는 근원적인 질문을 던진다.

슬픔과 고통으로 헝클어진 나날이었다. 상실감과 배신감이 혼란스럽게 뒤엉켜 마음이 자욱했다. 칼 마르크스는 『루이 보나파르트의 브뤼메르 18일』에서 말했다.

"헤겔은 모든 중요한 세계사적 사건들과 인물들은 두 번 나타난다고 지적했다. 하지만 그는 다음과 같이 덧붙이는 것을 잊었다. 한 번은 비극으로, 다른 한 번은 희극으로 나타난다는 것을."

그러나 역사의 교훈을 까맣게 잊어버린 사람들에게 처음의 한 번은 비극이요, 다음은 끔찍한 참극이었다. 1970년 326명의 생명을 앗아간 남영호 침몰, 1993년 292명이 희생당한 서해페리호 침몰에 이어 다시금 발생한 2014년의 세월호 침몰 사건은 시간의 무게 때문에 더욱 충격적이었다. 그 뛰어난 발전상을 뽐내던 첨단 기술은 어디로 갔는가? 휘황찬란한 선진국 진입의 구호는 다 무엇이었던가? 명백한 인재人災로 인해 눈앞에서 벌어진 참사는 세월을 거스른 공포 그 자체였다.

그리고 다시 그곳에서 적나라한 인간이 드러났다. 일촉즉발의 위기 상황에 자신의 몸을 던져 타인을 구한 아름다운 사람들이 있었다. 승무원이 학생들에게 구명조끼를 벗어주고 등을 떠밀었다. 선생님이 학생을 한 명이라도 더 구하려 몸부림치다 떠내려갔다. 친구들을 돕다가 끝내 빠져나오지 못한 어린 학생도 있었다. 그들의 살신성인은 선한 의지와 책임감과 희생정신이야말로 '인간적인 것'이라는 증거가 되었다.

하지만 거짓이거나 오판인 안내 방송으로 승객들의 대피를 막고 저희끼리 빠져나온 선장 이하 선박직 직원들의 행태는 또 다른 인간적인 것에 대한 환멸을 느끼게 한다. 해양 요원을 양성하는 전문 교육기관인 한국해양대학교의 교훈 중 하나는 "우리의 각오는 바다의 매골埋骨", 즉 바다에 뼈를 묻는 것이란다. 그들이 배를 지키고 승객을 구하는 것은 양심을 넘어선 직업윤리이자 궁극의 책무인 것이다. 그럼에도 선박 구조를 잘 아는 그들은 평소 익숙한 통로를 이용해 탈출에 성공했다. 배를 버리고, 승객들을 남겨두고, 오로지 자기 목숨을 건지겠다는 이기적인 본능과 집요한 욕망으로.

'인간적인 것'에는 두 가지 얼굴이 있다. 인간으로서 마주하는 아름다운 얼굴과 악마로서 마주하는 추악한 얼굴이 고전 만화 캐릭터인 '아수라 백작'처럼 공존한다. 생사를 다투는 위급한 상황에 과연 어떤 인간적인 것이 우리 속에서 튀어나올지는 그때가 되지 않고서야 쉽게 알 수 없다. 그러하기에 시스템을 구축하고 매뉴얼을 통해 위기를 관리할 필요가 더욱 절실해진다. 그리고 그 바탕은 인간적인 것에 대한 이해에서 비롯되어야 마땅하다. 우리도 믿을 수 없는 아름다운 우리와 추악한 우리를 화해시키기 위해.

그렇다. 모든 '인간적인 것'은 나와 무관할 수 없다. 우리가 인간이라도, 설령 악마라도.

#20

집이 불타지 않게 해주세요
폭격기가 뭔지 모르게 해주세요
밤에는 잘 수 있게 해주세요
삶이 형벌이 아니게 해주세요
엄마들이 울지 않게 해주세요
아무도 누군가를 죽이지 않게 해주세요
누구나 뭔가를 완성시키게 해주세요
그럼 누군가를 믿을 수 있겠죠
젊은 사람들이 뭔가를 이루게 해주세요
늙은 사람들도 그렇게 하게 해주세요

베르톨트 브레히트, 「아이들의 기도」

독일의 사상가 아도르노는 "아우슈비츠 이후 서정시를 쓰는 것은 죄악"이라고 말했다. 브레히트의 시 제목처럼 '서정시를 쓰기 힘든 시대'를 살고 있음을 자조적으로 탄식한 것이다. 여기서 '아우슈비츠'는 반드시 대학살이 벌어졌던 나치의 유대인 수용소만을 가리키는 것이 아니다. 인간이 인간을 무자비하게 죽이고, 생명의 가치가 턱없이 떨어지고, 인간성이 파괴되는 모든 잔인하고 혹독한 상황을 상징한다. 그리하여 아우슈비츠는 어디에나 있을 수 있다. 지금 우리가 서 있는 이곳도 예외가 아니다.

브레히트는 시를 쓸 수 없는 까닭에 대해 "아우슈비츠의 일들은 의심할 바 없이 문학적인 묘사를 허락하지 않는다. 이런 일들에 대해서 문학은 준비가 되어 있지 않고, 그런 기법들은 개발할 수도 없다"라고 토로한다. 시가 자기도취의 섬어譫語가 되면 때와 장소를 가리지 않고 터져 나올 수 있다. 하지만 시를 세상에게 말 걸기, 나의 목소리를 빌려 모두의 노래를 부르는 일이라고 생각하면 때로는 침묵이 차라리 시가 된다. 말로는 표현할 수 없는 감정, 말이 부끄러운 상황, 말조차 필요 없는 고통이 분명히 존재하기 때문이다.

시가 사라진 세상에는 무엇이 남는가? 남는 것은 기도, 인간의 능력을 넘어선 절대적 존재에게 손 모아 비는 것뿐이다. 특정 종교를 가지고 있든 무신론자든 그 순간 간절함을 바치는 일에는 차별이 없다. 어쩌면 기도는 무력함에 대한 고백이다. 손써볼 수 없는 현실에 대한 절규이며, 체념하지 않기 위한 안간힘이기도 하다.

그러나 혁명적 서사극의 창시자 브레히트의 목소리를 빌려 말하는 아이들의 기도는 단순한 고백이나 절규, 안간힘에 그치지 않는다. 시의 6행까지를 통해 그려지는 아이들의 모습은 폭력에 고통받는 약하고 가엾은 존재다. 기실 그들이 바라는 것은 아주 평범하고 사소하다. 하지만 그것이 이루어지지 않기에 그들은 짧은 생애 전체를 뒤흔드는 거대한 고통에 시달리고 있다. 이제 겨우 세상에 어섯눈을 떠가는 어린것들, 연둣빛 생명이 삶을 '형벌'로 느껴야 한다는 사실에서 전쟁의 잔혹함과 약자들의 공포가 얼마만한 것인지를 짐작할 수 있다.

그럼에도 아이들은, 어이없이 잃었지만 여전히 남아 있는 희망은, 다시금 내일을 소망한다. 남이 만들어놓은 것을 빼앗기보다는 스스로 만들어가는 기쁨을 누릴 수 있다면 사람들은 불신과 경계의 장벽을 허물고 서로를 믿을 수 있을 것이다. 젊은 사람들이 이루는 무언가는 새로울 것이다. 늙은 사람들도 이룰 수 있다면 낡지 않을 것이다. 그리하여 비로소 아이들이 살아갈 만한 세상이 될 것이다. 지옥에서 천국을 꿈꾸는, 절망으로부터 희망을 갈구하는 아이들의 기도가 서럽고 절절하다.

#21

모든 환자 안에는 자신을 고칠 수 있는 의사가 살고 있다.

히포크라테스

"내 병은 내가 안다"라는 말은 때로 진찰이나 치료를 거부하는 미련한 고집으로 들리곤 한다. 자가 진단이나 자가 처방이라는 위험한 착각으로 치부되기도 한다. 물론 뚜렷한 병증이 있음에도 불구하고 병원에 가지 않으려 버티다가 치료 시점을 놓치는 경우가 왕왕 있다. 검증되지 않은 민간요법이니 대체의학이니 하는 방법에 의존하다가 병을 더 키우는 경우도 드물지 않다.

하지만 '의학의 아버지'라 불리는 히포크라테스가 말하는 환자 자신 속에 있는 의사는 이런 고집쟁이나 미련퉁이와는 다르다. 스스로 질병을 진단하고 돌보아 고칠 수 있는 의사란 바로 자연의 힘이다. 자연의 복원력과 생명력이야말로 질병의 진정한 치유자임을 말하는 것이다. 그래서 히포크라테스는 또 다른 말로 이러한 환자 안의 의사를 격려하기도 했다. 아무것도 하지 않는 것이야말로, 때로 좋은 처방이 될 수 있다고.

과학의 발전에 발맞추어 의학도 눈부시게 발전했다. 전 세계를 공포로 몰아넣던 전염병의 예방약이 발명되고, 소아마비나 천연두처럼 평생의 삶에 흔적을 남기는 질병에 대한 예방접종도 광범하게 시행된다. 예방의학뿐만 아니라 외과적 수술과 약물치료에 의한 치료의학도 비약적으로 발전해 바야흐로 '100세 시대'라는 놀라운 수명 연장의 효과를 가져오기에 이르렀다.

그럼에도 불구하고, 인간은 여전히 질병에 시달린다. 원인 불명의 불치병과 난치병이 존재하고 어떤 항생제에도 죽지 않는 슈퍼박테리아와 신종 바이러스가 등장한다. 그런가 하면 우울증과 조울증, 공황장애 등 육체의 질병 못지않게 삶을 위협하는 정신질환이 나날이 증가한다. 질병은 인간에게 내려진 저주인 듯 숙명인 듯도 하다.

어쩌면 질병은 죽음에 이르는 과정이라는 사실보다 삶의 근본을 뒤흔든다는 의미에서 더 고통스럽다. 환자복을 입는 순간 그의 생애 전부는 지워지고 오로지 병명과 진행 경과만이 남는다. 환자는 철저히 수동적인 존재로서 때로는 자신이 어떤 병에 걸려 어떤 치료를 받고 있는지조차 모른 채 살거나 죽는다. 자기 삶의 주도권을 잃고 '타자화' 되어버리는 것이다.

그런데 여기 한 가지 이채로운 연구 결과가 있다. 악성종양을 판정받은 암환자들에게 장애인과 노숙인 등 타인을 돕는 봉사 활동을 시켰더니, 안정과 휴식이라는 명분으로 아무것도 하지 않았던 환자들보다 수술이나 항암 치료의 효과가 훨씬 좋았다는 것이다. 일방적으로 보살핌을 받기보다는 누군가를 돕는다는 데서 기쁨이 생긴다. 세상에서 밀려난 덤받이가 아니라 세상에 필요한 사람이라는 의식이 면역력을 높인다. 그처럼 자연스러운 삶의 의지와 욕구야말로 스스로를 살리는 명의名醫인 것이다.

히포크라테스는 가만히 덧붙인다. 의사로서 이미 의사인 이들을 곁에서 돕는 방법은 때때로 치유하고, 종종 치료하고, 항상 위로하는 것뿐이라고.

몸만이 아니라 마음을 돌볼 의사가 절실한 나날이다. 내 병을 내가 알기 위해 진중히 성찰하고, 내 병을 내가 고치기 위해 힘껏 북돋을 일이다. 끝끝내 아픈 나를 껴안아 일으킬 사람은 나 자신뿐이다.

#22

위에서 싫어하는 것으로 아랫사람을 부리지 말 것이며,

아래에서 싫어하는 것으로 윗사람을 섬기도록 하지 말 것이다.

앞에서 싫어하는 것을 뒷사람의 앞에 놓지 말고,

뒤에서 싫어하는 것인데도 앞사람을 따르도록 하지 말 것이다.

오른쪽에서 싫어하는 것으로 왼쪽과 사귀지 말 것이며,

왼쪽에서 싫어하는 것으로 오른쪽과 사귀지 말 것이다.

이러한 것들을 일러 혈구지도絜矩之道라 한다.

유교 사서四書 중 하나인 『대학』의 마지막 장에 등장하는 '혈구지도'는 단어 그대로 풀이하면 '곱자를 가지고 재는 방법'이다. 곱자란 나무나 쇠를 이용해 90도 각도로 만든 기역 자 모양의 자를 가리키는데, 집을 지을 때 목수들은 이 곱자를 이용해 치수를 잰다고 한다. 그러니까 그만큼이나 정확하고 치밀하게, 자기의 처지를 미루어 남의 처지를 헤아리라는 뜻이다.

내가 싫어하는 것을 남들이 좋아할 리 없다. 내가 싫어하는 것은 남도 싫어한다. 그렇다면 내가 받았던 부당한 처우와 억울한 대접을 남에게 돌려주지 않도록 애써야 마땅할 것이다. 하지만 기묘한 일은 "종이 종을 부리면 식칼로 형문刑問을 친다"라는 속담처럼, 남에게 눌려 지내던 사람이 귀하게 되면 전날은 생각지 않고 아랫사람을 더 심하게 누르고 모질게 대하기 십상이라는 것이다. 혹독한 시집살이를 겪은 며느리가 시어머니가 되었을 때 자기 며느리에게 더욱 모진 시어머니가 되는 것과 같다. 졸병 시절 상급자에게 당했던 호된 기합을 하급자에게 고스란히 돌려주는 일도 마찬가지다.

결국 그 야릇한 망각의 밑바탕에는 심리학에서 말하는 '전치displacement'가 작용한다. 전치는 일종의 방어기제다. 전치는 자신의 충족되지 않은 욕구를 전혀 다른 대상에게 옮겨 충족하려는 것으로 설명된다. 정작 맞서 싸워야 할 상대는 일찌감치 놓쳐버렸다. 원망할 대상도 사라져버렸다. 그럼에도 마음에 묵혀두었던 복수심으로 엉뚱한 곳에 앙갚음을 하는 것이다. 내가 당한 만큼 남에게도 돌려주고자 한다. 나만 당하면 억울하니까 너도 한번 당해봐라, 내 상처 받은 자존심을 남에게 고통을 주는 가운데 달래려 한다. 그래서 전치에는 필연적으로 '희생양 만들기'가 뒤따른다. 언젠가 내가 그러했던 것처럼 억울하고 분하고 괴로운 희생 제물이. 그렇게 악습의 물림, 악순환이 계속된다.

본디 『예기』의 한 편篇이었던 『대학』은 조선의 유생들이 성균관에 들어가 제일 먼저 배우는 경전이었다. 올바른 선비의 길로 수신제가치국평천하를 제시하는 『대학』은 수많은 덕목 중에서도 혈구지도를 으뜸으로 꼽았다. 나라를 잘 다스려 천하를 화평하게 만들기 위해서는 나의 마음을 헤아려 남의 마음을 보살필 수 있어야 한다는 것이다. 그래서 혈구지도는 이성의 작용에 의한 예의일 뿐만 아니라 인간으로서 인간에게 할 수 있는 가장 깊은 공감이자 연민이다.

지극히 당연한 이치일수록 오히려 행하기 쉽지 않다. 그래서 시시때때로 내 마음자리를 돌아보며 지금 이 순간의 감정이 어디에서 와서 어디로 가는지를 짚어봐야 한다. 턱없이 얕은 내 마음의 깊이를 재는 정밀한 곱자를 언제 어디서나 잊지 말고 챙길 일이다.

#23

가족은 감정 노동 공동체이다. 한국의 가족이 위기에 빠진 이유
는 '가족'이라는 이름으로 서로에게 '노동'을 하지 않고 그저 쉬려고
만 하기 때문이다.

엄기호, 『이것은 왜 청춘이 아니란 말인가』

세상의 기준으로 이른바 성공했다고 일컬어지는 사람들을 상담하는 한 정신과 의사는, 그들의 고민 중 90퍼센트 이상이 '자녀(그중에서도 특히 아들)와의 관계'라고 말한다. 필부필부가 그러하듯 그들도 자식들을 끔찍이 사랑한다. 하지만 반항적인, 무기력한, 부모를 부정하고 세상을 냉소하는 자식들 때문에 일에서는 성공했지만 삶의 회의를 느낀다는 것이다.

세상과, 주변인들과, 나 자신과 좋은 관계를 맺고 있는 사람은 무엇을 가지고 무엇을 이루었는가와 상관없이 스스로 만족한다. 일상적으로 충만하고 본질적으로 행복하다. 어려움을 겪어도 주위의 도움과 지지를 받아 쉽게 일어난다. 하지만 실로 많은 사람들이 가장 일상적이자 본질적으로 겪는 고통 또한 '관계'에 대한 것이다. 그중에서도 내가 선택한 것이 아니라 태어날 때부터 임의로 주어진 가족과의 관계는 중요한 만큼 어렵고 미묘하다.

오늘도 텔레비전에서는 뒤틀린 가족들끼리 치고받는 막장 드라마와 가족에 대한 사랑에 의지해 역경과 고난을 이겨냈다는 휴먼 드라마가 동시에 방영된다. 카메라와 마이크를 들이대고 "당신에게 가족이란 어떤 존재인가요?"라고 물으면 많은 사람들은 생글생

글 웃으며, 혹은 글썽글썽 눈물지으며 "세상에서 가장 사랑하는 사람들"이라거나 "나를 살게 하는 힘"이라고 대답한다. 하지만 일본의 배우 겸 영화감독 기타노 다케시가 인터뷰에서 내뱉은 "가족이란 누가 보지 않는다면 갖다 버리고 싶은 존재"라는 대답에 남몰래 통쾌한 기분을 느낀 사람들도 적지 않을 것이다.

가족이라는 사회 구성단위는 그 자체가 모순적이다. 힘이면서 짐이고, 자연적이고 근본적인 듯하면서 인위적이고 의무적이다. 가족의 갈등과 해체가 문제시될수록 한편에서는 가족의 신성불가침성이 강조된다. 한국 사회의 가족 의존도는 다른 문화권에 비해 매우 높은 편이다. 국가와 사회가 책임져야 할 복지의 대부분을 가족에게 떠넘긴다. 육아의 짐, 교육, 간병, 부모의 노후가 모두 가족이 해결해야 할 몫이다.

그리하여 아이들은 부모에게 종속된 채 '개인'이 될 기회를 저당 잡히고, 부모는 자식들의 양육에 지나치게 많은 에너지를 빼앗기고, 스스로 선택한 유일한 가족인 부부는 더 이상 가족의 중심이 아니며, 늙은 부모는 자식들에게 부담의 대상이다. 서로가 서로에게 무겁고 버겁다. 너무 많이 주고 너무 많이 잃는다.

이 총체적인 위기에 대해 사회학자 엄기호는 쓰라리지만 예리한 메스를 들이댄다. 가족이 가족답기 위해서는 무급의 자원봉사를 하는 것이 아니라 애써 노동해야 마땅하다고. 돌봄과 보살핌을 바라며 무책임하게 쉬는 대신 가족을 통해 누리는 모든 것이 당연하지 않다는 사실을 인정하며 서로를 위해 열심히 일해야 한다.

가족이 정말 감정 노동의 공동체라면 남들에게는 결코 보이지 않은 분노의 민낯으로 으르렁대는 일은 없을 것이다. 배려와 친절과 염려와 사랑이야말로 힘겨운 노동과 비싼 노력의 결과물임을 알게 될 것이다. 그때야말로 비로소 서로에게 진정으로 감사하며 사랑할 수 있을 것이다.

#24

한국인들은 "나는 누구인가?"라는 질문을
제대로 던질 수 없게 되어 있다.
처음부터 '나'가 존재하지 않기 때문이다.
청소년 시절 한때, 그와 비슷한 질문을 격렬하게 던지지만,
그것은 나가 아니라 '나의 신분'에 관한 질문이다.
그러다 보니 나이가 들면, 곧 나의 신분이 높아지거나 결정되면,
나 자신에 대한 질문은 잊어버리고 만다.

전인권, 『남자의 탄생』

어쩌면 사람의 한살이는 결국 '나'를 알기 위한 여정에 불과할는지도 모른다. 과연 내가 어떤 존재인가를 아는 순간부터 진정한 삶이 시작되고, 그런 나를 다스리는 방책을 고민하다가 삶이 끝난다. 나를 안다는 것은 남과 다른 나만의 개성, 꿈, 가치를 깨닫는 일이기 때문이다. 그리고 그것을 깨달아야만 내가 살아가야 할 이유를 찾게 된다. 세상의 폭풍우 속에서 난파당하지 않고 끝끝내 나만의 조각배를 저어가야만 하는 이유를.

하지만 정치학자 전인권이 말하는 한국인들의 '나'는 좀처럼 찾기 어려운 숨은 그림과 같다. 누구에게도, 무엇에도 종속되지 않은 오롯한 나를 찾기 이전에 집단과 신분 속의 내가 규정되기 때문이다. 딸, 아들, 어머니, 아버지, 여자, 남자, 학생, 회사원, 공무원, 교사…… 등과 같은 사회적 역할에 더 충실한 삶을 살면서 그것이 실제의 자신이라고 착각하게 되는 것이다.

대학 입시나 입사 지원 시 필수적으로 요구하는 자기소개서를 쓸 때 많은 이들이 당황하거나 막막해하는 까닭도 여기에 있다. 자기소개서의 첫 번째 문항으로 가장 많이 등장하는 질문은 "자신의 성장 과정과 이러한 환경이 자신의 삶에 미친 영향에 대해 기술하시오"이다. 그 글머리를 "무슨 직업을 가진 아버지와 어떤 일을 하는 어머니 사이에서 태어난 몇 남 몇 녀 중 몇째……"라는 식으로 시작하는 것은 가장 흔하게 저지르는 단점으로 지적된다. 진부하고 상투적인 표현을 넘어서 나라는 사람이 드러나지 않기 때문이다. 같은 환경에서도 다른 개성이 싹틀 수 있고(싹틀 수밖에 없고), 주위를 둘러싼 배경을 떠나 색다른 꿈을 꿀 수 있다. 사람은 공장에서 찍어내는 제품이 아니기에 모두가 다르고, 다르기에 가치가 있는 것이다.

진정한 나를 알지 못하면 필연적으로 신분의 당위에 얽매이게 된다. 딸은 싹싹해야 하고 아들은 든든해야 한다. 어머니는 희생적이어야 하고 아버지는 집안의 기둥이 되어야 마땅하다. 여자는 어때야 하고 남자는 어때야 하고, 학생의 본분은 무엇이고 회사원은, 공무원은, 교사는 이러저러해야만 한다는…… 그 단단하고 당당한 편견이 우리의 삶을 꽁꽁 옭아버린다. 그리하여 감옥에 갇힌 채 갇힌 줄도 모르고 한평생을 살아간다. 무엇을 원하는지 모르는 채 원해야 하는 것만을 알고, 무엇을 하고 싶은지 알지 못한 채 해야 하는 일에 사로잡혀.

　"나는 누구인가?"는 자아가 싹트는 청소년기에 가장 격렬하게 던지는 질문이지만, 해답을 찾기는커녕 제대로 질문을 던진 적도 없다면 언제고 반드시 스스로에게 물어야 할 일이다. 남들이 바라보는 내가 아닌 나의 진짜 모습을, 세상에 의해 규정된 이름이 아닌 내가 바라는 이름을. 그것이야말로 끝끝내 잊지 말아야 할 처음이자 마지막 질문이리라.

#25

우리가 이루어낼 수 있는 기적은 계속 살아가는 거예요. 여자가 말을 이었다. 매일매일 연약한 삶을 보존해가는 거예요. 삶은 눈이 멀어 어디로 가야 할지 모르는 존재처럼 연약하니까, 어쩌면 진짜 그런 건지도 몰라요. 삶은 우리에게 지능을 준 뒤 자신을 우리에게 맡겨버렸어요. 그런데 지금 이것이 우리가 그 삶으로 이루어놓은 것이에요. (……) 가장 눈이 심하게 먼 사람은 보이는 것을 보고 싶어 하지 않는 사람이란 말은 위대한 진리예요.

주제 사라마구, 『눈먼 자들의 도시』

역사는 진정 돌고 돌아 반복되는가? '가뭄과 역병의 창궐'이라
는 사서史書에서나 읽던 시정기의 일절이 생각나는 즈음이다.
MERS(Middle East Respiratory Syndrome, 중동호흡기증후군)라는 초유의
사태를 접했을 때 가장 먼저 떠오른 것이 포르투갈의 작가 주제 사
라마구의 『눈먼 자들의 도시』였다.

어느 날 갑자기 생눈이 멀어버리는 병이 번지고, 눈먼 사람들은
전염을 막는다는 명분으로 지옥 같은 수용소에 격리된다. 애초에
원인을 모르니 치유법도 없다. 아직 눈이 멀지 않은 사람들은 그들
을 끔찍한 병균처럼 여기며 내치려고만 한다. 정치인들은 수용 조
치 외에는 할 일이 없다는 듯 무책임하게 냉소하고, 군인들은 수용
자들을 합법적으로 제거할 수 있는 방법을 찾는다. 감금되어 방치
된 눈먼 자들은 너무도 빨리 인간성을 잃고 짐승이 된다. 식욕과
성욕이라는 욕망, 살인과 강간이라는 범죄, 그리고 눈이 멀어서도
여전히 인간 집단이라는 표식인 듯 권력에 대한 탐닉과 착취……

같은 제목의 영화로도 만들어졌지만 영화는 소설만큼의 생생함
을 전달하기엔 역부족이다. 무엇보다 그 보이지 않는 '백색공포'를
설명하기에는 시각적 장치에 한계가 있고, 소설 전체에 가득한 삶과

죽음의 끔찍한 악취에 대한 후각적 표현이 불가능하기 때문이다.

소설이 죽어가는 시대에 소설이 단말마처럼 세상을 예언한다. 『눈먼 자들의 도시』의 상황은 악몽 같은 상상에 불과하지만, 그 극한에 다다른 사람들이 펼치는 살풍경을 통해 우리는 오늘을 해석할 수 있다. 인간의 뇌가 외부로부터 들어오는 감각의 70퍼센트를 시각에서 받아들인다는 사실은 '눈뜬 삶'과 '눈먼 삶'에 대한 비유와 상징에 의미를 더한다.

우리가 보는 것이 곧 우리 자신이다! '우리가 입으로 부정하는 것을 있는 그대로 보여'주기에, '우리의 눈은 내부를 비추는 거울'이다. 그러니 '눈이 머는 순간 이미 눈이 멀었던 것은 두려움 때문이고, 그 '두려움 때문에 우리는 계속 눈이 멀어 있을 것'이다. 멀쩡히 뜬눈으로 살았던 때에도 우리는 '반은 무관심으로, 반은 악의로' 만들어져 있었으니, 보고 싶어 하는 것만 보고 살았던 그때에 우리는 이미 눈이 멀어 있었던 것이다. 아무러한 지옥도도 우리 손으로 그린 것이다. 언젠가 모든 사태가 진정된 후, 고통스럽더라도 눈을 부릅뜨고 이 잔혹하고 적나라한 그림을 낱낱이 들여다보아야 할 필요가 여기에 있다. 영원히 청맹과니로 살지 않으려면.

#26

하늘에서 번개가 내리치거나,

발아래 땅이 꺼져버리거나,

하늘과 땅이 커다란 심벌즈처럼 강하게 충돌하거나,

머리가 불타오르거나,

독사가 무릎 위로 기어오르거나,

여유롭거나 바쁘거나,

굶주리거나 배부르거나,

행복하거나 슬프거나,

그 어떤 것도 중요하지 않다.

중요한 건, 무슨 일이 생겨도 절대로 포기하지 않는 것이다.

샤브드룽 나왕 남걀

세상 돌아가는 꼴을 보자니 너무 불행한 기분이 들어서 행복한 이야기를 찾다가 『부탄과 결혼하다』라는 제목의, 실제로 부탄 남성과 결혼해 사는 미국 여성이 쓴 책을 읽게 되었다. 살짝궁 오리엔탈리즘의 혐의가 없지는 않지만 그녀가 쓴 그대로라면 부탄은 '세상에서 가장 느리고 행복한 나라'다.

티베트와 인도 사이 히말라야산맥 깊숙이 자리 잡은 아주 작은 불교 국가인 부탄은 바깥 세계의 변화와 무관하게 그들만의 방식으로 살아왔다. 농업국이긴 하지만 1960년대 화폐가 등장하기 전까지 물물교환 방식을 유지했으며 지금도 여전히 그것을 선호하는 부탄 사람들에게 돈이란 있으면 쓰고 없으면 친구나 친척들에게 달라고 하는 것이다. 내향적이고 자기반성이 깊은 부탄 사람들은 고요한 종교 생활과 친목에 만족하며 1999년까지는 텔레비전조차 없이 살았다. 그곳의 시간은 그야말로 느리게 흘러, 오전 10시에 만날 약속이라면 아침 9시부터 낮 12시까지가 모두 약속 시간으로 열려 있다. 윤회를 믿는 그들에게 시간이란 일직선이 아니라 돌고, 돌고, 돌아…… 순환하는 것일 뿐이기 때문이다.

부탄이 이처럼 행복한 나라가 된 데에는 왕, 혹은 정치가들의 역할을 무시할 수 없다. 지금 부탄은 엄연한 민주국가다. 그런데 그것은 2006년 왕조 역사상 네 번째로 즉위한 왕의 신념으로부터 비롯되었다. 그는 국민에게 언제나 훌륭한 왕이 있을 수는 없으니 부탄은 민주국가가 되어야 한다고 선포했다. 전쟁이나 혁명 없이 왕이 스스로 민주주의에 찬성하는 일은 세계사상 최초이자 유일인 셈이다. 이런 나라이기에 국민총생산GNP 대신 국민행복지수GNH를 우선시할 수 있었다. 부탄에서는 군대에서 럼주와 위스키를 제조하고 정부는 국민의 취향에 따라 원하는 콘돔을 무상 배급한다고 한다. 술과 사랑! 그것이야말로 동서고금을 막론하고 사람을 근본적으로 행복하게 하는 것이 아니던가?

17세기의 성자이자 마술사, 무사, 그리고 부탄을 통일한 왕 샤브드룽 나왕 남걀이 남긴 시이거나 주술 같은 잠언은 행복이란 결국 삶 그 자체에 대한 의지를 포기하지 않을 때 얻어지는 것이라는 사실을 일깨운다. 그들이라고 마냥 여유롭고 배부르고 행복하기만 할 것인가? 기후 변화로 인해 빠르게 녹아들어가는 북쪽 빙하에 대한 불안만큼이나 그들도 욕망으로부터 완전히 자유롭지는 않을 것이다. 하지만 그들은 포기하지 않기에, 무슨 일이 생겨도 자기의 속도와 질서를 지키며 결코 절망하지 않기에 행복할 자격이 있는 것이다.

책을 읽다가 문득문득 치미는 의심, 과연 이것이 가능할까, 유토피아에 대한 또 다른 환상이 아닐까 하는 의문은 접어두기로 했다. 누구나 그렇게 살 수는 없다고 해도 누군가 그렇게 살고 있다는 것만으로 위로이자 희망이 되기도 하니까.

#27

만일 당신이 지금 지옥을 걷고 있다면, 계속해서 걸어가라.

윈스턴 처칠

'아홉수'는 19, 29, 39와 같이 아홉이 든 나이에 운수가 사납다는 민간신앙의 일종이다. 이와 유사한 액운으로는 '삼재三災'가 있는데, 태어난 해를 십이지로 따져서 9년마다 한 번씩 3년간의 불운이 찾아온다는 것이다.

믿거나 말거나, 심각하게 믿는 이들도 있고 미신으로 치부하는 이들도 있지만, 어쨌거나 사람의 한살이에서 유난히 괴롭고 힘겨운 일들이 꼬리에 꼬리를 무는 시기가 있다. 무슨 일을 해도 잘 풀리지 않고 뜻밖의 사건과 사고가 잇따른다. 아무리 발버둥 쳐도 헤어 나올 길이 없어 막막하고 지독한 고통과 외로움 속에 허덕이게 된다. 아침에 눈을 뜨는 일조차 괴롭고 살아 있는 순간순간이 악몽 같다. 그것이 바로 살아서 겪는 지옥, 생지옥이다.

이때 가장 먼저 드는 감정은 억울함이다. 아예 겪지 않거나 겪는 대도 미풍처럼 살짝 스쳐 지나가는 사람들도 많은데 왜 운명은 나에게만 이런 폭풍우 같은 시련을 주는 것일까? 불행을 한탄하며 행운아들에게 배신감과 질투를 느낀다. 그마저도 아무런 위로가 되지 못할 때 크나큰 무력감과 절망에 빠져버리고 만다. 아무것도 할 수 없고 아무것도 할 의지가 없으니 팽팽하게 당겨진 고통의 끈을 한순간 놓아버리고 싶은 마음뿐이다.

그러나 살아서 도망칠 곳은 없다. 죽음으로 영원히 도망쳐버릴 것이 아니라면 어떻게든 견뎌야 한다. 불굴의 영웅이거나 냉혹한 제국주의자로 양면적인 평가를 받는 영국의 정치가 처칠은 이 생지옥을 견디는 방법을 제시한다. 그의 해결책은 단호하고도 간단하다. 발걸음을 멈추지 말고 지금 걷는 그 지옥 길을 뚜벅뚜벅 걸어나가라는 것이다. "이 또한 지나가리라!"는 솔로몬의 지혜를 믿는다면, 언젠가는 그 어둡고 질척한 굴길을 빠져나갈 수 있으리니.

곱씹을수록 과연 그렇다. 바닥을 쳤다고 느끼는 순간 사람의 진짜 근기가 드러난다. 포기하지 않는 사람은 그 바닥을 짚고 일어나고, 주저앉아버린 사람은 그 바닥에서 더 깊은 땅굴을 파고 들어간다. 다리를 세워 일어나 걷지 못한다면 자기 손으로 판 굴속에 매장되어버린다.

불교에서는 인간 세상을 고해苦海라고 일컫는다. 괴로움이 끝이 없는 고통의 바다라는 것이다. 불운과 불행은 우연이 아니라 필연이다. 행운만을 거머쥐고 한없이 행복해 보이는 사람들도 생로병사의 고통에서 완전히 자유롭지 않다. 하지만 그러하기에 더욱 지금 여기의 삶이 보배롭다. 꽃길이 아니라 진창길을 걷고 있다고 해도 아직 걸을 수 있다는 사실만으로 축복이다.

삶이 신비로운 것은 불운과 불행마저 지나고 나면 새로운 의미가 되기 때문이다. 스스로의 힘으로 지옥에서 빠져나온 사람은 오히려 삶의 아름다움을 발견하고 감사하게 된다. 멈추지 않고 걸었던 만큼 마음의 근육이 단단해졌음을 느낀다. 걷다 보면 달릴 수 있고, 달리다 보면 언젠가 날아오를 수 있을 때까지.

28

진실이 문을 두드리면 우리는,

"가버려, 나는 진실을 찾고 있어!"라고 소리쳐서 쫓아낸다.

로버트 퍼시그, 『선을 찾는 늑대』

'진실'에 대해 이야기하려니, 문득 진실이 무언지 알 수 없어 아득해진다. 그래서 배운 대로 하던 대로 국어사전부터 찾았다. 국립국어원 「표준국어대사전」에서 검색된 명사 진실의 뜻은 세 가지다. 첫째, 거짓이 없는 사실. 둘째, 마음에 거짓이 없이 순수하고 바름. 셋째, 불교적 의미에서, 참되고 변하지 아니하는 영원한 진리를 방편으로 베푸는 교의에 상대하여 이르는 말.

뜻풀이를 읽어도 진실의 실체는 알쏭달쏭하기만 하다. 언젠가 분명히 스쳐 지나거나 마주치기도 했으련만 돌이켜보면 그 민낯이 가물가물하다. 한때 찾아 구하겠노라고, 기어이 내 것으로 만들어보겠다고 어지러이 헤매었음에도 정작 그 정체를 알지 못한다. 자칫하면 눈앞에서 보고도 알아보지 못할지 모른다. 심지어는 대문을 쾅쾅 두드리며 들어가게 해달라고 간청하는데도 불청객 취급하며 쫓아버릴지 모른다.

진실이라는 손님을 맞을 때에도 마땅히 준비가 필요하다. 이쯤에서 떠오르는 「누가복음」 12장의 말씀. 그날, 그 순간, 그 진실의 시간을 위한 예수의 권고는 허리에 띠를 두르고 등불을 켜놓고 준비하고 있으라는 것이다. 마치 혼인 잔치에서 돌아오는 주인이 문을 두드리면 곧 열어주려고 기다리는 하인들처럼 늘 깨어 있기를 채근한다. 진실이 찾아왔을 때 잠들어 있어서는 곤란하다. 그때가 언제인지 모를지라도 눈을 부릅뜨고 허벅지를 찔러가며 깨어 있어야 한다. 부지런하고, 귀가 밝고, 책임감이 강해야 한다.

그런데 진실을 찾고 진실을 기다리기에 앞서 해야 할 일이 또 하나 있다. 바로 진실이 무엇인지 아는 것이다. 로버트 퍼시그의 지적이 무섭고 뼈아픈 까닭은, 어쩌면 진실은 우리가 원하던 얼굴을 하고 있지 않을 수도 있다는 사실 때문이다. 진실은 아름답고 맑고 우아하리라 짐작하지만 실상 기대보다 훨씬 추악할 수 있다. 바라던 것과 전혀 다르게 끔찍한 모습을 하고 있을 수도 있다. 턱없이 불친절할 수도 있고, 때로는 잔혹할 수도 있으며, 딸 춘향이와 혼인한 사또 아들이 금의환향하기를 오매불망 기다리던 월매 앞에 거지꼴을 한 채 나타난 이몽룡처럼 기가 막히게 누추할 수도 있다. 과연 그때 그를 내치지 않을 거라고 자신할 수 있을까? 겉모습에 속아 이몽룡이 쫄딱 망해버린 줄만 알고 홀대하며 타박한 월매보다 낫거나 다르리라고 장담할 수 있을까?

대개의 경우, 잔인하게도, 거짓이 더 아름답고 거짓말이 더 달콤하다. 평소에 강직하고 소박하다고 알려진 사람조차 뻔히 속이 들여다보이는 아첨꾼의 감언이설에 헤벌쭉한 걸 보면 거짓인 걸 몰라서가 아니라 거짓인 걸 알면서도 속는 게다. 아무리 병을 고친대도 당장 입에 쓴 약은 물리치고만 싶은 어리석음 탓이다. 그렇게 진실은 문전박대 당하고 쫓겨난다.

세상에 진실이 없는 건 결국 우리가 진실에게 문을 열어주지 않고 있기 때문인지도 모른다. 세상 어디에도 쉴 곳이 없기에 진실은 점차로 소멸해가는지도 모른다.

[#]29

젊음은 젊을 때 낭비된다.

조지 버나드 쇼

버나드 쇼는 19세기 후반에서 20세기 초반까지 반세기 동안 영국 연극사상 가장 오랜 기간 가장 많은 작품을 내놓은 위대한 극작가이다. 하지만 처녀작이자 출세작인 『홀아비의 집』이나 노벨문학상 수상작인 『인간과 초인』보다 더 많이 알려진 것이 이른바 '명언'이라 불리며 회자되는 그의 말들이다. 죽기 전에 스스로 지어놓았다는 "우물쭈물하다가 내 이럴 줄 알았지(I knew if I stayed around long enough, something like this would happen)"는 전 세계에서 가장 유명한 묘비명 중 하나일 것이다. 직역하면 "이 주변에서 머무를 만큼 머물다 보면, 이런 일이 생길 줄 알고 있었다" 정도일 터, 누가 했는지는 모르지만 원문보다 한국어 번역이 빛나는 말이 아닐 수 없다.

어쨌거나 버나드 쇼의 명언들은 기묘하게 우습다. 해학과 풍자의 작가답게 탁월한 유머 감각으로 삶의 폐부를 찌른다. 그 끝이 제법 날카로워 쿡, 찔리면 훅, 숨이 말려든다. 그리고 한 호흡이 지난 뒤에야 천천히, 그의 작품의 기조를 이루었던 지성과 반란의 작용으로 비로소 웃음이 터져 나온다. 감상적이고 낭만적인 것 일체를 배격하는 신랄함 때문에 그의 명언은 아프고 쓰리기도 하다. 하지만 그 쓴웃음이야말로 삶의 진실을 되짚고 곱씹는 데 필수 불가

결한 과정이다.

원문은 "Youth is wasted on the young", "젊음은 젊은이들에게 주기 아깝다"로 해석되기도 하는 이 말은 아마도 젊은 시절엔 결코 이해할 수 없는 장년 혹은 노년의 두덜거림일 것이다. 가수 이상은의 노래 「언젠가는」의 가사와 일맥상통하는, "젊은 날엔 젊음을 모르고, 사랑할 땐 사랑이 보이지 않"는 이치다. 그토록 짧은 찰나에 스쳐 지나갈 순간임을 미처 알지 못한 채 덧없이 허비한 젊음에 대한 회한이 뼈아프다.

나 역시 예외가 아니었다. 나는 맹렬하게 젊음을 낭비했다. 가장 예뻤던 그때 가장 어두운 옷을 입었고, 가장 건강했던 몸을 가장 지독하게 혹사시켰다. 웃기보다는 많이 울었고, 미래를 계획하기는 커녕 현재를 감당하기 버거워 쩔쩔맸다. 그 원인은 시대의 우울 때문이기도 했지만 시대를 관통해 젊음을 잠식한 불안 탓이기도 했다. 끝없는 실패에 낙담하고 절망하기 일쑤였다. 내가 얼마나 아름다운 한 시절을 지내고 있는지 알 수 없었다. 나는 젊은 날에 가장 젊지 못했다. 그리하여 다시 「언젠가는」의 가사처럼 "하지만 이제 뒤돌아보니 우린 젊고 서로 사랑을 했구나" 하며 탄식한다.

언제까지나 잔고가 바닥난 빈털터리가 되어서야 젊음을 깨달아야 할까? 젊은 날에 젊음을 알고, 알뜰하게 그것을 불려나갈 방도는 없을까? 익살스러운 예지자인 버나드 쇼는 풀이 죽어버린 젊음들에게 또 다른 명언 하나를 남겼다.

"나는 젊었을 때 열 번 시도하면 아홉 번 실패했다. 그래서 열 번씩 시도했다."

무언가를 탕진했지만 그것이 낭비만은 아니기 위해서는 실패 속에서 무언가를 얻을 때까지 시도하는 길뿐이다. 이러쿵저러쿵해도 그 귀한 것을 펑펑 써댈 수 있는 때는 젊음, 그 찬란한 한 시절이리니.

#30

본능.

집이 불탈 때면 사람들은 먹는 일조차 잊어버린다.

그러나 불이 꺼진 뒤에는 잿더미 위에 앉아 다시 먹는다.

니체, 『인간적인 너무나 인간적인』

극작가 P선생이 모친상을 당했다는 소식을 뒤늦게 전해 들었다. 미처 부고를 받지 못해 조문을 가지 못한 터라 안타까운 마음을 금할 수 없었다. 살아가면서 배운 이치 중 하나는 가까운 이의 경사에는 빠지더라도 조사에는 최대한 참석해야 한다는 것이다. 대단한 부조가 아니더라도 슬픈 일을 당했을 때 찾아주는 발길 하나가 얼마나 소중한 줄 알기 때문이다. 죄송한 마음에 선생께 말로나마 위로를 전하고 나중에 찾아뵙겠노라는 문자메시지 한 통을 보냈다. 겉으로는 씩씩해 보이지만 실로 여리고 속정 깊은 선생이 어머니와 영이별하고 어떻게 견디시나 걱정이 되었다. 그런데 잠시 후 도착한 답장.

그고마워요, 별아 씨. 육친을 눈물 속에 보내드리면서도 밥을 먹었다오.

그 짧은 문장이 어떤 넋두리와 하소연보다 먹먹했다. 결국에는 그런 것이리라. 떠난 사람은 떠날지라도 산 사람은 살아야만 하니까, 그럴 수밖에 없으리라.

건강한 성인 남성을 기준으로 할 때 인간이 물을 마시고 음식을 먹지 않은 채 생존하는 기간은 60일이다. 물까지 없을 시에는 고작

8일밖에 버티지 못한다. 그래서 먹고 마시는 일은 인간이라는 동물의 가장 기본적인 생존 조건이다. 인간은 욕구의 결핍을 채우기 위해 강력한 본능을 동원한다. 아무리 큰 슬픔을 당해도, 아픔을 겪어도, 충격과 실의에 빠져도, 잠시 잠깐 잊어버릴 수는 있을지언정 영영 본능을 외면할 수는 없다.

짐짓 잔인한 일이다. 배꼽시계가 정시를 가리키며 울어대면 기어이 꾸역꾸역 먹어야 한다. 그래서 누군가는 아무러한 고통이라도 사흘만 꼬박 굶고 나면 허기의 고통을 넘어서지 못한다고 했다. 구수한 밥 냄새와 달콤한 반찬 냄새를 맡으면 절망 속에서도 군침이 돌고 회가 동한다고. 이것이 "눈물은 내려가고 숟가락은 올라간다"는 속담의 처절한 증거이다. 그렇게 먹어대는 자신을 혐오하고 경멸해 보기도 하지만 마침내 용서하고 타협할 수밖에 없다.

철학자 니체의 일갈은 기실 이러한 삶의 진실을 '인간적인 너무나 인간적인' 방식으로 기술한 것에 다름 아니다. 하지만 이토록 강력한 본능에 대한 확인이 곧 본능의 노예가 되는 것을 용인하는 것은 아니다. 본능에 대한 이해와 인정은 삶에 대한 이해와 인정이기도 하다. 어떤 상황에서도 죽음보다는 삶이 본능이며, 그 삶의 본능에 충실하여 살아낼 수밖에 없는 것이 우리 인간 존재라는 사실이다.

불은 한순간 모든 것을 앗아가 버릴 수도 있다. 뜨거운 화마는 재산은 물론 추억까지 깡그리 태운다. 모든 것이 한 줌 재가 되어버리면 세상이 끝난 것 같다. 끝날 것 같다. 하지만 불탄 자리에도 거짓말처럼 움이 트고, 때로는 재를 거름 삼아 더욱 창창하게 자라기도 한다. 그 잿더미에서 버티고 앉아 그래도 꾸역꾸역 삶을 먹고 마신다면, 끝끝내 사라지지만 않는다면.

#31

흰 좀벌레 한 마리가 나의 「이소경離騷經」에서 '추국秋菊, 목란木蘭, 강리江籬, 게거揭車' 등의 글자를 갉아먹었다. 처음에는 너무 화가 나서 잡아 죽이려 했는데 조금 지나자 그 벌레가 향기로운 풀만 갉아먹은 것이 기특하게 여겨졌다. 그래서 특이한 향내가 그 벌레의 머리와 수염에 넘쳐나는지를 조사하고 싶어서 아이를 사서 반나절 동안 집 안을 대대적으로 수색하게 했다. 갑자기 좀벌레 한 마리가 기어 나오는 것이 보여 손으로 잡으려 했는데 빠르기가 흐르는 물과 같아 순식간에 달아나 버렸다. 그저 은빛 가루만 번쩍이며 종이에 떨어뜨릴 뿐, 좀벌레는 끝내 나를 저버렸다.

이덕무, 『청장관전서』

글이 너무 아름다워, 황홀감에 젖은 채 한참을 멍했다. 친구들에게서 간서치看書癡, 즉 책만 읽는 바보라는 별명으로 불리던 이덕무의 모습이 눈앞에 삼삼하게 그려진다.

조선 영조 때 불운한 서자로 태어난 이덕무에게 책은 보물이었다. 하루도 손에서 놓은 날이 없었으며 책을 사랑하다 못해 책에 미쳐버렸다. 이미 그 자신이 '책벌레'가 되어버린 이덕무가 책을 갉아먹은 좀벌레를 잡겠다고 날뛴다. 그것도 굴원의 『초사楚辭』 중 대표작으로 '경전經'의 차원으로까지 숭앙되었던 「이소」를 갉아버렸으니 벌레라도 용서치 못할 터이다.

그런데 "아침에는 목란에서 떨어지는 이슬을 마시고, 저녁에는 가을 국화꽃을 씹는다"라는 대목으로 유명한 「이소」 중에서도 벌레는 용케 향기로운 뜻을 품은 글자들만 갉아먹었다. 신통타! 이제 그는 분노 대신 요 책 좀 읽을 줄 아는 벌레를 잡아다 살펴보고 싶다. 더듬이부터 꽁지까지 모조리 향기로울지도 모른다. 그래서 없는 살림에 아이까지 사서 집 안을 샅샅이 뒤진다. 하지만 가까스로 잡는 순간 벌레는 은빛 가루만 남긴 채 어디론가 달아나고, 그는 허망해진다. 글의 향기가 아무리 진진해도 남은 것은 흩뿌려진 가루뿐이다. 책을 모두 씹어 삼켜도 그 책이 되어 살 수는 없다!

책의 4대 적은 물, 불, 벌레 그리고 인간이라고 일컬어진다. 홍수에 떠내려가거나 물에 젖어 찢어진 책, 화재에 불타 사라진 책, 벌레가 슬어 바스러져 버린 책…… 책들은 그렇게 시간 속으로 사라져간다. 하지만 인간이라는 적은 다른 적들과 적이 다르다. 물과 불과 벌레가 어쩔 수 없는 자연의 재해라면 인간은 고스란히 의도된, 그래서 더욱 악독한 적이다. 시인 하이네는 "책을 불태운 자리에서 마침내는 사람을 불태울 것이다"라고 했던가. 분서, 그리고 금서의 시도는 단순히 책에 대한 위협이 아니라 학문, 지식, 자유, 상상력…… 인간 그 자체에 대한 부정이다.

불태우거나 금지하지 않아도 사람들이 스스로 책을 외면하는 시절이다. 책 속의 향기로운 지혜 따윈 벌레에게나 줘버리고, 검색으로 당장에 찾아낸 얄팍한 지식에 꺼둘린다. 하지만 지식은 결코 지혜처럼 사랑옵지 않다. 그 터럭 끝까지 뻗친 향기를 찾기 위해 몸을 낮추고 바닥을 두리번거릴 리 없기 때문이다. 경조부박하기가 깃털 같은 시대, 선인의 도저한 책 사랑만이 은빛 가루처럼 번쩍인다. 책이라는 귀물貴物 혹은 귀물鬼物은 결국 우리를 저버리고야 말 것인가?

#32

누구에게나 자기의 방귀는 구수하다.

데시데리위스 에라스뮈스

기발한 혹은 괴팍한 연구를 하는 데 특별한 재능을 지닌 듯한 영국 과학자들이 얼마 전 희한한 연구 결과를 또 하나 내놓았다. 사람의 방귀 냄새가 암과 뇌졸중, 심장 질환과 치매 등의 질병을 예방하는 효과가 있다는 것이다. 영국 엑세터 의과대학 매트 화이트맨 교수 팀의 설명에 의하면, 방귀 냄새의 근원 중 하나인 화학물질 황화수소를 소량 흡입하면 황화수소가 혈액세포의 에너지 생성을 촉진하고 염증을 조절하는 미토콘드리아를 보호하여 체내 세포를 보호하고 질병을 예방하는 작용을 한단다. 그리하여 방귀 냄새나 썩은 달걀 냄새로 알려진 황화수소가 미래에는 각종 질병 치료에 사용될 것이라나 뭐라나.

　아침 산책을 하던 중 라디오에서 이 소식을 듣고 문득 터져 나오는 웃음과 함께 에라스뮈스의 한마디가 떠올랐다. 빼어난 전기 작가 슈테판 츠바이크가 '최초의 의식 있는 세계주의자이자 유럽인'이라고 불렀던 에라스뮈스는 '암흑기'로 일컬어지는 중세에 시대를 초월한 지성과 유머를 구사했던 사람이다. 한스 홀바인이 그린 초상화에 담긴 에라스뮈스는 영락없이 날카롭고 예민한 인문주의자의 모습이지만, 인간의 위선과 타락을 통렬하게 비판하는 그의 글은 때로 코미디보다 웃기다. 너무도 솔직해서, 지극히 진실해서.

　아전인수에 견강부회, 남이 하면 불륜이요 내가 하면 로맨스라는 논리가 횡행하는 시절이다. 자기에게 엄격하고 타인에게 관대한 인격까지야 기대하지 않는다고 해도 어처구니없는 이중 잣대를 들고 한 입으로 두 말을 예사로이 하는 사람들을 보면 스스로 부끄럽지도 않은지 화가 나기보다 신기하기까지 하다. 남들이 악취에 코를 싸쥘 때에도 자기 방귀만은 구수한 질병 치료제라고 주장하는 그들은 일종의 나르시시스트이다. 재미있는 것은 그들이 진정으로 자신을 사랑하고 아끼는 '건강한 자기애healthy narcissism'를 가진 것은 아니라는 사실이다.

　정신분석학에서는 나르시시스트가 되는 것은 오히려 낮은 자존감 때문이라고 해석한다. 스스로를 약하다고 생각해 힘으로 남들에게 짓밟힐 것을 두려워하기 때문에 어떻게든 권력과 돈과 명예를 가지려 발버둥 친다는 것이다. 그들이 다른 사람들을 생각하는 방식은 '오렌지'로 비유된다. 단물이 빠진 오렌지를 쓰레기통에 던져버리듯 사람도 이용 가치가 없어지면 쓰레기 취급한다는 것이다. 그것이야말로 병적인 자기애, 특권 의식을 갖고 남을 지배하고 착취하는 자기애에 다름 아니다. 건강한 자기애는 남의 인격도 존중한다. 최소한 남들을 불쾌하게 하지 않기 위해 살그머니 엉덩이를 돌릴 줄 안다.

이러쿵저러쿵하여도 2014년 브라질 월드컵에서 우승한 독일 대표 팀의 뢰브 감독이 경기 도중 코딱지를 파먹는 영상이 공개되어 잘생긴 외모에 어울리지 않게 '코딱지 감독'이라는 별명으로 불리는 것처럼, 자기 코딱지는 간식으로 먹을 만큼 지저분하지 않게 느껴지고 아무리 썩은 달걀 냄새라도 자기 방귀는 구수한 것이 인지상정인지도 모른다. 에라스뮈스 식으로 말하자면 인간이란 참으로 더럽고도 향기로운, 더럽게 향기로운 존재가 아닐 수 없도다!

#33

용기란 두려움에 대한 저항이자 두려움을 정복하는 일이지,
두려움이 없는 것이 아니다.

마크 트웨인

축구 선수 최은성이 2014년 43세의 나이로 은퇴했다. 그의 포지션은 골키퍼. 초등학교 때부터 30여 년 동안, 프로 선수로서 18년 동안 공을 막았다. 온 국민이 다 아는 월드컵 스타는 아니지만 K리그 전북 현대와 성남 일화의 경기로 화제가 된 '골키퍼의 자책골'을 기억하는 사람이라면 "아, 그 선수!"라고 무릎을 칠 것이다.

성남 일화가 2대 1로 앞선 상황에서 성남에 부상 선수가 발생하자 성남의 골키퍼는 사이드라인 밖으로 공을 걷어냈다. 경기가 다시 시작되었을 때 전북이 성남에게 공을 넘겨주는 것은 축구계의 불문율이자 예의. 그런데 전북의 이동국이 성남의 골키퍼에게 공을 건네주려 롱패스를 했는데, 그게 어찌어찌 골문으로 들어가 득점으로 연결되어버렸다. 웃을 수도 울 수도 없는 지경에 어쨌거나 스코어는 2대 2 동점. 이동국이 곧바로 손을 들어 실수임을 인정했지만 경기장의 분위기는 험악해졌고, 성남 선수들이 항의하는 과정에서 전북 선수를 넘어뜨리는 바람에 퇴장까지 당했다. 이때 재개된 경기에서 이동국이 다시 볼을 잡아 골키퍼 최은성에게 연결하자, 최은성은 그 패스를 받아 자신의 팀 골문으로 공을 차 넣었다. 결국 경기는 3대 2, 성남의 승리. 언론은 최은성의 득점(?)을

'매너 자책골'이거나 '페어플레이 자살골'이라고 불렀다. 때로 경기장에는 승리 그 자체보다 중요한 것이 있음을 그는 온몸으로 보여준 것이다.

청춘을 모두 바친, 어쩌면 인생의 전부인 그라운드를 떠나는 노장은 결국 은퇴식에서 눈물을 흘렸다. 그리고 그 눈물만큼 인상적인 고백을 하나 했는데, 바로 "공이 무섭고 두려웠다"는 것이었다. 골키퍼들끼리는 '골키퍼가 공이 무서워지면 장갑을 벗을 때'라는 농담 아닌 농담을 주고받는다지만, 손목에 맞으면 그대로 뼈가 부러져나가는 시속 100킬로미터에서 130킬로미터까지 이르는 초고속 슛 앞에서 두렵지 않다는 것이 이상한 일이다.

외과 의사도 피가 무섭고 소방관도 불이 두려울 수 있다. 아니, 당연히 무섭고 두려울 것이다. 하지만 그들은 용기를 내어 슛에, 피에, 불에 맞선다. 태어날 때부터 특별히 용감한 유전자를 가진 것이 아니라 남들이 두려워 피하는 것들에 맞서 싸워 마침내 이기는 것뿐이다. 한국 독자들에게 『톰 소여의 모험』이나 『허클베리 핀의 모험』 같은 '어린이 세계 명작'으로 알려진 마크 트웨인은 기실 제국주의, 식민주의, 인종차별, 여성차별에 반대한 것으로 더 유명한 작가이다. 그의 시대는 강대국들이 약소국을 폭력적으로 침탈해 식민지로 삼고, 피부 색깔만으로 사람이 사람을 노예로 부리며, 여성들에게 투표권조차 주어지지 않던 시절이었다. 이 시대의 이단아를 자처했던 마크 트웨인 역시 두려움이 없는 것은 아니었을 테다. 인기 작가의 지위와 명성에 만족하며 입만 다물었다면 제국주의자와 차별주의자들의 위협과 도발에 시달릴 필요도 없었을 것이다.

결국 용기는 "가만히 있으라"는 세상을 향해 "가만히 있지 않겠다"고 말하는 데서 시작됨을 마크 트웨인의 촌철살인이 다시 한 번 증명한다. 용기는 그렇게 태어나는 것이다.

#34

사람에게는 세 가지 불행이 있다.
첫 번째 불행은 어린 나이에 과거 시험에 급제하는 것이고,
두 번째 불행은 부모 형제의 권세를 빌려 좋은 벼슬을 하는 것이며,
세 번째 불행은 높은 재주가 있어서 문장을 잘하는 것이다.

정이, 『소학』, 가언 편

세상살이가 힘겨워지다 보니 운명론자들이 부쩍 늘었다. 스스로의 힘으로 바꿀 수 있는 것이 별로 없고 그 과정이 너무 힘겹다 보니 절망에 빠져 '조상 탓'을 하는 것이다. 본래 못 되면 조상 탓이요 잘 되면 제 탓이라는 속담이 있기는 했지만, 심지어 능력이나 노력보다 금수저와 은수저를 물고 태어나는 편이 낫다고 한다. 퀴퀴하고 질척한 과거를 떨치고 승천하느라 용을 쓴 '개천 용'보다는 무위도식에 허랑방탕할지라도 꽃자리를 깔고 앉은 부잣집 가운데 자식이 낫다는 것이다.

이러한 세태는 일차적으로 교육이나 개인적 성취에 의해 신분상승이 불가능해지고 계급이 고착화되고 있다는 우울한 증거다. 명문대를 나와도, 고시를 통과해도, 예전처럼 '사짜' 직업을 가져도 부자 부모를 둔 '상속자'만 못하다는 탄식이 쏟아진다. 한편으로는 명문대나 전문직, 모두가 원하는 좋은 직장에는 상류층 자제들이 압도적 다수를 차지하는 현상이 빚어진다. 그런데 이런 신분 세습이 과연 일방의 손해일까? 은수저를 물고 태어나 승승장구하는 행운아는 세상의 모든 불행으로부터 완전히 벗어나 있을까?

북송의 철학자 정이는 형인 정호와 함께 이정자二程子라 불리는

정주학의 창시자이다. 그는 어려서부터 재능을 인정받았으나 수차
례 천거를 물리치다가 50이 넘어서야 벼슬에 나갔다. 그래서 정이
가 말하는 '세 가지 불행'은 스스로를 경계하는 듯도, 해명하는 듯
도 하다. 초년 출세와 음덕(조상의 덕)과 높은 재주……. 그런데 정이
가 인생의 가장 큰 불행으로 손꼽는 이 세 가지야말로 작금의 세
태에서 모두가 부러워하는 행운이자 행복의 조건이 아닌가!

　물론 20대의 성공을 이상으로 삼고, '낙하산'을 쉽고 편리한 지
름길로 생각하며, 문장을 의사소통의 기술로 여기는 사람들에겐
케케묵은 고담준론으로 들릴지도 모른다. 하지만 정이가 군이 불
행이라는 무게 있는 말로 경계했던 뜻을 곱씹어 보면 이해하기 싫
을지 몰라도 이해할 수밖에 없다.

　어린 나이에 성공한다는 것은 실패 경험이 별로 없다는 뜻이다.
그러니 자신의 능력이나 행운만 믿고 자만하다가 중장년에 크게
실패할 가능성이 있다. 맹자의 "나아가는 것이 빠른 자는 그 물러
남도 빠르다(進銳者 其退速)"는 말과 일맥상통한다. 그런가 하면 집안
의 배경과 부모의 '빽'으로 성공하면 언젠가 부실한 자기 실력이 뽀
록나고야 만다. 또 말을 잘하고 글을 잘 쓴다는 것은 그만큼 날카

로운 말과 글로 사람들을 상처 주어 적을 만들 가능성이 커진다.

당장에는 모른다. 달콤한 성공과 성취 뒤에는 반드시 대가와 보상이 따른다는 사실을. 너무 일찍 성공한 사람들의 몰락과, 뒷배가 사라져버린 어른 아이들의 파산은 더욱 참담하다. 인생에는 절대 공짜가 없고, 길고 먼 인생길에 치러야 할 노자는 행복과 불행을 에끼고 나면 결국엔 우리 모두를 빈털터리로 만들기 때문이다.

[#]35

호랑이를 왜 만들었냐고 신에게 투정하지 말고,
호랑이에게 날개를 달아주지 않은 것에 감사하라.

인도 속담

"범사에 감사하라"는 성서의 말도 있지만, 작은 기쁨과 평범한 일상에 감사하며 사는 것은 행복해질 수 있는 가장 쉬운 방법 중 하나다. 모든 일에 감사하기 위해서는 일단 남들과 비교를 멈추고 오롯이 자신의 삶에 집중해야 하기 때문이다. 사람마다 행복의 기준이 다를지라도 비교야말로 가장 쉽고 빠르게 불행해질 수 있는 방법이라는 것은 확실하다.

그러나 그것은 다분히 이상적인 말일 뿐, 일상 속에서 우리는 못마땅한 일들에 둘러싸인 채 끊임없이 불만 불평을 터뜨리며 투정한다. 이런 투정은 정당한 비판이나 건전한 문제의식과는 다르다. 대안에 대한 고민이 없을뿐더러 지긋지긋하게 이어지는 사슬을 끊을 의지조차 없다. 어쩌면 투정도 습관이 된다. 더 이상 어르고 달래줄 엄마가 없음에도 몰려오는 불쾌한 잠기운에 칭얼대는 아이의 시절에서 빠져나오지 않는다. 요컨대 아무것도 책임지지 않고 싶은 것이다. 내가 자초한 불행까지도 남의 탓을 하며 도망치고 싶은 것이다. 하지만 언제까지나 철부지로 살 수 없다는 걸 깨달았다면, 아무리 두려워도 내 삶의 호랑이에 직접 맞서야 한다.

일본 제국주의가 호랑이 사냥 대회에 호랑이 고기 시식회까지

해가며 조선 호랑이의 씨를 말리기 전까지, 조선은 유명한 '호랑이의 나라'였다. "1년의 반은 사람이 범을 잡으러 다니고, 나머지 반은 범이 사람을 잡으러 다닌다"는 말이 있는가 하면, 중국인들조차 "조선 사람들은 1년의 반은 범을 잡으러 다니고, 나머지 반은 범에게 물려 죽은 사람 문상을 다닌다"고 하였다. 그런데 벵골호랑이라는 정식 명칭을 가진 인도호랑이 역시 조선 호랑이 못잖았나 보다.

인도에는 '쉬어 칸'이라는 호랑이의 전설이 있다고 한다. 쉬어 칸은 사람 고기를 광적으로 좋아하는 식인 호랑이로, 다리를 저는 절름발이임에도 불구하고 일반 호랑이보다 엄청나게 빠르게 사람을 덮친다. 행여 잡아먹히지 않는다 해도 쉬어 칸에게 물린 사람은 사흘 만에 쉬어 칸처럼 절름발이가 되어버린다는 것이다.

기실 이와 같은 공포의 호랑이는 깊은 숲속에만 있지 않다. 망자의 영혼을 극락정토로 천도하기 위한 사찰의 감로탱화에서 현세의 삶을 그린 장면엔 어김없이 호랑이에게 쫓기고 물리는 호환이 등장한다. "가혹한 정치가 호랑이보다 무섭다"는 공자의 말씀도 있으려니와 삶의 곳곳에서 복병처럼 등장하는 재난과 불행이 언제라도 우리를 굶주린 호랑이처럼 맹렬하게 쫓아온다.

눈만 마주쳐도 온몸이 얼어붙고 혼이 쏙 빠져나간다는 호랑이, 하지만 호랑이 굴에 들어가도 정신만 차리면 산다지 않나? 대체 호랑이 따위를 왜 만들었느냐고 대답도 없는 신을 향해 엉두덜대 기보다는 호랑이가 새처럼 날개를 달고 훨훨 날아다니지 않음에 감사하며 그물을 만들고 함정을 팔 궁리를 하는 편이 분명코 낫다. 놈은 네 발이고 나는 두 발이지만 어쨌든 땅을 단단히 딛고 있으 니, 날카롭게 벼린 무기로 맞붙어보거나 하다못해 삼십육계 줄행 랑이라도 놓을 수 있지 않나?

참으로 눈물겹게 고맙다. 날개 없는 호랑이까지 고마워할 수 있 다면 세상의 무엇이라도 고맙지 않겠는가!

#36

인간의 마음이 애정의 산꼭대기를 오르면서 휴식을 얻을 수 있다면, 그와 반대로 증오의 급경사지에선 거의 발을 멈추지 않는 법이다.

오노레 드 발자크, 『고리오 영감』

"산이 싫다(정확히 말하면 '등산이 싫다')"고 말하는 사람들이 가장 두려워하는 것은 더 이상 숨 쉴 수 없을 정도로 가빠오는 호흡과 터질 듯한 심장의 고통이다. 그것은 주로 가파른 오르막길을 헐떡거리며 오를 때 나타나는 현상이다. 산꼭대기를 목표로 두고 지나는 오르막은 고난과 고행의 길에 다름 아니다. 등산 교본에서는 오르막을 지날 때 발 앞부분에 체중을 싣고, 상체는 살짝 앞으로 굽히되 목과 허리는 똑바로 세우고, 눈은 5~6미터 앞을 바라보며 걷는 게 좋다고 조언한다. 하지만 천근만근인 다리를 끌고 낑낑거리며 오르다 보면 몸은 거의 기어가다시피 기울어지고 눈길은 한 치 앞도 못 내다보고 발끝에 머무르기 십상이다.

그런데 산행에 조금 익숙해지다 보면 재미있는 (그리고 뜻밖의) 두 가지 이치가 발견된다. 하나는 산행 시간이 길수록 오르막보다는 내리막의 부담이 더 커진다는 것이고, 다른 하나는 아이들은 오르막을 더 힘들어하는 반면 어른들은 내리막을 더 힘들어한다는 것이다. 내리막이 힘든 이유는 몸과 짐의 무게 때문에 무릎에 충격이 가해져 무리가 오고, 미끄러지거나 넘어지거나 자기 무게를 이기지 못해 너무 빨리 굴러떨어지는 사고가 발생하기 때문이다. 몸이 가벼운 아이들이 날아가듯 내리막길을 달려가는 모습을 멀거니 바라보며 주춤주춤 발걸음을 옮기다 보면 산이 어찌나 삶을 닮았는지 새삼스레 경탄한다. 아이들은 여전히 삶의 정상을 향해 오르는 중이고 어른들은 이제 정상을 넘어 하산을 준비하는 길이니, 다들 누구와도 나눌 수 없는 짐을 짊어지고 오롯이 자기만의 산행을 하는 것이다.

마음도 마찬가지다. 오르막길은 더디다. 고지가 저만치 앞에 놓여있을 때에는 힘겨운 만큼 자주 쉬어야 한다. 갈 길은 바쁘지만 휴식은 달콤하다. 흐른 땀을 닦으며 지나온 길과 가야 할 길을 확인한다. 타는 목을 축이며 기어이 산꼭대기에 올라 "야호!" 통쾌하게 소리 지를 일을 상상한다. 그런데 마침내 정상을 '정복'한 후 내려갈 때에는 홀가분한 발걸음만큼 위험이 더한다. 같은 거리라도 내리막은 오르막보다 절반 정도의 시간밖에 소요되지 않지만 대부분의 사고는 하산길에 발생한다.

사랑하기보다 미워하기가 쉽다. 이미 얻은 사랑조차 지키기보다 잃기가 쉽다. 일단 미움이 싹트기 시작하면 장마 끝의 잡초처럼 억세게 번진다. "너 없으면 못 산다"며 사랑과 생존을 하나로 여기던

연인이 "너 때문에 못 산다"며 악다구니 쓰는 원수가 되어버리기도 한다. 그래서 동서고금을 막론하고 남녀가 연루된 범죄의 원인은 돈이 아니라면 치정이다. 사랑했기에 미워하는 것이다. 사랑했던 만큼 미움의 가속이 붙어 더욱 가열하게 내리달리는 것이다.

다시 등산 교본을 들춰보면, 근육세포를 다치기 쉬운 내리막에서는 체중을 발끝에 고루 싣고 몸의 균형을 잡으며 걸어야 한다고 한다. 나의 증오에 내가 다치지 않게 균형 감각을 잃지 않으면서 한 걸음 한 걸음……. '다정도 병'이라는 조상들의 말씀이 아무래도 참말인가 보다.

#37

자연을 아는 것은 유익한 일이며,
과거가 존재한 것과 똑같이 미래도 존재할 것이라는 사실을 안다
는 것도 유익한 일이다.
단 하나 유익하지 않은 일이 있다면,
그 속에서 인간의 역할을 지나치게 확신하는 것이다.

로렌 아이슬리, 『광대한 여행』

몇 해 전 일본에서 하루가 25시간인 시계가 개발되었다는 소식을
들었다. 그 시계는 보통의 시계들보다 빨리 가서 정상적인 1분이
이 시계의 56.7초에 해당한다고 한다. 그래서 아침 9시쯤에 시간
을 맞춰놓고 오후 5시까지 일하고 나면 8시간이 흐르는 동안 다른
시계에 비해 20분쯤 빨라져 있는 셈이다. 그러니까 말마따나 20분
의 시간을 '벌었다'고 말할 수가 있는데, 전해진 뉴스만으로는 발명
가의 본뜻을 헤아리기 어렵다. 그 자투리 시간 20분을 알뜰하게
잘 써보라는 독려일 수도 있을 테고, 그렇게 '빨리빨리'를 외치며
서둘러봐야 고작 20분밖에 남길 것이 없다는 빈정거림일 수도 있
을 테다. 어쨌거나 분초를 쪼개어 바쁘게 사는 현대인의 일상을 풍
자한 그 시계는 시장에서 그다지 인기를 끌지 못한 것 같다. 아무
리 "시간이 돈이다!"를 외쳐대도 그 시간이 조작된 것임을 아는 순
간 빛나던 황금이 값없는 위조지폐가 되어버리고 말기 때문이다.

　평생토록 인류가 걸어온 광대한 시간의 비밀을 추적한 인류학자
이자 자연주의자인 로렌 아이슬리는 시간의 진가를 매기는 방법
으로 자연을 알기를 권한다. 자연을 알면 자연을 두려워하게 된다.
자연을 알면 자연에서 이익을 얻게 된다. 자연을 알면 자연스럽게

살게 된다. 자연스럽게 살다 보면 시간의 분절이란 인간이 만들어 낸 지극히 작위적인, 그리하여 어리석은 개념이라는 사실을 알게 된다.

365일과 일주일, 24시간과 60초가 없어도 '생존' 그 자체에는 아무런 지장이 없다. 다만 해가 떴다 저물고 꽃이 피었다 지는 것으로 '무언가'를 관통해간다고 느낄 뿐이다. 그 무언가의 모습은 과거와 미래에도 크게 다르지 않을지니, 그것을 깨닫는 순간 지금 여기에 붙박인 내가 시공을 초월해 확장된다. 나는 사라진다. 사라져서 영원을 산다. 과거에도 있었고 미래에도 있을, 내가 아닌, 무한한 나.

하지만 같은 '앎'이 있어도 사람들의 '삶'이 달라지는 것은 그 영원과 무한을 다루는 태도 때문이다. 자연을 나와 분리시켜 내가 개조해야 할 대상, 편의를 위해 이용할 대상으로 삼는 순간부터 비극이 시작된다. 천둥과 번개를 신의 노여움으로 생각해 두려워했던 원시인들의 무지보다, 산을 깎고 강줄기를 바꾸어 자연을 정복하고 지배하겠다는 현대인들의 오만이 더 해롭고 끔찍하다. 로렌 아이슬리는 섬세하고도 날카로운 필봉으로 오늘날 인간의 그런 행태가 원시인들의 두려움과 크게 다르지 않다고 지적한다. 자신에 대해 탐욕스러우리만치 호기심이 많고 필사적으로 안도감을 추구하는 현대인들의 떠들썩한 자신감 아래에는 기실 공포가 숨어 있다고.

흔히들 '인디언'이라고 부르는 아메리카 원주민들은 삶에 대해 세 가지만 생각했다고 한다. 첫째가 대지, 둘째가 동물, 그리고 셋째가 사람.

적어도 자연 앞에서는, 자연 속에서는 사람이 먼저가 아니다. 우리는 고작 세 번째다. 송구하게도, 세 번째씩이나 된다.

#38

천하에서 가장 친한 벗으로는 곤궁할 때 사귄 벗이라고 말합니다.
우정의 깊이를 가장 잘 드러낸 것으로는 가난을 상의한 일을 꼽
습니다.

박제가, 「송백영숙기린협서送白永叔基麟峽序」

문학, 음악, 미술, 연극, 영화 등등…… 분야는 달라도 어쨌거나 '예술'을 한다는 사람들을 만나면 나는 슬그머니 묻곤 한다. 어떻게 생활을 꾸리며 사냐고, 먹고살 만하냐고. 짐짓 무례할 수도 있는 사적인 질문이지만 그들 중 대부분은 뜻밖에 순순히 자신의 형편을 토로한다. 그들은 내가 묻는 이유를 잘 알고 있고, 내게는 그들에게 물어야 할 이유가 있으므로.

나는 스스로를 '생계형 전업 작가'라고 부른다. 그러면 대개의 사람들은 웃는다. 또 다른 사람들은 얼마간 당황하거나 심지어 불쾌한 기색을 보이기도 한다. 하지만 내게 그것은 농담도 엄살도 아닌 현실이다. 예술가는 당연히 가난해야 한다든지, 예술의 우아함을 잃지 않기 위해 돈 따위에는 관심을 갖지 말아야 한다는 이야기를 들으면 화가 나기보다 기가 막힌다. 그렇게 이슬만 따먹고 사는 고고한 예술가들을 상상하는 사람들이야말로 저작권을 함부로 침해하거나 '재능 기부'라는 이름으로 남의 재능을 공짜로 이용하려는 데 가장 적극적이기 십상이다.

그리하여 스스로 선택한 길이기에 기꺼이 참아야 하는, 수면 위의 우아한 모습을 유지하기 위해 물밑에서 열나게 다리를 저어야 하는 백조와 같은 동료들을 만나면 나도 모르게 궁탄窮嘆이 나오는 것이다. 생존 확인이기도 하고 동병상련이기도 한, 날로 경조부박해가는 세상을 견디는 고단한 예술가들끼리의 위무다.

「송백영숙기린협서」는 식솔을 이끌고 기린협(강원도 인제)으로 떠나는 친구 백동수를 위해 박제가가 쓴 다정하고도 쓸쓸한 편지다. 영숙은 백동수의 자字인데, 조선 후기 무관인 백영숙은 그와 교류했던 실학자들에 비해 대중적으로 알려진 이름은 아니지만 꽤나 신실한 인물이었던 모양이다. 무과에 급제했지만 관직에 오르지 못한 그가 서울살이를 청산하고 시골로 내려갈 때 박제가와 박지원이 각각 글을 써 친구와의 이별을 아쉬워했다. 박제가는 백영숙보다 일곱 살이 어렸지만 30여 년을 친구로 지냈고, 그들의 우정에는 서얼 출신이라는 불운과 궁핍하고 옹색한 나날을 함께한 동지애가 밑바탕이 되었다.

박제가는 천하에서 가장 친한 벗, '지극한 벗'은 가난할 때 사귄 벗이라고 한다. 그 이유는 서로 처한 상황이 비슷하니 겉모습이나 행적을 돌아다볼 필요가 없고, 가난이 주는 고통스러운 상황을 이미 잘 알고 있기 때문이다. 그래서 만나면 서로 밥은 먹었는지 굶었는지, 추위에 떨거나 더위에 지치지는 않았는지를 묻고, 그런 다음 집안 살림의 형편을 물어본다. 그렇게 이야기를 주고받다 보면 자존심을 다치기 싫어 숨겼던 일까지 솔직하게 말하게 되는데, 그것은 친구가 섣부른 호기심이 아니라 진심으로 나를 측은하게 여기고 있음을 알기 때문이다.

생활고에 시달리다 그토록 열망하던 예술을 떠나거나 그도 못해 아예 세상을 떠나버리는 친구들의 소식마저 들려오는 지경이다. 아무리 제 코가 석 자라도 친구를 소외시키지 않기 위해, 내가 고립되지 않기 위해 가난을 상의해야 한다. 서로에게 더욱 지극한 벗이 되어야만 한다.

#39

당신이 공중에 성을 지었더라도 허물고 다시 지을 필요는 없다.
성이 있어야 할 곳이 바로 그곳이기 때문이다.
이제 그 밑으로 토대만 쌓으면 된다.

헨리 데이비드 소로, 『월든』

어느 날 갑자기 이 구절이 마음으로 들어왔을 때 나도 모르게 "아!" 나지막이 탄식했다. 세상과의 불화에 지쳐 얼마간 풀이 죽어 있던 터였다. 언제부터인가 내가 하는 말이, 내가 쓰는 단어가 나조차도 잘 믿기지 않았다. 아름다움, 희망, 행복…… 여기다가 가치, 예술, 영혼에까지 이야기가 치달으면 나는 그저 공염불을 외는 몽상가가 되어버리는 기분이었다. 문득 멍해져 있는 나를 향해 뺨따귀에 솜털이 보송보송한 학생이 손을 번쩍 들고 물었다.

"작가는 연봉이 얼마예요?"

더 이상 내가 꾸는 꿈을 들키지 말아야겠다고 생각했다. 그랬다가는 이상理想이 이상異常인 세상에서 모욕당하고 조롱당할 뿐이라고 마음을 다잡았다. 그러다가 문득 내가 지은 집이 공중누각에 불과할지도 모른다는 생각에 허망해졌다. 들보는 침수해 썩고 지붕은 바람에 날아가 누추하고 너덜너덜한 내가 적나라하게 노출된다. 가난은 어느덧 동정과 연민이 아니라 혐오와 비난의 대상이 되어버렸다. 가난조차 그 자체로 온전치 못하고 차등이 생겨, 물질의 가난이 정신의 가난보다 하급으로 치부된다. 그러니 가난한 이상이 선 자리는 말마따나 백척간두다. 백 자나 되는 높은 장대 위, 어지럽고 위태롭다.

그러다가 소로의 속삭임을 들으니 다시 조금은 견딜힘이 생긴다. 꿈이, 이상이 없다면 삶은 지독한 블랙코미디이자 막장 드라마에 불과할 것이다. 막장 드라마의 등장인물들은 하나같이 속물이다. 속물과 현실주의자가 분명히 구분되는 지점은 그들이 한 번도 자기만의 성을 쌓아본 적도, 쌓을 생각을 해본 적도 없다는 데 있다. 속물이란 남이 이미 쌓아놓은 견고한 성 속에 자기를 가두고 영영 그것이 무너지지 않으리라 믿는 청맹과니다.

진정한 현실주의자는 이상을 잃지 않는다. 잊지도 않는다. 이상은 본디 있어야 할 바로 그 자리에 별처럼 반짝이고 있다. 그것을 바라보며 방향을 가늠하고 길을 찾는다. 이미 충분히 속되고 상스러운 세상에서 스스로를 지킬 작은 성 하나 짓지 못한다면 실존은 얼마나 위태로울 것인가?

그리하여 소로는 지적하길, 인간성의 가장 훌륭한 면들은 마치 과일 껍질에 붙어 있는 과분처럼 아주 조심스럽게 다루어야만 보존될 수 있다고 하였다. 하지만 대부분의 사람들은 자기 자신이나 다른 이들을 그렇게 부드럽게 다루지 않기에 우리는 상처 입고 더욱 천해진다.

이상은 공상이나 망상과 다르다. 특별하고 아름다운 책 『월든』의 마지막 단락은 어떻게 공중에 든 성 아래 토대를 세워 더 이상 공중누각이 아니게 할 것인가에 대한 통렬한 외침으로 끝맺는다.

"시간이 지난다고 해서 무조건 다음 날 새벽이 찾아오지는 않는다. 우리 눈을 멀게 하는 빛은 우리에게 어둠과 다를 바 없다. 우리가 깨어 있어야 비로소 새벽이 찾아온다. 앞으로 더 많은 새벽이 찾아올 것이다. 태양은 아침에 뜨는 별에 불과하다."

구름이 아니라 땅을 딛고 단단히 서 있기 위해서는, 깨어 있으리라. 깨어 허방을 메우리라.

#40

어느 신부님이 농담으로 말씀하시기를, "요즘 천당에 갈 수 있는 표 중에 개인 티켓은 매진되고, 단체권밖에 남지 않았다"라고 했다. 왜 그러냐고 했더니, 하시는 말씀이 "자기 혼자만 살겠다는 사람들이 너무 많아 개인 티켓은 다 팔리고, 이제 세상 사람들이 선한 생활을 함께 해서 모두 천당에 가든가, 아니면 계속 핵무기를 생산하고 지구를 오염시켜서 지옥으로 직행하든가 하는 일만 남았다"라는 것이다.

김영, 『인문학을 위한 한문 강의』

나이 차가 존시간에 가까운 선배님께 '후배님께'라는 서명이 적힌 책을 선물받았다. 한때 나는 선배고 후배고 모르던 방자한 인간이었지만 이제 조금은 철이 나려는지 어쩌는지 좋은 선배와 후배를 만나면 뒷배를 얻은 듯 든든하다. 여기서 뒷배란 학연이나 지연을 내세워 이익을 몰아주고 흠결을 눈감아주는 음흉한 관계를 말하는 게 아니다. 성공의 세속적 잣대인 돈과 권력이 아니라 수신修身과 진정한 의미의 명예를 가진 선후배이니 서로 얻고 잃을 것을 셈하지 않을 수 있어 더욱 기쁘다.

대학에서 국어 교육을 강의하며 한문 산문을 대중화하는 작업을 하는 김영 선배는 지금 내가 쓰는 글처럼 동양 고전에 사색의 각주를 달아놓았는데, 그 겸손한 작은 글씨들이 유독 재미있다. 신부님에게서 들은 '천당 단체권'에 대한 이야기는 『맹자』의 일절을 설명한 글에 포함되어 있다. 그 구절이란, "옛사람들은 뜻을 펼칠 수 있는 지위를 얻으면 혜택을 백성들에게 베풀고, 뜻을 얻지 못하면 수신을 하여 세상에 모범을 보이고, 곤궁하면 홀로라도 선한 행동을 하고, 출세하면 천하와 함께 선행을 행하였다"라는 대목이다. 글귀를 옮기며 다시금 새겼을 지식인으로서의 자각과 고민이 선명하다.

　삶은 여전히 고단하다. 세상이 점점 나아지리라는 희망보다는 점점 나빠지리라는 절망이 우세하다. 지위를 얻으면 혜택을 베풀기보다 독점하기에 급급하고, 뜻을 얻지 못하면 수신하여 모범이 되기보다 불평불만의 가시를 세운 고슴도치가 된다. 곤궁해지면 홀로라도 선한 행동은커녕 혼자라도 살아남아야겠다고 발버둥질하고, 출세하면 함께 선행하기보다 사다리를 걷어차며 위세를 부리기 일쑤다. 세상을 원망하니 사람을 믿을 수 없고, 곁에 있는 사람조차 믿을 수 없으니 미워할 수밖에 없다. 부디 이것이 물정 모르는 칠실지우漆室之憂라면 좋으련만 상황이 그보다 더 나쁜 듯하여 마음이 무겁다.

　언젠가부터 각자도생各自圖生이라는 말을 되뇌며 살았다. 나만 살아야겠다고는 못하겠지만 나라도 살아야겠다며 환란 중에 살아날 궁리에 애바빴다. 이를테면 신부님의 말씀처럼 개인 티켓을 구해보고자 동분서주한 것이다. 하지만 이미 매진된 개인 티켓을 구할 방법은 웃돈을 주고 암표를 사거나 몰래 무임승차하는 방법밖에 없으니 그런 방법으로 과연 천당 문전에나 닿을 수 있을지.

"나만 아니면 돼!"가 통할 듯 더 이상 통하지 않는 세상이다. 이상기후와 전쟁의 위기와 묻지마 살인과 테러의 위협과 날로 급증하는 자살률 속에서 단체 티켓이야말로 마지막 탈출의 기회일 수밖에 없을 터, 과연 그 종착역이 어딘가가 문제일 뿐이다.

천당이냐 지옥이냐, 공생이냐 공멸이냐?

#41

생각은 진실로 이끌지 않는다.
진실이 생각의 시작이다.

한나 아렌트

한자어인 진실眞實을 영어로 번역하면 하나가 아닌 여러 개의 단어들이 나열된다. honest, 정직하다는 의미가 진실 속에 담겨 있다. truth, 진상 또는 진리도 본질적으로 진실과 비슷하다. fact, 사실은 진실의 가장 기초적인 조건이라 할 만하다. frank, 가식이 없는 솔직함이야말로 진실의 기본이다. sincere, genuine, 감정과 신념과 행동에 있어 진심 어린 마음이야말로 진실 그 자체일 것이다.

그렇다면 자신의 삶 속에서 진실과 가까워지기 위해서는 어떻게 해야 할까? 이런 질문을 받는다면 정직과 진리와 사실과 솔직함과 진정에 대한 어떤 '생각'이 먼저 떠오를 것이다. 그것들의 뜻을 분명히 알고 다짐하고 있어야만 진실할 수 있으리라고.

철학자 한나 아렌트는 그 순서를 전복해버린다. 정직하고, 진리를 사랑하며, 사실에 충실하고, 솔직하고 진정해야만 진실할 수 있는 게 아니라, 진실해야만 비로소 그런 진실을 닮은 생각들을 할 수 있다는 것이다.

간단한 듯 간단치 않다. 비슷한 듯 전혀 다른 말이다. 머리로 하는 생각과 온몸으로 깨닫는 진실, 이상과 현실, 말과 행동은 단순한 선후의 문제가 아니다. 진실은 추상이 아니라 구체적인 삶의 방식에 가깝기 때문이다.

한나 아렌트는 '악의 평범성Banality of evil'이라는 개념으로 반향을 일으켰던 유대계 독일 철학자이다. 한때 시온주의자들을 위해 활동하다가 심문을 받기도 했던 그녀는 『뉴요커』의 특별 취재원 자격으로 예루살렘으로 가서 전범인 아돌프 아이히만의 재판 과정을 취재하고 그것을 기사로 쓴 후 도리어 시온주의자들에게 맹렬한 비난을 받고 프랑스로 미국으로 망명을 거듭한다. '진실'을 밝힐 '생각'에만 가득 차 있었던 사람들을 나치스의 유대인 학살을 지휘했던 아이히만을 '악마'로 만들고 싶어 한다. 우리와 전혀 닮지 않은 별종의 악인, 지옥에서 걸어 나온 악귀로 취급해버리려 한다. 하지만 한나 아렌트가 재판정에서 만난 아이히만은 다만 평범한 인간이었다. 아이히만은 국가의 명령에 충실하게 복종했을 뿐이라며 자신의 무죄를 주장하고, 한나 아렌트는 그의 죄가 '철저한 무사유Sheerthoughtlessness'임을 밝힌다.

"생각하는 일은 (중략) 정치적 자유가 있는 곳이라면 누구나 할 수 있는 일이며, 그렇게들 한다. 그러나 저명한 학자들이 보통 말하는 것과는 다르게, 참으로 불행히도 생각하도록 하는 힘은 인간의 다른 능력에 비해 가장 약하다. 폭정 아래에서는, 생각하는 일보다 (생각하지 않고) 행동하는 일이 훨씬 쉽다."

　한나 아렌트는 생각이야말로 '인간의 조건'임을 강조하는 동시에 그것이 얼마나 허약한가를 정확히 포착하고 있었다. 생각을 멈추는 순간 누구나 '악마'가 되어버릴 수 있으며 그 생각 또한 얼마든지 권력에 의해 왜곡될 수 있다. 그래서 오로지 스스로 생각하기를, 그것만이 진짜 생각을 이끌어낼 수 있는 진실임을 강조한 것이다.

　아무 생각 없이 취생몽사로 흐리멍덩하게 살아가기 쉬운 세상이다. 생각은 괴롭다. 진실은 더 괴롭다. 그럼에도 내 힘으로 생각해야 내 힘으로 살아갈 수 있으리라. 남의 것이 아닌 바로 나의 삶을.

42

최근 끔찍한 성공을 한 적이 있습니까?

칼 구스타브 융

유명 기업의 임원이 미국으로 향해 가는 국적기 안에서 벌인 소동이 큰 화제가 되었다. 비즈니스석에 탑승하자마자 온갖 불평과 욕설을 거듭한 그는 첫 번째 식사 시간이 되자 밥이 설다, 라면이 설익었다, 짜다 등의 이유로 퇴짜를 놓았고, 마침내는 분말수프가 반만 들어간 라면도 먹는 둥 마는 둥하며 접시와 냅킨 등을 통로로 내던졌다. 단순한 불평불만을 넘어선 생트집은 두 번째 식사 시간에 절정을 이루었다. 미리 주문한 양식을 거부하고 다시 라면을 요구한 그는 담당 승무원에게 자기를 무시하냐며 갖고 있던 책의 모서리로 눈두덩을 때렸다. 진상을 묻는 사무장에게는 자신이 책을 들고 있는데 승무원이 와서 부딪혔다는 기막힌 변명을 했고, 결국 기장의 신고로 미국 땅을 밟자마자 FBI에 인계되었다.

이러한 '희대의 진상'의 활약이 알려지자 여론의 맹비난이 쏟아졌고, 그가 속한 기업의 주가가 폭락했을뿐더러 윤리 경영과 윤리 기업이라는 모토로 직원을 교육해온 기업의 이미지까지 덩달아 바닥에 떨어졌다. 미국의 방위산업체 레이시언의 CEO 빌 스완슨이 소개한 '웨이터 법칙'(식당에서 어떤 사람이 웨이터를 어떻게 다루는가를 살펴보면 평소 성격과 진실성을 판단할 수 있으므로, 웨이터에게 매너 있는 사람이 비즈니스 파트너로 적합하다는 법칙)이 확인되는 순간이다. 그런데 여기에 재미있는 지점이 한 가지 더 있다. '라면 상무'라는 별명으로 불리게 된 그가 임원으로 승진한 것이 사건이 일어나기 고작 한 달 전이라는 사실이다.

분석심리학의 개척자인 칼 융은 자신의 진료실에 들어서는 환자들에게 종종 성공의 경험에 관해 질문한 것으로 알려져 있다. 융은 개인의 무의식에서 그림자shadow를 발견한 학자로서 어떤 인물이나 사건의 긍정적 측면 이면에는 반드시 이에 수반되는 부정적 측면이 존재한다고 생각했다.

그림자란 스스로 외면하거나 숨기고 싶은 자신의 또 다른 모습이다. 외면적으로 크게 성공할수록 내면의 어두운 그림자도 더 커진다. 남들이 인정하는 성공을 달성하기까지는 남들이 알 수 없는 혼자만의 어떤 '끔찍한' 시간을 견뎌야 한다. 남들처럼 놀고 쉬고 즐겨서는 안 된다는 강박, 절제와 완벽주의, 이기심과 타협, 죄책감과 우월감 따위가 좁은 마음속에서 격전을 벌이는 것이다. 그래서 남들이 부러워하는 성공을 거두고 나면 만족과 충만감을 느끼기보다는 보상 심리에 사로잡히기 십상이다. 언제 어디서 누구에게나 인정과 대접을 받으려 하고, 패자들을 이해하고 동정하기보다는 비웃으며 경멸하는 강퍅한 마음을 가지게 되는 것이다.

임원 승진이라는 목표를 향해 맹렬하게 달렸던 그가 원한 것이 결국 라면 한 그릇이었을까? 짜지도 싱겁지도, 식지도 뜨겁지도 않은 그토록 밍밍하고 미지근한 성공의 맛이라니!

#43

관용은 미덕이다.
하지만 관용의 기초는 호감이 아니다.
아니, 차라리 강한 거부감을 억누르는 것이다.
관용이란, 누군가가 정말 싫어도,
그가 방해하고 귀찮고 성가시게 해도 참고 견디는 것이다.
이런 점에서 관용은 반자연적이다.
관용은 공격이 자연스러운 반응일 곳에서 참는 것이다.

후베르트 슐라이허르트, 『꼴통들과 뚜껑 안 열리고 토론하는 법』

대부분의 독자들은 제목에 '낚여서' 읽기 마련이지만, 오스트리아 출신의 철학자 슐라이허르트의 책은 광신과 관용에 대해 매우 구체적이고 실제적인 고민을 던진다. 제목에 등장하는 '꼴통'은 사전에 정의된 '머리가 나쁜 사람'의 속어라기보다 '근본주의자 fundamentalist'에 대한 희화적 표현이다.

교리나 이념의 근본으로 돌아가자고 주장하는 근본주의는 과속과 급변의 세태에 지친 사람들에게, 삶의 방향을 잃고 현실에 좌절한 이들에게 짐짓 매력적으로 느껴질 수 있다. 하지만 그것을 실천하는 과정이 지나치게 배타적이고 비타협적이며 맹목적이다 보니 종내는 애초의 목적과 목표마저 잃어버리기 십상이다. 종교의 이름으로 벌어지는 살인, 사상의 명분하에 이루어지는 숙청은 그들을 종교와 사상의 본뜻으로부터 가장 멀리까지 데려간다.

인간이란 존재가 가진 정신세계의 신비 중 하나이기도 하지만, 그 괴이하고도 강력한 이데올로기는 일단 궤도에 들어서면 스스로 힘과 속도를 더해 자란다. 이성은 물론 자아까지 초개처럼 내던진다. 그러하기에 이미 사로잡혀버린 그들을 설득할 방법이란 없다. 평생에 걸쳐 종교적 광신에 맞서 싸웠던 프랑스 사상가 볼테르의 말대로 "이 악이 일단 번지기 시작하면, 도망가서 공기가 다시 정화되기를 기다리는 수밖에" 없는지도 모른다.

관용tolerance이란, 이러한 근본주의적 광신의 반대편에 자리한다. 관용은 볼테르가 1764년에 펴낸 『철학사전』에서 밝힌 대로 "인류가 가진 가장 멋진 재능"이다. 남의 잘못을 너그럽게 받아들이고, 차이를 인정하고, 취향을 존중한다. 이처럼 상대에게 아량을 베풀어 포용하는 것은 다시 볼테르의 말대로라면 "우리는 모두 약점과 오류 덩어리"이기 때문이다. 그러니 나의 어리석음을 용서받듯 상대의 어리석음을 용서해야 마땅하다. 볼테르는 이것을 "첫 번째 자연법칙"이라고까지 부른다.

막상 현실에서는 이처럼 지당한 자연법칙에 복종하기 쉽지 않다. 아니, 하고 싶지 않다. 내 생각과 다르고 감성을 거스르고 감정을 해치는 무언가를 인정하기 싫다! 도무지 용서할 수 없다! 세상이 오늘도 이토록 악머구리 끓듯 시끄러운 것은 관용에 대한 근본적인 이해와 합의가 없기 때문인지도 모른다.

슐라이허르트가 말하는 관용은 '자연법칙'이라기보다 '반자연적'인 것에 가깝다. 그렇다. 관용은 내 생각과 같아서, 감성을 거스르지 않아서, 감정에 맞아서 베푸는 것이 아니다. 호감이 있는 상대에 대한 포용은 당연한 것이다. 하지만 불쾌감을 억누르고 받아들이는 일은 당연하지 않기에 어렵다. 쉽지 않기에 귀하다.

관용의 적은 어쩌면 외부의 무엇이 아닌 우리 자신이다. 괴물과 맞서 싸우다가 마침내 같은 괴물이 되어버리지 않기 위해, 끝없이 스스로와 맞서 싸울 일이다.

[#]44

가장 잘 산 사람은 가장 오래 산 사람이 아니라 인생을 가장 잘
느낀 사람이다.

장 자크 루소, 『에밀』

오늘이 입동이라는 믿기지 않는 뉴스를 라디오로 들으며 아침 산책을 했다. 시간의 예고와 같은 절기는 항상 새삼스럽다. 평소에는 시간에 쫓기며 사는 듯하다가도 절기가 바뀌는 소식을 들으면 시간을 쫓으며 사는 듯하다. 상강과 소설 사이의 입동, 이제부터 겨울에 접어든다고 생각하니 갑자기 발에 채는 낙엽과 헐벗어가는 나뭇가지들이 아쉬워진다.

올해는 실로 까마아득히 가을을 잊고, 가을을 느끼지 못하고 지나버렸다는 생각이 든다. 늙는다는 것은 나이를 더 먹었다는 뜻을 넘어 마땅히 느껴야 할 것을 느끼지 못한다는 의미다. 곁을 바싹 스치는 시간조차 느끼지 못하는 지경에 시간 속을 걷는 자신을 느끼지 못하는 건 당연하다. 삶이 그렇게 펼친 손가락 사이로 새어나가는 물처럼 움켜잡을 방도 없이 흐르고 있다.

인생의 커다란 복으로 숭앙되던 장수가 공포이거나 심지어 재앙이 되는 초고령화 사회가 다가오고 있다. 사람들은 이제 더 이상 오래 사는 것 자체를 부러워하지 않는다. 삶의 양보다는 질, 얼마나 살았나보다 어떻게 살았나에 눈을 돌리게 된다. "노년을 통해서 그 이전의 전 생애의 의미 혹은 무의미가 드러난다"는 시몬 드 보부아르의 말은 삶의 무서운 비밀을 폭로하고 있다. 통장 잔고나 병원 진료카드만큼 중요한 무엇이 따로 존재하는 것이다.

루소는 '경험'과 '감각'이야말로 인간의 진정한 선생이라고 일갈한다. 산다는 것은 그저 숨만 쉬는 것이 아니라 온몸으로 느껴야 하는 것이기에, 어떤 사람은 백 살이 되어 무덤에 묻혔지만 태어날 때부터 이미 죽어 있었을 수도 있다는 것이다! 대부분의 철학자들이 그러하듯 냉정스럽기가 서릿발 같은 루소는 심지어 그런 사람은 젊어서 죽었더라면 더 좋았을 것이라고 내쏜다. 그에 덧붙는 조건이라는 것이, 적어도 그때까지 삶을 제대로 살았다면.

작가는 다른 사람들보다 조금 더 빨리, 더 많이, 더 예민하게 느끼는 사람이다. 그래야 한다는 당위라기보다 그럴 수밖에 없는 명운이다. 어린 날 그리고 젊은 날, 나는 세상의 모든 사물과 사건을 온몸으로 느끼느라 쩔쩔매야 했다. 그것은 언제나 달보드레하고 아름답지는 않았다. 쓰고 맵고 짜고, 슬프고 괴롭고 고통스럽기 일쑤였다. 하지만 도망칠 생각조차 하지 못한 채 그것들 속에서 허우적거리노라면 그 감각의 경험과 기억은 마침내 언어가 되어 조금씩 풀려나왔다. 그러면 작은 골방에 갇힌 채로도 온 세상을 느낄 수 있었다. 온종일 한마디 주고받지 않고도 모든 사람을 만날 수 있었다. 느끼는 만큼, 세상은 넓어졌다. 느낄 때에만, 살아 있었다.

인생을 잘 느끼기 위해서는 감각이 잠들거나 퇴화되지 않도록 늘 갈고닦아야 할 것이다. 그때 가장 필요한 두 가지는 호기심과 용기가 아닐까 싶다. 호기심은 지치고 졸려하는 감각을 흔들어 깨울 테고, 용기는 더 이상 새로운 길로 접어들지 않으려 지칫대는 발걸음을 이끌 테니.

#45

인생은 그저 피해자보다는 가해자가 되기 위한 경쟁이다.

버트런드 러셀

현관문에 전단이 붙어 있다. 얼마 전 새로 생긴 H마트에서 '폭탄 세일'을 한단다. 어제는 C마켓에서 '대박 세일'을 한다고 전단을 돌렸던데, 이른바 맞불 작전인 모양이다. 덩달아 한 블록 지나 있는 A마트도 '명품 세일'을 한다고 하고, 좀처럼 자체 할인 행사를 하지 않는 L슈퍼도 '미친 데이'를 선전하기에 바쁘다. 추석 직전 H마트의 개점과 함께 시작된 이 세일 열풍으로 동네 슈퍼마켓들의 식자재 가격은 점점 내려가 한동안 천 원짜리 한 장으로 호박 세 개, 가지 다섯 개, 팽이버섯 다섯 봉을 살 수 있었다.

덕분에 밥상이 풍성해지고 식비를 절약할 수 있어 마냥 좋으냐 하면 아무래도 그렇지만은 않다. '폭탄'이나 '대박'이나 '명품' 세일을 할 수 없는 G마트는 거의 파리만 날리고 있다. 이전까지 G마트는 규모는 작지만 싱싱하고 맛있는 과일로 단골들을 모으던 곳이다. 요란스레 세일을 선전하는 H마트와 C마켓과 A마트도 그다지 실속이 있어 보이지 않는다. 결국은 제 살을 깎는 출혈 경쟁이다 보니 경쟁자가 먼저 나가떨어지기만을 기대할 뿐이다. 우리 동네 골목의 상권을 둘러싼 이 작은 전쟁은 지금 세상 곳곳에서 벌어지는 모든 전쟁의 축소판이다. 무한 경쟁 속에 승자는 없다. 패자이거나 아직 되지 않은 패자일 뿐이다.

본디 우리에게는 '경쟁'이라는 말이 없었다고 한다. 중국식 한자어도 조선식 한자어도 아닌 이것은 영어 competition을 번역한 일본식 한자어였다. 말이 없으니 뜻도 없었다. 물론 땅과 그로부터 나오는 생산물의 소유에 대한 갈등, 이른바 계급투쟁은 어느 시대라도 피할 수 없는 것이었지만, 최소한 만인이 만인에 대한 경쟁자로 존재하지는 않았다. 1883년 「경쟁론」이라는 글을 통해 최초로 조선에 경쟁이란 말을 도입한 사람은 『서유견문』으로 유명한 유길준이었다. 백 년 전 신조어였던 경쟁은 생존경쟁과 적자생존을 주장하는 사회진화론자들이 쓰던 말이었고, 을사조약 체결 이후 유길준은 계몽 강연을 통해 조선이 무지에서 깨어나야만 살아남을 수 있고, 그러기 위해서는 경쟁이야말로 사회 진보의 원동력이라고 주장했다.

격변기의 개화파 유길준이 처음 들여온 경쟁과 이른바 신자유주의 시대를 사는 우리가 느끼는 경쟁은 그 빛깔과 무게가 다를 수밖에 없다. 하지만 "바보와 악한의 싸움에서 사람들은 바보의 어리석음을 악한의 악랄함보다 더 미워한다"는 유길준의 말은 시간을

뛰어넘어 지금까지 우리가 '자발적으로' 경쟁에 뛰어들어 아등바
등하는 까닭을 통렬하게 폭로한다.

러셀의 말대로, 정말 우리는 이 가혹한 경쟁에서 이기고자 하는
게 아니라 다만 지지 않으려 발버둥치고 있는 것인지도 모른다. 어
리석은 바보보다는 차라리 악랄한 악한이 되기 위하여.

러셀은 경쟁 사회에 매몰되면 스트레스를 받는 게 아니라 불행
해진다고 지적한다. 그리고 타인에 대한 우호적인 시선, 따뜻한 사
랑, 열의, 그리고 사소하고 즐거운 일에 대한 열망을 행복의 비결로
제시한다. 기실 대단한 해법은 아니다. 다만 무한 경쟁 사회에서는
그 소박한 것들마저 결단해야 한다는 것이 문제다.

피해자가 될 것인가, 범죄자가 될 것인가? 아니면 이 가혹한 쳇
바퀴에서 훌쩍 뛰어내리는 모험을 감행할 것인가?

#46

목이 마를 때, 당신은 바다를 통째로 마셔버릴 수 있을 것만 같다.
하지만 당신이 충분토록 마시는 것은 고작 한두 잔이 전부다.

안톤 체호프

다이어트 성공률이 암 완치율보다 낮다는, 믿기도 웃기도 어려운 이야기가 있다. 비만의 완치율(5년 후 치료 성공률)이 암보다도 떨어진다는 통계에 바탕을 둔 것인데, 어쨌거나 다이어트는 건강과 미용 양면에서 현대인의 큰 과제인 게 분명하다.

원 푸드 다이어트, 황제 다이어트, 덴마크 다이어트, 한방 다이어트, 레몬 디톡스……. 이름만 주워섬기기도 벅찬 수많은 방법들 중에 이른바 간헐적 단식, 혹은 1일 1식이라는 새로운 식사법이 있다. 하루에 16시간 이상을 공복으로 두다가 배에서 쪼르륵 소리가 날 때 원하는 만큼 식사를 하면 체중 감량에 도움이 될뿐더러 노화를 막고 장수까지 할 수 있다는데…….

다이어트라는 말 자체가 낯설던, 여전히 안 먹기보다는 못 먹는 일이 흔했던 이십여 년 전, 시대를 지나치게 앞서 1일 1식을 시도했던 선구자를 알고 있다. 그는 내가 미쳐 있던 문학만큼이나 먹고살기에 녹록지 않기가 자명한 순수 미술에 미쳐 있던 친구였다. 그나마 글쓰기는 종이와 펜만 있으면 할 수 있지만 그림을 그리려면 물감이며 종이며 반드시 필요한 재료들이 많아 친구를 만나면 밥은 항상 내가 사야 했다. 그런 지경에 친구가 시작한 것이 바로 하루에 한 끼 먹기, 지금 식으로 1일 1식이었는데 "하고 싶은 일을 하며 살려면 남들처럼 하루에 세 끼를 먹는 것은 포기하겠다!"는 비장하고도 처절한 각오에서 비롯된 궁여지책이었다.

　하루에 밥 세 끼는 상징적인 것이다. 한국 사회는 최소한 절대빈곤에서 벗어난 상태다. 그럼에도 대부분의 사람들은 물질적인 영역만이 아니라 정신적으로도 점점 가난해짐을 느낀다. 프랑스 철학자 피에르 부르디외의 '구별 짓기distinction' 이론에 따르면 그것은 당연한 일이다. 구별 짓기란 부자들이 자기가 부자임을 가난한 사람들과 구별하기 위한 문화적 전략으로, 명품, 와인, 골프, 클래식 등으로 상징되는 소비와 문화의 '차별화'가 곧 고급하고 세련된 것을 향유하는 상류층과 쓸모없고 무가치한 것에 몰두하는 하류층과의 계급적 '차이'가 되어버리는 것이다.

　아직도 안 팔리는 그림을 그리는 친구와 생계형 전업 작가로 기신기신 살아가는 나는 필사적으로 그 차별화 전략에 맞서 차이를 없애기 위해 분투 중이다. 그것은 우리가 애초에 하루에 한 끼씩 먹을 각오로 '욕망의 다이어트'를 해온 덕택이다. 애초에 남들처럼 먹고 마셔서는 다이어트가 불가능하다. 무언가를 소유하는 행위로 자신의 존재를 확인하는 삶의 군살을 빼야만 진정으로 내가 원하는 무엇을 하는 데 있어 자유로워질 수 있다.

생존에 필요한 것 이상을 원하는 욕망은 결핍의 다른 이름이다. 한두 잔의 물이라면 충분함을 알면서도 바다를 통째로 집어삼킬 듯 갈급한 욕망은 무엇으로도 채워지지 않을 갈증과 굶주림에 다름 아니다. 욕심 사나운 탐욕가들은 기실 마음의 빈곤에 시달리고 있다. 그럼에도 그들을 불쌍해하기보다는 부러워하는 사람들이 훨씬 많기에, 세상은 끝없이 배고프고 목마르다.

#47

성전이니 경전이니 하는 위대한 것들을 아무리 속속들이 내리꿰
고 아무리 고상한 말을 줄줄 지껄일지라도 자기 자신에 대해 잘
알고 그 결점을 극복하지 못한다면 아무런 소용이 없다.
자신을 아는 것이야말로 모든 것을 아는 것이다.

마하트마 간디

요람에 누워 꼬물거리며 옹알이나 하던 아이가 제 두 발로 걷고 사람의 말을 하기 시작하면 필연적으로 타인과 다른 '자기'를 느끼게 된다. 그때 아이가 가장 많이 내뱉는 말은 "내가 할래!", "내 꺼야!"처럼 자기를 내세우는 주장이다.

자기를 앞세우는 말을 하면서부터 아이는 처음으로 '미운 시기'에 접어든다. "내가"라는 말과 더불어 새롭게 외쳐대는 말이 바로 "싫어!"이기 때문이다. 무조건적인 수용과 한없는 흡수의 시기는 지났다. 남과 다른 내가 있으니 내 취향과 요구가 있는 것이다. 이때가 아이의 발달에 매우 중요한 까닭은 독점욕, 수치심과 함께 자율성과 사회성이 급속도로 발전하기 때문이다.

무섭도록 자기에게 집중하며 이기적으로 자기를 주장하는 이 시기가 지나면 사회가 설정한 한계에 좌절하고 타협하면서 점차 자기를 잊거나 잃어간다. 자기의 요구에 귀를 기울이기보다는 타인의 시선을 의식하고, 자기가 어떤 사람인가를 탐구하기보다는 남들에게 어떤 사람으로 보일까에 초조해한다. 이를테면 타인과의 관계에서 자기 마음의 민낯을 보여주지 않으려고 심리적 화장psychological make-up을 하는 것이다. 파운데이션을 두껍게 발라 주름살과 잡티를 감추듯 스스로 약점이나 단점이라고 생각하는 것을 필사적으로 가리고 보여주고 싶은 것만 보이려 애쓴다.

개인과 개성에 대한 존중이 약하고 '남들처럼' 문화가 압도적인 사회에서는 이런 화장이 두꺼워지다 못해 가면으로까지 발전한다. 가면 뒤에서 진짜 내가 사라지는 현상이 심각해지면 정신의학에서 말하는 'as if 성격'이 되어버린다. 말 그대로 '마치 ~인 것처럼 성격'을 가진 사람은 완벽한 '따라쟁이'가 되어 자기 마음에 드는 어떤 사람, 이상적인 인물, 혹은 친하게 지내는 친구를 흉내 내기에 골몰한다.

'가면'이라는 말이 위선적이거나 거짓되게 느껴질 수도 있지만 기실 선량한 사람들도 가면을 쓴다. 그것이 때로는 신분으로, 예의로, 의무로 우리를 가둔다. "꿈이 없다"고 한탄하는 젊은이들에게 "당신의 가슴을 뛰게 하는 가장 좋아하는 일을 찾아보세요"라고 말하면 그들 중 많은 이들은 이렇게 대답한다.

"어떻게 사람이 자기 좋아하는 일만 하고 살아요?"

힌두교의 경전인 『바가바드기타』에서는 "의무를 다하다 죽는 것은 나쁠 것 없으나, 남의 길을 찾는 자는 항상 헤매느니라"고 말한다. 아무리 훌륭하고 고상하고 위대한 말도 가면을 쓴 입으로 줄줄 읊으면 오갈 데 없는 남의 말이다. 자기를 안다는 것은 어렵고 때로 고통스러운 일이지만 진실한 나로 살기 위해 피할 수 없다.

아이처럼 천진하게, 아이처럼 용맹하게 세상의 중심에서 나를 외쳐볼 일이다.

#48

한 송이 꽃은 남에게 봉사하기 위해 무언가를 할 필요가 없다.
오직 꽃이기만 하면 된다. 그것으로 충분하다.
한 사람의 존재 또한, 그가 만일 진정한 인간이라면
온 세상을 기쁘게 하기에 충분하다.

틱낫한

고단한 산행 중 길섶에서 마주치는 꽃은 기쁨이다. 위안이다. 힘겹
게 산을 타야 하는 이유이자 목적이다. 기실 그들의 외양은 산 아
래 사람의 마을에서 사고파는 꽃들의 크고 화려한 모양새와 선명
한 빛깔에 비하면 턱없이 미미하고 수수하다. 그럼에도 허위허위
오르막을 오르다가, 허겁지겁 내리막을 내려오다가 문득 그들과
만나면 발걸음이 멈춘다. 흘러내린 땀을 훔치며 들여다보는 사이
절로 감탄의 말이 터져 나온다.

"너 참 곱구나!"

초록에 묻힌 산꽃들은 짐짓 지나쳐버리기 쉽다. 유심히 살피지
않으면 잘 보이지도 않는다. 때로 쪼그려 앉아야만 마주할 수 있
다. 애초에 사람의 소용에 맞추어 지어진 존재가 아니기에 사람에
게 알랑대며 교태를 부리지 않기 때문이다. 다만 그들의 아름다움
은 그들을 바라보는 마음에서 나온다. 언젠가 우리가 왔고 언젠가
우리가 돌아갈 자연이라는 본원本源이 여전히 기다리고 있다는 사
실, 아무리 공중제비를 돌며 뒤채도 아직 세상에는 훼손될 수 없
는 아름다움이 있다는 진실을 가만가만 다독여 일깨운다.

어지러운 세상사에 지치고 물릴 지경이다. 도대체 뉴스라는 것이

너무 많아서 하루라도 소식을 구해 듣지 않으면 금세 세상물정 모르는 아둔패기가 될 판국이다. 그런데 바지런을 떨어 챙겨보자니 사건과 사고로 점철된 그것들이 하나같이 사람이 사람에게 행하기에는 너무도 모질고 혹독한 짓이라서 뉴스를 듣는 것만으로 공포와 모욕감을 느낀다.

한마디로 사람의 값이 너무 헐하다. 몸값도 헐하고 목숨값도 헐하다. 이처럼 사람이 대수롭지 않은 존재가 되다 보니 서로를 귀하게 여기지 않는 것은 물론이거니와 스스로도 귀하게 여길 수 없다. 내 눈에만 그리 보이는 것일까, 거리를 오가는 사람들의 우울한 얼굴은 단순히 불경기의 징표만은 아닐 것이다. 서로가 서로에게 기쁨이 되지 못하고 자기 스스로 기쁨을 느끼지 못한다는 사실이 무표정한 얼굴마다 덩두렷하다.

이처럼 차갑고 무서운 세상에서 작은 꽃송이를 들여다보고 앉아 있는 게 무슨 의미인가 싶기도 하다. 하지만 그럴수록 더욱 꽃송이에게 난마처럼 얽힌 길을 헤쳐갈 방도를 물어야 할는지도 모른다. 허청대는 몽유의 걸음으로 전진하기보다는 이렇게 쪼그리고 앉아 호흡을 고르며 꽃이 꽃이라는 이유만으로 지친 산객을 위로

했던 것처럼, 사람도 사람이라는 이유만으로 사람을 기쁘게 할 수 있다는…… 어쩌면 어리석게만 보이는 소박한 믿음이, 지금 다시 필요하다.

오직 꽃이기만 하면 된다. 그것으로 충분하다. 오직 사람이기만 하면 된다. 그것으로 충분하다. 그럴 것이다. 그래야 한다.

[#]*49*

가난과 미천함은
근면과 검소함을 낳고

근면과 검소함은
부유함과 귀함을 낳고

부유함과 귀함은
교만과 사치를 낳고

교만과 사치는
가난과 미천함을 낳네.

홍만종, 『순오지旬五志』

인간은 약하다. 그래서 변한다. 인간은 약하다. 그래서 변하지 않는다.

처한 환경에 따라 그 지위와 신분이 달라지면 사람은 변한다. 가난에서 벗어나기 위해 열심히 일하고, 열심히 일하며 허투루 낭비하지 않으니 점차로 부유해진다. 미천함에서 비롯되었던 검소함이 귀함의 표징이 되어 더욱 빛난다. 하지만 동시에, 환경이 바뀌어도 본디 타고난 바탕은 쉬이 변하지 않는다. 부귀영화의 달콤한 맛에 흠뻑 빠지면 절로 사치스럽고 교만해지기 마련이고, 결국 돈과 명예를 모두 잃어 다시 가난하고 미천한 상태로 돌아가 버린다.

'낳다'라는 동사에 주목해보면 이 변하되 변하지 않는 속성을 세대의 순환으로 해석할 수도 있다. 가난하고 미천한 부모는 자식들에게 그것을 대물림하지 않기 위해 허리띠를 졸라매고 피땀 흘려 노동한다. 그리하여 희생의 대가로 자식 세대에서는 부유함과 귀함을 누리게 된다. 하지만 스스로 아무런 노력도 하지 않고 무상으로 제공받은 부유함과 귀함은 독이 되기 십상이다. 자신이 누리는 풍족한 재산과 높은 지위를 너무도 당연한 것으로 여기고, 그것을 얻기까지의 과정에 깡그리 모르쇠를 잡는다. 그리하여 무지의 교만, 무지의 사치는 마침내 부와 명예의 상실로 이어진다. 무릇 오르막에 오를 때 두 시간이 걸렸다면 내리막은 한 시간도 채 걸리지 않는다. 얻기는 어려웠으나 잃는 것은 순간이다. 삼대 부자 없다는 말은 이와 같은 어리석은 순환에 대한 오래된 통찰이다.

연일 뉴스를 장식하는 어느 은수저를 물고 태어난 이의 폭주와 탈선을 바라보며 새삼 옛사람의 진언을 떠올린다. 1억짜리 코트를 걸치고 1천만 원짜리 목도리를 두른다 해도 다만 죄인의 몰골이다. 지나치게 많은 돈이 아니었다면 그는 좁은 좌석에 몸을 구겨 넣은 여느 사람들처럼 어느 불편함이나 불쾌감이라도 기어이 참아냈을 것이다. 제 능력과 상관없이 얻은 높은 지위가 아니었다면 때와 장소에 따라 어떤 예의가 필요한지, 사람이 사람을 대할 때에는 어떤 태도를 취해야 하는지를 깨닫지 못하면 눈치라도 챘을 것이다. 그리하여 지나친 부유함과 귀함이 결국 그 마음의 가난과 미천함을 폭로하고야 말았다. 감당할 수 없는 것들은 무엇이든 독이다.

부를 가졌을 때 자비롭게 베풀기는 얼마나 어려운가? 높은 지위에 올라 진정으로 겸손하기는 얼마나 어려운가? 남의 밥그릇을 걷어차지 않고, 남의 머리를 찍어 누르지 않고 자신의 힘과 여유를 확인할 수는 없는가?

　지극히 순진한 듯한, 그러나 간명할 수밖에 없는 질문을 또다시 던져본다. 언제고 끊임없이 돌고 도는 삶의 원판 위에서 지금 움켜쥔 것이 영원하리라 믿는 어리석음이 분노보다 슬픔을 자아낸다. 이런 세상을 어떻게든 견뎌내야 한다는 사실이, 어지럽다.

#50

램프를 만들어낸 것은 어둠이었고,
나침반을 만들어낸 것은 안개였으며,
탐험을 하게 만든 것은 배고픔이었다.

빅토르 위고

서울로 외출할 때 이용하는 광역버스가 지나는 길가의 교회 벽면에 언젠가부터 '그래도 살아냅시다'라는 입간판이 커다랗게 걸려 있다. '그래서'도 아니고 '그러니까'도 아니다. '그래도'라는 접속사가 묘하다. '그리하여도'의 줄임말인 그것은 살아내기 버거운 현실에 대한 힘겨운 저항의 뜻이리라. 경기도 위성도시에 살며 서울에 일터를 둔 많은 사람들이 아침 출근길에 그 문구를 볼 것이다. 그들은 과연 어떤 기분을 느낄까? 무슨 생각을 할까?

'희망'이라는 말을 쓰기가 두려운 즈음이다. 한 해가 저물고 다시 한 해가 시작되었지만 좀처럼 새로운 기대와 바람을 품기 어렵다. 가난한 사람들은 더욱 가난해지고 외로운 사람은 더욱 외로워지는 듯하다. 황소걸음이라도 조금씩 앞으로 나아가고 있다고 느끼면 견딜 만하련만, 좀처럼 눈앞을 가리는 어둠과 안개, 팍팍한 살림살이의 허기가 가시지 않는다. 그래도, 그리하여도, 그럼에도 불구하고 살아내는 것이 삶 그 자체의 목적이자 의미라면, 기어이 희망을 찾아야 할밖에.

"발전과 진보를 위해서는 위기가 필요하다"고 말한 빅토르 위고는 환한 빛을 뿌리는 램프에서 캄캄한 어둠을 보았다. 방향을 알려주는 유용한 나침반에서 한 치 앞을 분간할 수 없는 짙은 안개를 보았다. 두려움을 이기고 낯선 곳을 향해 전진하는 탐험가들에게서 그들이 사랑하는 사람들의 굶주림을 보았다.

실로 그러하다. 어둠 속에서 더듬거리지 않았다면, 희뿌연 안개에 갇혀 헤매지 않았다면, 주린 배를 움켜잡고 배고픔에 시달리지 않았다면 그것으로부터 벗어날 방도를 구하기 위해 그토록 애쓰지 않았을 것이다.

결국 간절함은 결핍에서 나오기 때문이다. 무언가가 모자라고 충족되지 않은 결핍의 상태는 불편하고 고통스럽다. 결핍은 원하는 것들을 포기하게 하고 좌절시킨다. 어둠 속에서 돌부리에 거꾸러지게 만들고 안개 속에서 난파하거나 좌초하게 만든다. 그래서 결핍은 사람들을 무력화시키기도 한다. 어둠이 내리면 꼼짝달싹 못 하고 집 안에 갇혀 있거나 안개가 걷힐 때까지 배를 띄울 생각을 하지 못한다. 하늘만 원망하며 배고픔을 견디기도 한다.

하지만 그 와중에도 간절하게 그것으로부터 벗어나려는 꿈을 꾸는 사람들이 있다. 처음으로 램프를 만들어낸 사람, 나침반을 발명한 사람, 고향을 떠나 장도에 오른 사람에게 결핍은 장애가 아니었을 테다. 새로운 것을 꿈꾸게 하는 힘이며, 상상력의 원천이며, 용기의 근거였을 것이다.

사실 나는 기질적으로 낙천적인 사람이 아니다. 오히려 뿌리 깊은 비관주의자에 가깝다. 하지만 어떤 일이 닥쳤을 때 크게 절망에 빠져 허덕대지 않는다. 다분히 역설적으로, 애초에 기대하지 않기에 실망도 하지 않는 것이다. 희망이 현실을 외면하면 허황한 공상이나 망상이 된다. 희망을 찾기 위해서는 나를 절망시키는 것부터 정확하게 알아야 한다. '그래도' 살아내기 위해 나를 둘러싼 어둠과 혼돈, 배고픔의 정체와 맞서야 한다. 기어이 나만의 램프와 나침반을 발명하고, 두려움 없이 탐험에 나서야 한다. '그래도' 삶은 계속되므로.

51

열흘 만에 버리는 집이 누에고치이고, 여섯 달 만에 버리는 집이 제비집이며, 한 해 만에 버리는 집은 까치둥지이다. 그렇지만 그 집을 지을 때 어떤 것은 창자에서 실을 뽑아내고, 어떤 것은 침을 뱉어 진흙을 만들며, 어떤 것은 풀과 볏짚을 물어 나르느라 입이 헐고 꼬리가 모자라져도 지칠 줄 모른다.

이를 본 사람이라면 누구든 그러한 짐승들의 지혜를 얕보아서 그 삶을 안타깝게 여길 것이다. 그러나 붉은 정자와 푸른 누각도 손가락 한 번 튕길 사이에 먼지가 되고 마는 것이니, 우리 인간들의 집짓기도 이와 다를 게 없다.

정약용, 「만일암을 중수하는 데 대한 기문」

이사를 준비 중이다. 진학하는 아이를 좇아 말마따나 삼천지교를 했다가 졸업과 함께 떠난다. 전세 대란이라는 말이 무색지 않은 요즘의 형편에 살고픈 곳을 선택하는 것마저 사치라 떠나왔던 집으로 다시 돌아간다. 그것도 지금 그곳에 살고 있는 사람들이 옮길 집을 얻지 못해 기한을 맞춰 나가느니 못 나가느니 또 한바탕 난리다. 거처를 옮길 일이 불분명하니 심란하고 어수선하다. 발밑에 바스러지기 쉬운 땅을 아슬아슬 딛고 선 것만 같다.

영어에서 하우스house와 홈home으로 나뉘는 말이 우리에게는 '집'으로 하나다. 집은 추위나 더위, 비바람을 막기 위하여 지은 건물이기도 하고, 가족들이 모여 생활하는 집안이기도 하다. 너른 의미에서 사람이 살아나가는 터전, 즉 '살터'이자 '삶터'이다. 집이 없으면 고스란히 길바닥에 나앉게 된다. 집이 없으면 가족들이 모여 살 수 없다.

그런데 이와 같이 절박한 삶의 근거지에 언제부터인가 또 하나의 막중한 의미가 덧붙여졌으니, 바로 '부동산'이다. 집이 움직여 옮길 수 없는 재산, 그러니까 지진이나 화산으로 땅이 뒤집히지 않는 이상 변하지 않는 확고부동하고 영구적인 재산이 되어버린 것이다. 원시인들은 여러 채의 동굴이 필요치 않았을 것이다. 아무리 깊고 따뜻한 동굴이라도 하룻밤에 두 곳, 세 곳에서 잠들 수는 없다는 간명한 사실을 알았기 때문이다. 하지만 부동산은 더 이상 살터이자 삶터가 아니다. 내가 살지 않는 곳에 남들을 살게 하고, 내가 들어가 살 계획이 전혀 없는데도 값이 껑충껑충 뛰기를 바라며 투자하는 곳이 되었다.

누에는 창자에서 실을 뽑아 고치를 짓지만 그 소용이 닿는 기한은 열흘뿐. 제비는 침으로 진흙을 이겨 집을 짓지만 여섯 달이면 허물어진다(물론 그사이에 무엇이든 먹어치우는 잡식성 동물, 인간에게 통째로 집을 빼앗길 위험도 있다). 까치는 온종일 분주하게 풀과 볏짚을 물어 날라 둥지를 짓지만 그 또한 1년을 버티기 힘들다. 그럼에도 온 힘을 모아 집짓기에 길지 않은 삶을 바치니, 인간은 저희가 지은 붉은 정자와 푸른 누각에 비해 헐후하기 그지없음을 비웃는다. 하지만 부동산에 열광하며 그것의 있고 없음에 울고 웃는 인간이 이른바 미물들과 다를 바 무언가?

기실 집은 고단한 삶에서 휴식을 도모하기 위해 잠시 머무르는 거처 그 이상도 그 이하도 아니다. 방이 천 칸이라도 밤에 누울 자리는 여덟 자뿐이라는 진실은 아득한 조상들이 동굴을 찾아 헤매던 그때와 하등 다를 바 없으니, 먼지 속에서 먼지의 거처를 좇는다. 삶은 무겁고도, 하냥 가볍다.

#52

인간은 무언가에 '홀려 있는' 때가 가장 좋은 때다.
성공하여 안락해지면 그때가 인간으로서는 최악의 때다.

아널드 조셉 토인비, 『역사의 연구』

삶은 수많은 유혹에 둘러싸인 미끄러운 유리 원반 위의 팽이와 같지만, 진실로 무언가에 '홀려 있는' 경험을 하게 되는 경우는 그리 많지 않다. 홀림이란 유혹에 완전히 빠진 채 정신을 차리지 못하는 상태다. 옛사람들은 홀림에 빠져드는 까닭을 (반드시 꼬리가 여러 개 달린) 여우라든가 도깨비라든가 귀신 따위의 장난이라고 믿었다. 스스로 제어할 수 없는 지경이기에 정체를 알 수 없고, 정체를 모르기에 두려울 수밖에 없었기 때문이다.

어쨌거나 사람들은 정신을 차리려고 애쓴다. 그래야 현실을 똑바로 보고 다가올 위험을 최대한 줄일 수 있다. 그런데 안타깝게도 그처럼 안전한 인생을 살기 위해서는 대체로 열정을 희생해야 한다. 어쩐지 자기 계발서의 제목 같긴 하지만, 열정이 없으면 도전도 없다. 도전이 없으면 실패도 없다. 물론 성공도 있을 리 없다. 평범한 필부필부의 삶을 원한다면 아무것에도 홀리지 않기 위해 여우와 도깨비와 귀신이 나타나는 한밤중의 어두운 뒷골목을 피해 대낮에 뻥 뚫린 큰길만 다녀야 한다.

홀림의 다른 이름은 매혹이다. 영국의 역사가 토인비가 말하는 홀림은 정신을 놓았다거나 거짓에 현혹된 상태가 아니라 바로 매혹, 도취와 몰두의 단계를 말한다. 매혹되었을 때 사람은 앞뒤 좌우를 재서 계산하고 행동하지 않는다. 묻지도 따지지도 않고 다만 자신이 강렬하게 원하는 그것에 빠져든다. 그 단계가 더욱 발전하면 자신마저 잊는 몰아의 경지에 이른다. 사람이든 사랑이든 예술이든 일이든 연구든 새로운 발견이든…… 역사는 홀려 있는 사람들에 의해 만들어진다. 성공과 실패조차 따지지 않았기에 그들은 마침내 성공했다.

하지만 성공이라는 달콤한 열매가 언제나 삶에 이롭지만은 않다. 목표를 달성하고 성취의 결과물로 부와 명예를 얻고 난 후 이전까지와 전혀 다른 사람이 되는 경우가 왕왕 있다. 오만해지거나 태만해지고, 둘 다인 경우도 수다하다. 소위 성공했다는 사람들의 눈빛에서 타인에 대한 호기심과 겸손한 탐구심을 발견하는 일은 얼마나 어려운지! 아주 소수의 사람들만이 성공한 후에도 스스로 부드러운 둥지에 안주하는 것을 거부하고 거침없이 폭풍 속에 나선다. 그들은 세속의 성공을 넘어선 자기 삶의 영웅이다.

토인비의 패러독스는 "열악한 환경은 위대함을 만들고, 온화한 환경은 유약함을 만든다"는 것으로도 해석된다. 나는 그 해석에 완전히 동의하지는 않는다. 장애가 있을 때 그것을 극복하기 위한 의지가 더욱 강해지는 것은 사실이지만 평범한 많은 사람들은 그것에 굴복한다. 특별한 소수의 사람들은 그것을 극복하지만 그 과정에서 자존심의 훼손과 욕망의 굴절을 경험한다. 그래서 자수성가형의 야심가들이 며느리 늙어 시어머니 되는 꼴을 보이는지도 모른다.

홀려 있는 그때를 기억하고, 그리워하고, 꿈꾸는 일을 멈추지 말아야 할 까닭이 여기에 있다. 홀려 있는 자는 정착할 수 없을지언정 여행을 포기하지 않는다. 삶이라는 아주 긴 여행을.

#53

불행이란 병을 고칠 수 있는데
왜 불행에 빠져 있는가?
불행이란 병을 고칠 수 없는데
무엇을 위해 불행해하는가?

적천, 『보리비결菩提秘潔』

수험생 엄마 노릇을 한다는 핑계로 5년 넘게 연재했던 신문 칼럼을 중단했다. 아무리 거대 담론이 아닌 일상다반사를 깜냥깜냥 쓴대도 지면이 지면인지라 시사에 촉수를 세우게 되고, 그러다 보니 절로 분통에 울화통을 터뜨리지 않을 수 없었다. 하지만 세상이 바뀌기 전에 내가 화병으로 죽을 듯하여 졸필이나마 꺾고 말았지만 울울한 심정은 여전하기만 하다.

아무도 행복하지 않은 것 같다. 전쟁, 테러, 독재, 불황, 빈곤, 고령화, 실업, 입시 지옥, 빈익빈 부익부, 차별, 편견……. 끊임없는 사건과 사고 속에 끝내 젊은 여주인은 '갑질'을 하며 비행기를 돌리고, 어린이집 교사는 네 살배기 어린애를 후려쳐 날리고, 히키코모리 소년은 과격파 조직을 기웃거린다. 불행의 징후들이 창궐하면서 행복은 불 속에 던져진 종잇장처럼 오그라들었다. 이제 더 이상 누구도 그 종이 위에 무엇이 적혀 있었는지 읽지 못한다.

행복한 사람이 아무도 없는 듯한 세상에서 혼자만 행복하다면 어쩔 수 없이 죄책감을 느끼게 될 것이다. 하지만 그렇다고 불행 속에 한데 엉켜 누가 더 불행한가를 경쟁할 수도 없다. 그때 적천寂天의 짧고 간명한 진언은 뜻밖의 출구를 제시한다. 샨티데바 보살이

223

라는 이름으로도 잘 알려진 적천은 불교 중관학파를 계승한 인도의 학승으로, 석가모니처럼 본래 서인도의 나라 사우라스트라의 왕자였다가 왕위를 버리고 출가했다. 세속의 기준으로 충분히 행복했으나 더 큰 행복을 찾아 작은 행복을 미련 없이 버린 것이다. 먹물 옷과 탁발을 위한 바가지 하나만 달랑 지닌 채로 적천은 행복과 불행에 대한 고언들을 쏟아낸다.

그의 말대로 불행이라는 병이 난치일지나 불치는 아니라면 어떻게든 이겨내기 위해 치료에 힘써야 할 것이다. 불행의 요인이 바깥에 있다면 그것을 변화시키기 위해 달걀로 바위라도 쳐야 할 것이고, 불행의 요인이 내 안에 있다면 기도든 수양이든 상담이든 갖은 방법으로 애써보아야 마땅하다. 하지만 불행이란 병이 영영 불치라면, 백약이 소용없다면, 더 이상 불행하다는 사실에 거둘려 불행해질 까닭이 사라져버린다. 논리는 간명하다. 놓으면, 놓인다.

하지만 여전히 놓을 수 없어, 놓여날 수 없어서 인간이다. 다만 보통의 존재인 우리는 뻔히 알면서도 행할 수 없어 오늘도 불행으로 스스로를 들볶는다. 그리고 불행은 너무 쉽게 전염된다. 폐업해 닫힌 가게 문만큼이나 웃음기 없는 사람들의 얼굴이 세상을 우울하게 물들인다. 해답은 좀처럼 보이지 않는다. 어쩌면 점점 더 나빠질지도 모른다는 막연한 공포로 실망하고 낙담할 뿐이다. 그럼에도 다시 적천의 말에 기대어 시린 무릎을 짚고 일어서 볼까.

해답이 있다면
낙담할 필요가 있겠는가?
해답이 없다면
낙담하는 것이 무슨 의미가 있겠는가?

나도 그를 흉내 내본다. 불행할지라도 낙담하지 마라. 끝내 낙담하지 않으면, 어찌 불행하겠는가?

#54

인간으로서 가장 슬픈 일은 병이나 빈곤이 아니다.
자신이 이 세상에서 아무 소용없는 인간이라고 체념하는 일이다.
그리고 최대의 악은, 그런 사람을 보살펴줄 이들이
부족하다는 사실이다.

『마더 테레사, 넘치는 사랑』

애초에 행복이나 불행은 비교해 순위를 매길 수 없는 것이다. 행복에 대한 비교는 흔히 욕심에서 비롯된다. 내가 갖고 싶지만 갖지 못한 무엇을 가진 사람은 분명 행복하리라고 넘겨짚어 버리는 것이다. 돈이 많으면, 부모가 든든하면, 자식이 잘되면, 좋은 직업을 가지면……. 행복의 조건이 곧 욕심의 목록이 된다. 욕심은 결핍의 다른 이름에 불과하고, 진통도 없이 질투를 낳는다.

그런가 하면 불행에 대한 비교는 비관이 되기 십상이다. 불행조차도 비교하다 보면 경쟁이 되고, 그 서글픈 경쟁에서 이기는 방법은 더 불행해지는 것뿐이다. 비관은 우울과 분노 등등을 난산하지만 그중에서도 가장 최악은 절망이다. 포기다. 그리고 체념이다.

'빈자의 성녀'로 불리는 가톨릭 수녀 마더 테레사의 생의 자취를 따라 읽노라면 문득문득 독실한 무신론자(!)의 가슴마저 뻐근해진다. 그것은 그녀가 얼마나 대단한 영성을 가진 수도자였는가를 강조하는 대목에서보다 얼마나 솔직한 인간이었나를 고백하는 대목에서 비롯된다. 평생을 이방인 인도에서 빈자와 병자들을 돌보며 철저히 낮은 자리에서 살고도 그녀는 끊임없이 묻고 또 묻는다.

"나의 믿음은 어디에 있는가?"

아무리 거두고 살펴도 끊이지 않는 죄와 악과 질병과 가난의 구렁텅이에서 외친다.

"저는 무엇을 위해 일하는 것입니까?"

모두가 성모마리아에 비견하는 자신의 미소를 '모든 것을 감추려는 가면'이라고 부른다거나, 다들 감동하여 칭송하는 자신의 선행을 '위선'으로 일컫는 대목에서는 그 날선 자기 응시에 가슴이 서늘해진다. 일각에서는 그녀가 종교에 대해 회의적이었다고 비판한다지만 마더 테레사의 고뇌야말로 그녀의 가장 열렬한 신앙고백에 다름 아니다.

마더 테레사를 번민과 고뇌에 빠뜨린 것은 병들고 가난한 사람들이 아니었다. 아무리 하느님의 사랑과 삶의 의미를 강조해도 거듭해 절망하고 포기하고 체념해버리는 사람들에게 지친 것이다. 그리고 그들을 어둠의 굴길에서 꺼내는 데 힘을 보태기보다는 그들을 보살피는 일을 비웃거나 심지어 그들의 등을 떠밀어 더 어두운 곳으로 몰아넣는, 세상에 만개한 평범한 악들에 때때로 무력해졌을 테다.

배고픈 사람에게 빵을 주고 가난한 사람에게 옷과 집을 주는 것보다 체념한 사람의 꺾인 무릎을 일으켜 세우기가 더 힘들다. 그것이야말로 시혜와 동정이 아니라 인간이 인간에게 품을 수 있는 가장 고귀한 감정인 이해와 연민을 통해서만 가능하기 때문이다.

김수환 추기경도 말년에 고백하기를, "사랑이 머리에서 가슴으로 내려오는 데 70년이 걸렸다"라고 했다. 고작 30센티미터의 거리를 70년에 걸쳐 내려간다. 그만큼 어렵지만 그래서 더욱 덧없는 시도일지라도 포기할 수 없을지니, 그것이야말로 우리가 타인이 아니라 스스로를 구원하는 유일한 길이기 때문이리라.

#55

사랑에 빠진다는 것은 대단히 과장된 얘기다.
사랑에 빠지는 것은 상대에게 받아들여지지 않으리라는 두려움
45퍼센트와 이번에는 그 두려움이 무색하게 되리라는 광적인 희
망 45퍼센트, 거기에 소박하게 사랑의 가능성에 대한 여린 감각
10퍼센트를 더하여 이루어진다.

페터 회, 『스밀라의 눈에 대한 감각』

한겨울에 읽기 적합한 소설 『스밀라의 눈에 대한 감각』을 뒤적이노라면 한여름에도 서늘해진다. 한 번도 가본 적 없는 북구, 그 이름만으로 신비로운 그린란드의 냉기와 차가운 이성이 추리라는 장르와 기묘하게 어우러져 긴장을 더한다. 눈이나 얼음을 사랑보다 더 중하게 여기는 주인공 스밀라는 이지理智와 열정을 동시에 지닌 수수께끼같이 독특한 캐릭터이다. 북구도 모르고 추리도 좋아하지 않는 남성 독자들이 유독 그녀에게 매혹되어 이끌리는 모습을 주변에서 많이 보았다. 역시 남자에게 여자는 영원히 비밀스러운 판타지여야 마땅한 것일까?

스밀라의 말로 정의된 사랑 또한 눈과 얼음처럼 명징하다. 그녀는 사랑의 허풍과 과장과 현학을 비웃는다. 그건 작열하는 햇볕 아래 뜨겁게 달구어진 땅을 맨발로 딛고 선 사람들에게나 어울린다. 몸속의 피가 온천수처럼 끓어오르고 머리가 열기구처럼 둥실 떠오를 때에야 폭발하듯 사랑의 낭만과 격정을 토로할 수 있는 것이다. 하지만 그린란드식은 좀 다르다. 우울을 다룰 때에도 유럽식으로 행동을 통해 문제에서 빠져나오기를 바라기보다는 가만히 어둠 속에 침잠하여 자신의 패배를 현미경으로 자세히 들여다보는

데 익숙하다. 그러니 사랑 또한 마찬가지다. 타인과의 관계에 몰두하기 이전에 자신부터 들여다본다. 더 내밀히, 더 자세히.

누군가가 사랑에 빠졌다고 말할 때의 상태는 말만큼 단순치 않다. 무수한 욕망과 불안이 급작스럽게 분출한다. 아무런 거짓 없이 있는 그대로 남김없이 솔직해진다면 상대는 나를 받아줄 수 있을까? 어둡고 더럽고 무서운 영혼의 허구렁은 오직 자신밖에 알지 못하기에, 잘 숨겨왔다면 그럴수록, 누군가에게 드러내기가 두렵다. 45퍼센트쯤 절망이다.

하지만 사랑은 모든 걸 감싸주고 용서하고 이해한다지 않는가? 그렇지 않다면 사랑이 아니지 않는가? 아이가 절체절명의 위험에 처했을 때 괴력을 발휘하는 어머니처럼, 사랑으로 그 깊은 구렁을 훌쩍 뛰어넘어주기를 간절히 바라게 된다. 45퍼센트는, 주체할 수 없는 희망이다.

그리고 절망과 희망의 팽팽한 줄다리기 가운데서 소박하고 여린 감각, 이를 테면 어리석음 같은 것이 희망의 편을 슬쩍 들어준다면, 그때가 바로 사랑에 빠진 상태이리라.

어렵다. 두렵다. 골치 아프다. 하지만 그러하기에 그럴수록 기어이 사랑해야 한다. 상대가 있어야 완성되는 것이 사랑임은 분명하지만, 사랑은 상대의 아름다움 혹은 치부를 파헤치기 이전에 자기 자신을 낱낱이 밝혀주기 때문이다. 나를 아는 가장 아프지만 좋은 방법이 바로 사랑이다. 혹 세상이 이렇게 엉망이라서 사랑조차 할 수 없는 게 아니라, 우리가 아무도 사랑하지 않기 (못하기) 때문에 세상이 이렇게 엉망진창인 건 아닐까?

56

내 집에 좋은 물건이라고는 『맹자』 일곱 책뿐이오, 나는 오랫동안 굶주리다 못해 기어이 그걸 돈 이백 닢에 팔았소이다그려. 그래 그걸로 밥을 잘 먹고 희희낙락하여 영재(유득공의 호)에게 가서는 크게 자랑했다고. 그런데 영재 역시 굶주린 지 이미 오래된 터라 내 말을 듣더니만 곧바로 『좌씨전』을 팔아서 그 남은 돈으로 술을 사다 내게 마시라 하질 않겠소. 이는 맹자가 친히 밥을 지어 나를 먹이고 좌구명이 손수 술을 따라 나에게 권한 것과 무엇이 다르겠소. 그래서 우리는 맹씨와 좌씨를 천천만만 번이나 칭송했는데 만약 우리들이 한 해가 끝나도록 이 두 책을 읽기만 했다면 어떻게 조금이나마 굶주림을 면할 수 있었겠소. 글을 읽어 부귀를 구하는 것이 다 요행을 바라는 술책일 뿐이므로 당장에 팔아 한때의 취함과 배부름을 꾀하는 게 더 진실 되고 꾸밈이 없는 것이라는 사실을 비로소 깨달았소. 슬픕니다! 슬픕니다! 당신은 어떻게 생각하오?

이덕무, 「이서구에게 보내는 편지」

넓은 집에서 좁은 집으로 이사를 하며 짐을 줄일 때 가구며 집물들을 모두 정리하고 마지막 남은 것이 책이었다. 초등학교 때 열 살 생일 선물로 부모님께 받은 '소년소녀 세계문학' 전집부터 대학 시절에 몰래 읽던 (지금 보면 아무래도 별것 아닌) 금서들, 용돈을 모으고 생활비를 쪼개 한 권 두 권 사 모은 책들로 방 하나가 가득 찼다. 한때는 그것이 내 가장 큰 재산이었다. 책 한 권이 하나의 추억, 배움, 그리고 환희였다.

하지만 몇십 년간 수차례 이사를 하면서도 버리지 못해 굳이 끌고 다녔던 그것들이 언제부터인가 미련, 집착, 욕심으로 느껴지기 시작했다. 읽은 것을 다시 읽는 일은 생각만큼 흔치 않고, 읽지 않은 것을 뒤늦게 읽는 일도 마음만큼 쉽지 않다는 것을 깨달았기 때문이다. 필요하면 그때 다시 사거나 빌려 보면 될 것을, 부질없는 집착으로 끝내 소유를 포기하지 못했던 것이다.

그리하여 책을 머리에 이고 사는 꼴이 되어서야 책을 정리하기로 마음먹었다. 그래도 차마 돈을 받고는 팔지 못하여 책 한 꾸러미에 빵 한 봉지, 귤 한 박스, 그리고 술 한 병을 바꿨다. "오랫동안 굶주리다 못해" 판 것은 아니지만 책이 꽂혔다 빠져나간 자리가 휑

한 것이 마음자리까지 싱숭생숭하다. 그리하여 술병을 따고 빵과 귤을 안주 삼아 쩌금쩌금 주워 먹으며 이백여 년 전 책을 팔았던 이덕무의 경험담을 읽었다. 그의 책은 나의 책과 다르다. 그때 책의 값어치와 지금 책의 값어치는 다르다. 하지만 책을 팔며 느낀 슬픔과 책이 뽑혀나간 자리의 허허로움은 아주 크게 다르지 않을 것이다.

책을 너무도 사랑하여 서치書癡, 책에 미친 바보라고까지 불렸던 이덕무는 그 슬픔과 허허로움을 이기기 위해 호기를 부린다. 이 밥은 맹자가 지어준 것이요 이 술은 좌구명이 따라준 것이라고, 책만 읽어서는 도무지 해결할 수 없었던 현실의 허기를 위로한다. 그의 말대로 배가 부르고 알딸딸해지니 책만 끌어안고 버텨온 시간이 우습다. 진즉에 책을 빵과 바꿀 것을, 후회도 해본다. 그럼에도 다시 빈 책장이 서러워 인터넷 서점을 궁싯거리며 신간을 골라 장바구니에 넣고 있으니 나도 참 구제 불능의 욕심쟁이다. 세상모르는 딸깍발이다.

#57

별들을 봐라.
둘 사이에 거리가 있어도 빛나지.
조화롭게 빛나지 않는가?

니체, 『즐거운 지식』

어린 날, 나는 외톨이였다. 숫기와 붙임성이 없는 외톨이에게 친구를 사귄다는 것은 어렵고도 두려운 일이었다. 내 안에서 뭉게뭉게 피어오르는 어둠과 불안을 나조차도 이해할 수 없는데, 그걸 남들에게 설명하기란 불가능한 것처럼 느껴졌다. 그래서 한없이 외로웠던 내가 누군가에게는 잘난 척하는 건방진 아이로 보였을 것이다. 아무리 애써도 너는 나를 결코 이해할 수 없으리라, 지레 담장을 치고 벽을 높였으므로.

계집아이들끼리의 일반적인 친교 방식은 나의 두려움을 더욱 강화시켰다. 그들은 시시콜콜한 일들까지 남김없이 털어놓기를, (실제로 별것 아니지만 특유의 호들갑으로 한껏 부풀리기 일쑤인) 비밀을 공유하기를 원했다. 그렇게 밀착되지 않으면 배척되었다. 친구가 되면 같이 손을 잡고 등하교를 하고 도시락을 먹고 화장실까지 함께 갔다. 그래야 친구, 단짝이나 짝꿍이라고 불렀다.

나는 그때도 그리고 지금도, 비밀이 없는 어떤 관계를 꿈꾸지 않는다. 아니, 사람 사이에는 마땅히 비밀이 있어야 한다고 믿는다. 성숙한 관계에서 비밀은 거짓과 달리 서로 존중해야 하는 나만의 (그리고 너만의) 영역이므로 비밀이 없는 관계는 자아가 발달하지 않은 어린아이들끼리가 아니면 가능치 않다. 비밀을 가져야만 어른이다…… 그런 혼자만의 생각을 앓고 있을 때, 우연히 읽은 니체의 말이 뭉근한 위안이 되었다.

생애 자체는 지독한 외톨이처럼 보이지만 뜻밖에도 니체는 친구를 매우 중요시한다. 그는 사랑하는 사람을 애인이라고 부르지 않는다. 친구라고 부른다. 그리하여 위대한 사랑이란 "다만 친구를 아는 일뿐"이라고 놀라운 선언을 한다. 그런데 더욱 재미있고도 중요한 점은, 니체에게 친구는 지친 몸을 파묻고 단잠에 곯아떨어지게 만드는 '푹신한 침대'가 아니라는 사실이다. 분명한 휴식의 공간이되 조금은 불편하고 어딘가 켕기는 '야전 침대'가 되라고 한다. 숙면보다는 선잠, 절반은 잠의 함정에 빠질지라도 절반은 여전히 깨어 있기를 일깨우는 존재가 바로 친구라는 것이다.

별들이 촘촘히 흩뿌려진 밤하늘을 올려다본다. 비록 그 풍광이 한눈에 들어온다 할지라도 별들의 거리는 우리의 어림셈을 훌쩍 뛰어넘는다. 지구에서 안드로메다은하까지의 거리를 250만 광년으로 예측한다는 과학 정보를 군이 들먹이지 않는대도 말이다. 그토록 까마아득히 먼 곳에 떨어진 채로도 별들은 조화롭게 빛난다.

그런 별들처럼 친구는 거리를 유지한 채로 욕심과 계산 없이 주고 받을 수 있는 평등한 관계일 때 아름답다.

지금도 나는 친구가 많지 않지만 더 이상 외톨이는 아니다. 매일 만나 자질구레한 것까지 모두 알지 않아도 친구라고 부를 수 있는 이들이 있다. 우리는 다만 제자리에서 반짝거리는 서로를 바라본다. 나의 별빛과 그의 별빛이 각각이 아름답고 어울려 아름다울 때, 우리는 따로 또 같이 빛날 수 있음에 감사한다. 그 별빛만큼이나 깊은 어둠과 상처를 아무런 설명 없이도 충분히 이해하면서.

#58

당신이 가장 두려워하는 것을 찾아라.
진정한 성장은 그 순간부터 시작된다.

칼 구스타브 융

아이가 대학에 입학하면서 집을 떠나 기숙사로 들어갔다. 입시가
끝난 후 힘들었던 수험 생활을 보상이라도 받으려는 듯 겨우내 정
신없이 놀아젖히더니 떠날 즈음에야 슬금슬금 걱정이 되나 보다.
새로운 삶의 출발점에 선 기분이 어떠냐고 물으니 "설렘 더하기 불
안"이란다.

　그럴 것이다. 나 또한 부모님 곁을 떠나 상경한 것이 스무 살, 그
때였다. 3월의 서울은 춥고 낯설었다. 낯설어서 더욱 추웠다. 꽃샘
잎샘이 매서운 거리를 헤매다 가파른 골목을 기어올라 자취방에
닿으면 긴장으로 굳어진 몸이 무너지듯 풀렸다. 고향집에서 가지
고 온 책은 시집 몇 권과 고3 때 시험 대비 교재로 썼던 『수학의 정
석』이었다. 외로울 때마다 울거나 누군가에게 하소연하는 대신 홀
로 이불을 들쓰고 수학 문제를 풀었다. 수학은 공식을 좇아 열심히
풀면 딱딱 답이 나왔다. 삶에는 이런 정답이 없다는 것을 어렴풋이
느끼기 시작할 무렵이었다.

　설렘은 새로운 것에 대한 호기심, 기대와 포부에서 비롯된다. 그
런가 하면 불안의 뿌리에는 두려움이 있다. 스무 살의 나는 세상
이, 사람들이, 삶이 두려웠다. 세상을, 사람들을, 삶을 몰랐기에 더

욱 두려웠다. 또한 내가 더 이상 아이가 아니라는 사실이 두려웠고, 성인으로서 나의 행동과 선택을 스스로 책임져야 한다는 것이 터무니없이 무겁게 느껴졌다. 그리고 무엇보다 두려웠던 것은, 세상과 사람들과 삶을 알고 그에 대한 내 몫을 감당하기에 앞서 나 자신을 까마아득히 알 수 없다는 사실이었다. 내가 무엇을 얼마나 욕망하고 있는지, 내 힘은 무엇을 어떻게 견딜 만한지, 나는 과연 어떻게 살고 싶은지에 대해 내놓을 수 있는 답이 없었던 것이다.

아이도 아마 그럴 테다. 앞으로 세상에 홀로 나서면 지금까지 학교에서 치렀던 시험 문제들과 전혀 다른 문제들에 맞닥뜨려야 할 것이다. 끝없이 오답을 적고 어쩌면 낙제할지도 모른다. 하지만 그 정답 없는 시험으로부터 도망쳐 포기하지 않는 것이 스스로를 깨달아가는 첫 번째 단초다. 때로는 믿었던 사람에게 배신과 이용을 당하고, 초라한 자리에서 굴욕과 모멸감을 느껴야 할지도 모른다. 그럼에도 자존을 훼손당하지 않고, 추락할지라도 바닥을 짚고 다시 일어날 수만 있다면 인간이라는 존재에 대한 이해가 훨씬 깊어질 것이다. 그것이 바로 성장이리라. 그리고 그 모든 일의 중심에는 스스로에 대한 이해와 사랑과 믿음이 있다. 실로 자신을 이해하지 못하고 사랑하지 못하고 믿지 못하는 데서 수많은 두려움이 비롯되기 마련이므로.

어엿한 성년에, 고개를 들어 한참 치켜보아야 할 만큼 키 큰 아들을 여전히 못 미더워 애면글면하는 것은 어미라는 이름을 가진 모두의 숙명일지도 모른다. 하지만 이제 내 무릎 아래를 떠나 자신의 길을 걸어가야 할 그에게 나는 별로 해줄 것이 없다. 나의 두려움을 오로지 내가 오롯이 감당했듯, 그도 마침내 자신의 두려움에 맞서야 할 시간이 왔기 때문이다. 다만 물러서지 않기를, 도망치지 않기를, 싸워야 할 때 싸우고 화해하고 용서해야 할 때 기꺼이 그러하기를…… 응원할 뿐이다.

#59

매일 큼직한 공책에다가 글을 몇 줄씩 쓰십시오. 각자의 정신 상태를 나타내는 내면의 일기가 아니라, 그 반대로 사람들, 동물들, 사물들 같은 외적인 세계 쪽으로 눈을 돌린 일기를 써보세요. 그러면 날이 갈수록 여러분은 글을 더 잘, 더 쉽게 쓸 수 있게 될 뿐만 아니라 특히 아주 풍성한 기록의 수확을 얻게 될 것입니다. 왜냐하면 여러분의 눈과 귀는 매일매일 알아 깨우친 갖가지 형태의 비정형의 잡동사니 속에서 글로 표현할 수 있는 것을 골라내어서 거두어들일 수 있게 될 것이기 때문입니다. 위대한 사진작가가 하나의 사진이 될 수 있는 장면을 포착하여 사각의 틀 속에 분리시켜 넣게 되듯이 말입니다.

미셸 투르니에, 『외면일기』

"비결이 뭡니까? 어떻게 하면 글을 잘 씁니까?"

작가라는 이름으로 불리는 사람이라면 누구나 한 번쯤 들어봤을 질문에 나는 농담 반 진담 반으로 이렇게 답하곤 했다.

"그 비결을 알게 되면 제게도 꼭 알려주세요!"

애당초 '세상에 알려져 있지 않은 자기만의 뛰어난 방법', 비결은 없다. 다만 모호하고도 신비로운 상상과, 지루하고도 꾸준한 습작과, 스스로 묻고 스스로 대답하는 영원히 비밀스러운 속삭임이 있을 뿐이다. 그리고 그 비밀을 형성하는 데 우선하는 것이 재주나 기술보다 상처와 열망이기에, 무릇 글을 쓰기 위해서는 자신의 내면을 자세하고도 끈질기게 들여다볼 필요가 있다는 것이 지금까지의 정설이었다.

그런데 프랑스 작가 미셸 투르니에는 이와는 완전히 다른 흥미로운 제안을 한다. 미묘한, 그래서 설명하기 어렵고 자기 자신도 미처 모르는 내면을 묘사하기에 천착하기보다는 당장 눈에 보이는 것들을 글로 적어보라는 것이다. 생각보다 쉽고, 생각보다 어렵다!

어떤 사람에 대해 쓰기 위해서는 평소에 흘려보았던 그의 몸피와 옷차림, 표정과 습관적 행동들을 자세히 관찰해야 한다. 어떤 동물에 대해 쓰기 위해서는 외양과 행동뿐만 아니라 무심코 지나치던 본능과 습성까지 이해해야 한다. 사물을 제대로 그려낸다는 것은 또 어떤가? 그림을 그릴 때와 마찬가지로 빛의 각도와 사물의 위치에 따라 음영과 모양까지도 달라 보인다. 그리고 눈에 보이는 것들을 적어 내려가는 데서 한 발짝 더 전진하면, 비로소 그 사람과 동물과 사물의 내력과 의미와 쓸모에 대해 나만이 볼 수 있고 쓸 수 있는 이야기가 펼쳐지기 시작한다.

실로 우리는 사람과 동물과 사물 따위, 우리 바깥의 것들을 대충 본다. 띄엄띄엄 보고 멋대로 왜곡해 기억한다. 눈에 뻔히 보이는 것도 제대로 보지 못하면서 보이지 않는 것을 들여다보겠다고 설쳐댄다. 제대로 보기 시작하면 마침내 새로운, 그러나 다만 지금까지 보지 못했던 낯선 것들이 보인다. 가만히, 자세히 들여다보면 그것을 잘 알 수 있을뿐더러 그것에 대한 생각이 일어난다. 생각이 일어나야 할 말이 생긴다. 그때 그것을 고스란히 펜으로 종이에 언어로 옮겨 적은 (혹은 컴퓨터 자판을 두들겨 입력한) 것이, 바로 글이다.

지금까지 과학적으로 그 기능이 밝혀진 인간의 뇌세포 중 40퍼센트는 시각, 눈으로 사물을 판별하는 일에 쓰인다고 한다. 눈이 진실로 마음의 창이라면 글이야말로 제대로 보는 데서 시작하는 게 당연하지 않겠는가? 지금 주위를 둘러보라. 과연 무엇이 보이고, 무엇을 쓸 수 있는가?

#60

나는 작은 시냇물과 같다.
깊지 않기 때문에 맑다.

볼테르

어렵고 무거운 관념어를 총동원한 문장이라고 해도 그만큼 중요한 뜻을 담고 있는 건 아니다. 때로 어려운 단어가 하나도 없고 무거운 의미가 전혀 없음에도 곱씹을수록 어려워지고 돌이킬수록 무거워지기도 한다. 볼테르의 이런 말과 같은 것들이다. 듣는 순간 한 번 쿵, 곱새기면서 다시금 쾅, 가슴을 치고 머리를 울린다.

근대 철학이나 문학을 읽노라면 너무도 빈번히 그의 이름을 만난다. 프랑수아 마리 아루에라는 본명 대신 필명인 볼테르로 널리 알려진 프랑스의 시인이자 소설가이자 철학자이자…… 희대의 트러블메이커! 그는 책을 발행하고 성명을 발표했다가 누군가의 분노를 사서 투옥되거나 망명하는 좌충우돌의 일생을 반복해 살았다. 주로 타락한 종교와 부패한 권력, 무지에서 비롯된 편견으로 가득 찬 불관용이 공격 대상이었지만 파란만장한 일대기를 훑어보노라면 시쳇말로 '모두까기 인형'이라고도 불릴 만하다.

죽기 직전에 성직자가 "악마를 부정하라!"고 주문하자, "이보게, 지금은 새로운 적을 만들 때가 아닐세!"라고 대답했다는 블랙코미디의 대사 같은 유언이 전해오긴 하지만, 살아생전 그에게는 열렬한 추종자만큼이나 사방에 적이 많았다. 이른바 '명언'으로 남은 그의 말들 대부분이 좋게 말하자면 유머와 풍자, 나쁘게 말하자면 조롱과 비아냥거림으로 가득 찬 것이기에 적으로 분류된 사람들에게 볼테르는 밉기에 앞서 얄미워 죽을 지경인 상대였을 것이다.

그는 권위를 혐오했기에 스스로 권위를 주장하지 않았다. 그래서 짐짓 경박해 보이기도 했다. 그런데 이 짧은 말 한마디로 가벼움과 얕음의 연유를 단번에 해명해버린다. 촌철살인이다.

사람들이 권위 앞에서 머리를 조아리는 것은 그가 가진 (혹은 가졌다고 믿어지는) 무엇의 깊이와 무게 때문이다. 깊고 무거울수록 공정하고 진실에 가깝다고 생각한다. 하지만 볼테르의 비유대로라면 깊은 물은 그 속을 들여다보기 어렵기에 위험하다. 어떤 폐기물이나 암초가 도사리고 있을지 알 수 없다. 권위와 권위주의가 분리되는 지점도 이쯤이다. 스스로 권위를 주장하는 권위주의는 그 시커먼 속을 보여주지 않음으로써 권위가 가질 수 있는 것 이상을 누리려 한다.

스스로 작은 시냇물이라면, 장강長江이기를 굳이 주장하지 않으면, 그 가볍고 얕음으로 도리어 자유롭다. 산골짝골짝을 굽이돌아 흐르며 다른 골짜기에서 흘러온 시냇물들과 만나는 재미도 쏠

쏠하겠다. 큰물이 아니니 파고도 높거나 거세지 않아 잔잔하겠다. 무엇보다 맑고 투명하여 그 바닥에 깔린 조약돌이며 금모래를 남김없이 볼 수 있으니 어린아이라도 무섬 없이 발 벗고 첨벙 들어설 수 있을 테다.

실로 볼테르를 맹공격했던 이들의 주장과 다르게 그는 다만 "신을 경애하고, 벗을 사랑하고, 적들을 미워하지 않으며, 미신을 경멸하면서" 죽었다. 깊은 강이 되어 혼탁하길 욕심내지 않았기에 작은 시냇물로 고단하지만 맑게 살 수 있었다. 이 명징한 얕음을, 어찌 사랑하지 않을 수 있을까?

#61

우리는 최초의 구타를 당했다. 너무나 생소하고 망연자실한 일이어서, 몸도 마음도 아무런 통증을 느낄 수 없었다. 단지 무척 심오한 경이로움만을 느꼈을 뿐이다. 어떻게 분노하지 않고도 사람을 때릴 수 있을까? (……) 우리가 말을 해도 그들은 우리의 말을 듣지 않을 것이다. 설사 들어준다 해도 이해하지 못할 것이다. 그들은 우리의 이름마저 빼앗아갈 것이다. 우리가 만일 그 이름을 그대로 간직하고 싶다면 우리는 우리 내부에서 그렇게 할 수 있는 힘을 찾아내야만 할 터였다. 그 이름 뒤에 우리의 무엇인가가, 우리였던 존재의 무엇인가가 남아 있게 할 수 있는 힘을 찾아내야만 했다.

프리모 레비, 『이것이 인간인가』

그곳의 이름은 소박하다. 편안할 안安에 뫼 산山, 고려 초부터 순하고 아늑한 형세를 이름으로 인정받았던 그곳은, 이제 누구도 편안한 마음으로 쉽게 부를 수 없는 뜨거운 기억이 되었다. 2014년 4월 16일에 우리는 좀처럼 믿기 어렵고 쉬이 잊을 수 없는 경험을 했다. 눈앞에서 살아 있는 사람들을 실은 배가 검푸른 바닷속으로 가라앉는 모습을 보았던 것은 이탈리아 작가 프리모 레비가 아우슈비츠에서 겪은 최초의 '경이로움'에 가까웠다.

왜, 그들을, 구하지, 않는…… 않았단, 말인가?

더욱 놀랍고 끔찍한 일은 그다음부터였다. 피해자가 가해자로 둔갑하고 애도가 외면으로 전도되는 과정은 말이 말이 아니고 이해가 이해가 아닌 불통의 참경이었다. 어쩌면 의혹을 풀어달라는 이들에게 떼를 쓴다고 삿대질을 할까? 어떻게 해결되지 못한 문제를 제기하는 것을 지겹다고 진저리 칠까? 우리가 이른바 원시인이라고 부르는 네안데르탈인조차 꽃가루와 조개 보석들을 뿌려 죽은 자를 애도하는 의식을 가졌다. 세월호 침몰과 그를 둘러싼 일련의 사태는 문명과 이성의 펜으로 쓴 우리의 이름을 단번에 지워버렸다.

일반인 희생자들의 사연도 기막히지만 많은 사람들의 가슴을 찢은 건 무고한 아이들의 희생이었다.

　살아 있었다면 수학여행에서 돌아오자마자 중간고사 준비로 분주했을 것이다. 고3이 되어 입시 혹은 취업 준비로 애를 끓였을 테다. 스무 살 찬란한 나이에 술과 사랑과 불안과 방황에도 취했을 것이다. 하지만 그들은 영원히 열여덟 살에 붙박여 있고, 속절없이 다시 봄이다.

　단원고로 가는 골목 어귀에도 벚꽃이 만개하고, 교복을 입은 아이들은 재잘재잘 학교 앞 편의점과 중국집 '길림성'에서 돌아서면 헛헛해지는 젊은 배를 채우고 있지만, 환상통처럼 그들이 떠난 자리가 아프다. 무언가 뭉텅 끊겨져 나간 게 분명하다. 그것은 바로…… 우리의 미래다.

　아우슈비츠에서 기적적으로 생존해 삼십여 년을 더 살고도 어느 날 갑자기 투신자살한 이탈리아 작가 프리모 레비는 일생을 걸고 야만과 비이성을 폭로하는 데 전력했지만 끝내 그 자신의 기억을 넘어서지 못했다. 상처란 그런 것이다. 슬픔이 유예된 채로는 거듭 덧나고 곪아 터질 수밖에 없다. 무고한 죽음 앞에서 순정하게 눈물을 흘릴 기회를 잃어버린다면 여전히 망연자실한 채 분노와 무력감과 공포와 죄책감에 시달릴 수밖에 없다. 찢겨진 영혼을 돌보기 위해서는 진실과 그에 대한 공포를 똑바로 바라봐야 한다. 해마다 거듭 잔인해질 4월이 서럽다.

#62

고향을 감미롭게 생각하는 사람은 아직 연약한 미숙아이다. 모든 곳을 고향이라고 느끼는 사람은 이미 강한 사람이다. 하지만 전 세계를 타향이라고 느끼는 사람이야말로 완벽한 인간이다.

연약한 사람은 세상 단 한 곳에 자신의 사랑을 고정시켰고, 강한 사람은 그의 사랑을 모든 곳에 펼쳤으며, 완전한 사람은 그의 사랑 자체를 없애버렸다.

성 빅토르 위고

어느덧 고향에서 살았던 시간보다 고향을 떠나 산 시간이 더 길어
졌다. 돌이켜보면 이설프나마 문리가 트이고부디는 줄곧 고향을 떠
나기 위해 발버둥질했던 것 같다. 산맥에 가로막힌 그 작고 좁은
해변 도시가 마치 감옥처럼 느껴졌기 때문이다. 투박한 말씨의 고
향 사람들은 몇 다리만 거치면 친척이거나, 친구의 친척이거나, 친
척과 친구의 지인이었다. 그런 분위기가 주는 안정감만큼이나 압박
감과 답답함이 컸다. 아무도 나를 모르는 곳으로 가고 싶었다.

낯선 곳으로 떠나온 후, 소원대로 익명성이 주는 해방감을 마음
껏 누렸다. 그럼에도 불구하고 이따금 외로워질 때면 어김없이 계
절을 따라 황홀하게 변하던 고향 바다의 물빛과 산색을 떠올렸다.
언젠가 다시 고향으로 돌아가리라는 것을 믿어 의심치 않았던, 그
때 나는 세상 단 한 곳의 기억과 그 기억의 사랑에 붙매인 연약한
영혼이었던가 보다.

언제부터인가 타향보다 고향이 낯설어졌다. 어린 내가 놀던 골
목, 옛집, 친구들까지도 사라진 지 오래다. 구舊도심으로 불리는 옛
번화가는 빛을 잃은 채 초라하기 그지없고, 상전벽해로 논밭을 밀
어 세운 신시가지엔 전국 어디서나 볼 수 있는 고층 아파트와 프렌

차이즈 상점들이 즐비하다. 아이러니하게도 고향이라는 곳에 다녀올 때마다 내 추억 속에 빛나던 고향이 하나씩 죽어간다. 거짓말처럼, 사라져버린다.

고대판 「다이 하드」라도 되는 양, 오디세우스는 온갖 난관과 죽을 고비를 겪으며 무려 20년 동안 오로지 고향에 돌아가기 위해 고군분투한다. 떠도는 동안 오디세우스는 고향 이타카에 대해 지독한 향수병을 앓는다. 재미있는 것은, 소설가 밀란 쿤데라가 묘파한 대로 "오디세우스가 고향이 보고 싶어 괴로워하면 할수록 그에 대한 기억이 사라"진 것처럼, "향수가 강하면 강할수록 추억은 사라지게" 된다는 것이다.

머무르는 곳마다 제2의 고향, 제3의 고향을 느낄 정도로 변죽이 좋지도 못하다. 그럴 만큼 사랑이 넘치는 강한 사람이 되지 못하는 게다. 이대로 아무 곳도 그리워하지 않는, 사랑의 기억마저 깡그리 지워버린 이방인이 된 상태를 성 빅토르는 '완전'하다고 부른다.

그것은 어쩌면 12세기 독일 작센의 수도사였던 그의 처지에서 비롯된 깨달음인지도 모른다. 수도자들이 어느 곳에도 뿌리를 내리지 않고 이곳저곳을 떠도는 이유는 어느 한곳에 오래 머무르다

보면 어쩔 수 없이 생기는 인간적인 정, 미련과 집착을 끊어내기 위해서라고 한다. 크게는 사람에서부터 작게는 수도원이나 절 마당의 나무 한 그루와 돌멩이에게까지…… 사사로운 마음을 주지 않아야만 비로소 세상을 사랑할 수 있으리니.

토마스 울프의 소설 제목이 새삼스레 가슴을 친다.

"그대 다시는 고향에 가지 못하리!"

#63

사랑하는 사람은 바다 건너 산 너머에서 자기 연인이 부르는 소리를 듣는다.

어머니는 바다 건너 산 너머에서 자기 아이가 부르는 소리를 듣는다. 사랑은 존재들을 결합시킨다. 영원히 하나가 된다.

선행은 존재와 존재를 묶어주고 악행은 존재와 존재를 이간시킨다. 분리란 악의 또 다른 이름이다. 분리란 거짓의 또 다른 이름이기도 하다.

사실 세상에 존재하는 것은 아름답고 거대하고 상호적인 얽힘뿐이기 때문이다.

미셸 우엘벡, 『소립자』

이토록 신랄하고 냉소적인, 어쩐지 통쾌하면서도 자꾸 슬퍼지는 소설을 읽어나가다가(왜, 어떻게 그러한지는 부디 직접 읽어보시길. 대부분의 좋은 소설들이 그러하듯 줄거리를 요약하는 것은 의미가 없다), 후반부에 다다라 문득 숨 고르기를 하듯 멈추어 섰다. 이 지독한 이야기는 마침내, 기어이 사랑으로 귀결된다. 소설 속에서는 수많은 사람들이 죽었고, 그럼에도 불구하고 수많은 사람들이 살아남아 살아간다. 꼭 우리가 사는 이 세상같이. 소설이 세상을 닮고 세상이 소설을 닮는다.

처절한 삶의 풍경 속에서도, 아니 그처럼 살풍경하기에 더욱, 사랑은 빛난다. 사랑은 삶의 오감을 뒤흔들고 육감을 일깨워 아무리 깊은 바다와 높은 산도 뛰어넘어 연인의 목소리를, "엄마!"라고 부르는 자식의 소리를 또렷하게 듣게 만든다. 그들은 무엇으로도 가로막을 수 없는 사랑으로 이어진 존재이기 때문이다. 애초에 하나이기 때문이다. 어둠이 짙을수록 별빛이 영롱하듯, 사랑이라는 결합의 선행은 분리의 악행을 통해 돌올해지고 확연해진다. 착한 마음과 행동은 나를 넘어 타인으로, 세상으로 번진다. 우연한 시간과 장소에서 기대 없이 받은 선의는 기쁨과 행복감으로 우리의 마음을 녹녹하게 한다. 얼결에 떠안아 고맙다는 인사조차 제대로 못했다면 당사자가 아닌 누군가에게라도 돌려주고픈 선한 충동에 휩싸인다. 그래서 내가 베푼 선의의 대가는 그 자리에서 즉각적으로 돌려받지 못할지언정 돌고 돌아 결국 내게로 되돌아오는 것이다.

하지만 요사이 우리의 삶은 도리어 정반대로 불쑥불쑥 솟구치는 까닭 없는 적의로 위태롭다. 내가 직접적인 해코지를 당한 것도 아닌데 누군가가 무작정 싫어지고 미워진다면 그것은 악행에 이간질당한 증거다.

일전에 내가 동네에서 겪은 사소한 일, 작은 갈등이 큰 미움으로 번진 예만 해도 그렇다. 사람 사는 세상에 갈등이 없을 수는 없겠으나 제복을 입고 폭력을 행사하는 것으로 문제를 해결하려는 모습을 본 후로는 이 조용하고 아름다운 동네에 갑자기 정이 떨어지고 이웃을 바라보는 시선마저 달라졌다. 자라 보고 놀란 가슴이 솥뚜껑만 보아도 벌렁거리듯 긴장하고 의심하고 마침내 저주하게 되는 것이다.

악행이 존재를 이간질하면 우리는 결국 자신을 숨기고 서로를 속이게 된다. 어쩌면 악다구니질과 싸움보다 더 무서운 것이 그것이다. 철저히 분리된 채 각각이 고립되어 바위를 꿈꾸지 못하는 모래알처럼 영영 거대할 수도, 아름다울 수도 없어지는 것.

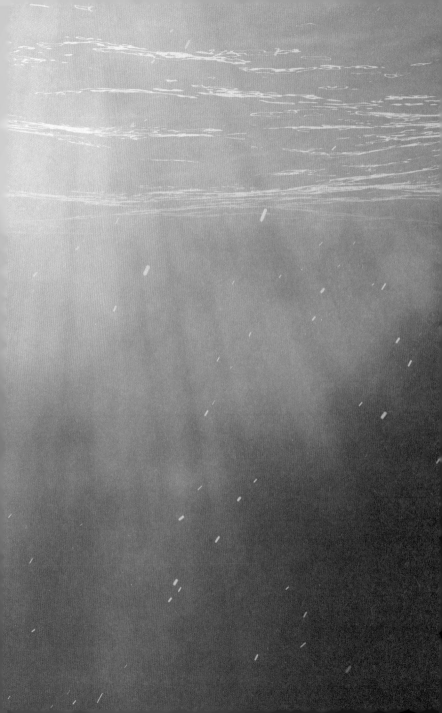

#64

사람은 자책을 할 때 나름의 쾌락을 느끼는 법이다.

스스로를 비난할 때 우리는 우리 외에 다른 사람은 우리를 비난할 권리가 없다고 느낀다.

우리의 죄를 면제해주는 것은 사제가 아니라 고백이라고 느끼는 것이다.

오스카 와일드, 『도리언 그레이의 초상』

어떤 결과에 직면했을 때 자기 자신을 비관하고 책망하는 습성을
지닌 친구가 있었다.

"내 탓이야. 다 내가 잘못해서 이 지경에 이르렀어!"

'내 탓이오, 내 탓이오, 내 큰 탓이로소이다……'라는 가톨릭의
기도문을 온몸으로 실현이라도 하는 듯, 친구의 입에는 늘 자기에
게 책임을 돌리는 자책과 원망의 말이 붙어 있었다. 그러면 정말
친구의 탓이든 아니든 상관없이 주변 사람들은 그가 너무 비관하
지 않도록 위로하기에 바빴다. 다들 그가 스스로에게 지나치게 엄
격하거나 마음이 여리다고 여기는 듯했다.

그런데 언제부터인가, 그의 한발 앞선 자책이 반성이 아닐 수도
있다는 생각이 들기 시작했다. 그가 진짜 잘못을 저질러서 책임을
져야 하는 일이 있었는데, 그때도 똑같은 방식으로 그는 자책하고
주변에서는 위로하는 기묘한 풍경이 빚어졌기 때문이다. 사안이 나
름 심각했던지라 몇몇 사람은 뒤돌아서 불만을 터뜨리기도 했지만
이미 그는 고백성사를 마치고 '죄 사함'을 받은 사람이었다. 문제는
그가 고백을 하는 대상도, 그의 죄를 사해주는 상대도 그 자신이
었다는 것이었지만.

주로 손목이나 손바닥, 때로 목과 가슴과 배에서 발견되는 얕은 평행의 상처, 자해의 흔적을 법의학에서는 '주저흔'이라 부른다. 말 그대로 머뭇거리며 망설이다 남긴 상처다. 아무리 모진 마음을 먹은 사람도 스스로 목숨을 끊기에 앞서서는 단번에 치명상을 가하지 못하고 그처럼 흔들린 패배의 흔적을 남긴다. 그런가 하면 '방어흔'은 공격을 당했을 때 무의식적으로 막다가 생긴 상처인데, 가해자가 휘두르는 칼이나 흉기에 다칠 것을 뻔히 알면서도 본능적으로 손을 내밀어 칼날을 잡으려는 것이다. 심지어 총을 쏘는 상대에게까지 손을 뻗어 대항하는 방어 동작을 취한다고 한다.

결과는 계산하지 못한다. 두 가지 모두가 삶에 대한 본능에서 비롯된 일이기 때문이다. 불의의 공격을 당해 위험에 빠진 사람에게, 스스로 죽음을 선택하려는 사람에게조차, 살고자 하는 의지와 본능은 마음을 거슬러 몸으로 표현된다.

어쩌면 자책은 주저흔인 동시에 방어흔이라 할 만하다. 한편으로는 자신의 잘못을 알기만 해도 다행이다 싶지만 그것이 통렬한 반성과 성찰에까지는 이르지 못한다. 진정한 반성과 성찰이야말로 주저흔 정도로 그치지 않고 존재에 치명상을 입힐 수 있기 때문이다. 외부로부터의 질책에 방어하기 위해 자신의 살갗 위에 실금을 그어 맺힌 핏방울을 보여주는 일은, 교활하다. 누구보다 자기 자신을 속이며 피학적 쾌감을 느낀다는 면에서 더더욱.

#65

제나라 왕을 위해 그림을 그리는 화가가 있었다.

어느 날 왕이 물었다.

"어떤 것이 가장 그리기 어려운가?"

화가가 대답했다.

"개나 말이 그리기 가장 어렵습니다."

왕이 다시 물었다.

"그러면 어떤 것이 가장 그리기 쉬운가?"

화가가 대답했다.

"귀신이 가장 그리기 쉽습니다. 개와 말은 모두가 아침저녁으로 보는 짐승이기 때문에 꼭 그대로 그리지 않으면 안 됩니다. 하지만 귀신은 아무도 본 사람이 없기 때문에 아무렇게나 그려도 되니 아주 쉽습니다."

『한비자』, 32편 외저설 좌상

일교차가 유난해진 것도 모르고 창문을 열어놓은 채 잠들었다 일어나니 목이 부어 따갑고 아팠다. 마침 일요일이라 집 앞에 셋씩이나 되는 약국들이 모두 문을 닫아 할 수 없이 시내로 나갔다. 그러다 낯선 풍경과 마주쳤다. 나로서는 그 시간 그곳에 갈 일이라곤 거의 없었기에 처음 목도한 일인데 심상히 지나치는 사람들을 보니 특별한 이벤트는 아니었던 모양이다.

범죄율이 전국에서 최하위권이고 공개된 성범죄자가 한 명도 없는 평화로운 이 작은 마을을 느닷없는 폴리스 라인이 갈라놓고 있다. 경찰차가 여러 대 출동해 있고 무전기를 든 사복형사도 몇 명 나와 있다. 느닷없는 소동에 어리떨떨했다가 마침내 상황을 파악하길, 인근의 어떤 회당에서 예배가 끝난 뒤 빠져나오는 신도들 앞에서 그들에게 가족을 빼앗겼다고 주장하는 사람들과 그 종교를 이단으로 지목한 이들이 연합해 시위를 벌이고 있는 것이었다. 관심이 없었기에 느끼지도 못했지만, 나는 어느 신흥종교의 이른바 '성지聖地'에서 살고 있었던 것이다.

빼앗긴 사람들과 빼앗은 사람들, 빼앗아가려는 사람들과 빼앗기지 않으려는 사람들이 일방통행 도로를 사이에 두고 맞서고 있으니 분위기가 험악했다. 행여나 충돌이 벌어질까 졸지에 휴일 근무를 서게 된 경찰들도 바싹 긴장해 있었다. 그 한가운데에서 구경꾼이 된 채로 문득 떠오른 것이 『한비자』의 "견마난 귀매이大馬難 鬼魅易" 고사였다.

지극히 현실주의적인 부모에게서 자라나 종교적 감수성을 거의 갖지 못한 나는 분명히 보이는 것에 관심이 많을 뿐 보이지 않는 것에는 별로 관심이 없는 편이다. 귀신 따위는 믿지 않으니 두려워해본 일도 없다. 언필칭 일체의 자연이 신이고 신은 곧 일체의 자연이라는 범신론에 찬동하지만 그것은 리처드 도킨스의 말대로 '우아한 무신론'에 다름 아니다.

하지만 모두에게 보이는 것을 그리기가 얼마나 어려운가를 알고 그것에 더 근접하게 생생히 그리기를 목표 삼았다고 하여 보이지 않는 것에 몰두하는 이들을 몰이해로 폄하할 생각은 없다. 때로 인간은 자신이 믿는 것을 통해 고양되어 비천한 인간의 틀을 벗어난다. 다만 무신론자인 내가 종교를 가진 이들을 이해하려 애쓰는 만큼, 아니 최소한 존중하는 만큼도, 각기 다른 교리를 가진 종교를 믿는 이들이 이교異敎에 대해 이해하거나 존중하지 못하는 것 같아 안타깝다. 인간의 성스러운 신념이 가장 추악하고 위험하게 인간을 해치는 모습을 보면 신은 과연 어떤 기분이실까? 평화가 깨진 일요일 아침, 그것이 궁금하다.

[#]66

외로움으로부터 멀리 도망치다 보면 고독을 누릴 수 있는 기회를 놓쳐버린다. 고독은 사람들로 하여금 생각을 집중시켜서 신중하게 하고 반성하게 하며 창조할 수 있게 하고 더 나아가 마침내는 인간끼리의 의사소통에 의미와 기반을 마련할 수 있는 숭고한 조건이기도 하다. 하지만 그럼에도 불구하고 당신이 그러한 고독의 맛을 결코 음미해본 적이 없다면, 당신은 당신이 무엇을 박탈당했고 무엇을 놓쳤으며 무엇을 잃었는지조차도 알 수 없을 것이다.

지그문트 바우만, 『고독을 잃어버린 시간』

여름은 고독을 누리기에 좋은 계절이다. 열기와 습도의 상승에 따라 사람들은 서로 가까이 다가붙기를 꺼리게 되고, 깊은 골방은 서늘해지고, 더위를 피해 휴식을 취하는 휴가와 방학이 마련되어 있기도 하다. 하지만 정작 홀로 머무를 여유가 생겨도 사람들은 기를 쓰고 그것을 피하려 한다. 혼자 있으면 외롭다고 생각하고 또 그것을 두려워하기 때문이다. 고독은 예술가들에게나 멋있는 장식이지 평범한 사람들에게는 고통스러운 허물일 뿐이라고 치부하는 듯하다.

하지만 지그문트 바우만이 지적하듯 고독의 순기능은 모든 사람에게 통한다. 타인과의 대화도 중요하지만 진실로 새로운 세계를 만들어내는 것은 나 자신과의 대화이다. 아무리 오랫동안 배워도學 홀로 익히는習 시간이 없으면 제대로 그 내용을 소화할 수 없는 것과 마찬가지다. 자신과 대화를 하는 데 있어 혼잣말로 소란스럽게 떠들거나 거짓말을 하거나 아첨하는 말로 알랑거리는 사람은 없다. 내가 내게 말을 거는 방식은 낯설지만 편안하고 고요할 것이다.

깊은 침묵 속에 빠진 채로 집중해서 나를 들여다보면 잃어버렸거나 잊고 있던 내가 보인다. 내 결점과 약점과 허점, 그럼에도 불구하고 연민할 수밖에 없는 애정의 지점이 보일 것이다. 고독이 인간끼리의 의사소통에 의미와 기반을 마련한다는 것은 그것을 통해 나 자신을 이해할 수 있고, 나 자신을 이해해야만 남을 이해할 수 있다는 뜻이리라. 고독 속에서 반드시 내가 존중받아야 할 이유를 찾았다면 남을 존중하며 대화할 수 있다. 말을 주고받는 일이 단순한 정보의 전달이나 값없는 수다가 아니라 진정한 의사소통이려면 고독을 통해 단련된 분별심이 절실하다.

결코 고독해본 적이 없는 사람은 자신이 진정으로 원하는 것이 무언지도 모르는 채 라캉의 표현대로 '타인의 욕망을 욕망한다.' 아무리 갖고 싶은 것이 넘치고 하고 싶은 일이 쏟아진다 해도 그것이 이식된 타인의 욕망에 지나지 않는다면 얼마나 허망한가! 스스로가 꼭두각시인 줄 모른 채로 가면을 치장하고 분장을 고치는 데 너무 분주하고 고단하다. 한번 그 욕망의 노예가 되면 끊임없이 부풀어 오르는 풍선을 불듯 터질까 봐 걱정하면서도 가쁜 숨을 멈출 수 없다.

고독은 민낯으로 만나야 한다. 민낯이 아니라면 고독의 본령에 닿을 수 없다. 아름답지 않고 때로 추할지도 모른다. 하지만 고독의 신봉자로서 감히 말하자면, 정녕 평화로울 것이다. 이 여름이 다 가기 전에 고독을 권한다.

#67

적에게 알려서는 안 될 일은 친구에게도 알리지 말라.

비밀을 지키면 비밀의 주인이 되지만 비밀을 고백하면 비밀의 노예가 된다.

평화의 열매는 침묵의 나무에서 열리는 법이다.

아라비아 격언

세상에 영원한 비밀이 없다는 것은 나의 말에 남의 말이 더하여 빚어지는 헛소동이 끊이지 않음을 뜻한다.

"쉿! 이건 비밀이야. 꼭 너만 알아야 해!"

어린 날 계집아이들은 얼마나 많이 비밀스러운 약속을 속삭였던가. 고백과 폭로의 욕구는 멀쩡한 입을 간질간질하게 만들었고, 그것을 공유해 공범을 만들면서 결속을 다지는 일도 흔했다. 친구란 결국 남들이 모르는 나의 비밀을 알고 있는 사람이라고 믿었으니까.

하지만 내 입을 떠나는 순간 너만 알라는 그 비밀은 더 이상 비밀이 아니게 되고, 비밀을 전한 사람도 비밀을 전해 받은 사람도 비밀의 주인이 아닌 노예가 되어버린다. 노예는 스스로 생각할 수 없고 자기의 의지로 행동하지 못한다. 결국 예정된 파국! 누구의 입에서 나와 어떻게 전달되었는가를 따지는 시시비비는 무리 사이에서 빚어지는 가장 흔한 싸움이었다. 그런데 한 가지 비밀 아닌 비밀은 어린아이들끼리의 장난 같은 구설이 어른이 되면 사라지려나 했더니 더하면 더했지 나을 게 없다는 사실이다.

불교에서는 입을 화문禍門이라고도 부른다. 개구즉착開口則錯, 입을 여는 순간 진리와 십만 팔천 리는 동떨어지게 됨은 물론이거니와 잘못 벙긋거리다 보면 모든 재앙과 액화가 비롯된다는 의미이다. 그렇다고 입이 먹는 용도로만 쓰라고 만들어진 것이 아니니 할 말은 마땅히 해야 할 테지만, 말을 많이 하다 보면 반드시 소용이 없는 헛된 말이 섞여 나오고 때론 말실수를 하기 마련이다.

말이 많아서도 문제지만 해야 할 말을 가리지 못하는 것도 큰일이다. 평생토록 시시비비로 말도 많고 탈도 많았던 볼테르 왈, 사람들은 할 말이 없으면 욕을 한다고 했다. 실로 악의에서 비롯되었다기보다 다만 할 말이 없어서, 말거리가 궁하다 보니 이런저런 이야기를 주워섬기다가 실언을 하게 되는 경우도 많다.

어떤 사람들은 자기 이야기만 주야장천 하며 남의 이야기를 듣지 않는다. 그런가 하면 자기 이야기를 하지 않거나 못하는 경우 남의 말을 하게 된다. 싸움 구경과 불구경이 세상 구경 중에서 제일 재미있고, 남의 흉이나 욕이 이야깃거리 중에서 가장 흥미진진한 건 교활하고도 나약한 인간 본성의 발현일까? 남의 이야기라면 결국 품평이거나 폭로 둘 중 하나이기 마련이다.

말을 많이 하지 않으려면 사람을 자주 만나지 않는 것이 최선이

다. 그렇지 않다면 말을 하지 않고도 이해하고 이해받을 수 있는
사람만 만나는 것이 차선이다. 침묵은 단순히 말을 하지 않는 상태
를 넘어서 행동으로 내 삶을 이해시킬 수 있을 때 뜻있다. 그렇게
따로 또 같이 느끼는 평화가 진정으로 값지다. 비밀이 있거나 없거
나 변함없이 평화로운!

#68

희망이 덧없다는 것, 이는 절망한 이들의 말이 아니라 결코 절망할 수 없는 이들의 말이다. 자신이 사막에 있다는 사실에 압도된 사람들일수록 오아시스에 대한 희망을 빨리 만들어낸다. 그래서 얼마 가지 않고서도 수십 번의 오아시스를 보지만 모두가 신기루다. 희망이란 이상한 것이다. 그것은 미래에 대해 품는 것이지만, 미래로 갈수록 덧없어지는 것이기도 하다. 반대로 현재에 가까워질수록 실질적인 것이 된다.

희망을 내일에 거느니 오늘에 걸고, 희망을 거기에 거느니 여기에 걸겠다. 희망은 지금 사막을 뚜벅뚜벅 걷는 내 다리에 있다. 이 글을 쓰던 날, 나는 대한문 농성촌의 한 의자에 누군가 적어놓은 희망을 보았다.

"우리는 꾸준히 살아갈 것이다."

고병권, 『살아가겠다』

모 기업으로부터 사원들에게 '인문학' 강연을 해달라는 연락을 받았다. 마침 여성들을 주 소비층으로 하는 유통 회사였기에, 내가 그간 소설로 작업해온 역사 속 여성 인물들에 대한 이야기가 어떻겠느냐고 제안했다. 담당자는 여성 사원들이 많은 조직이라 주제가 적합할 것 같다고 동의했다. 하지만 통화를 마친 지 한두 시간쯤 지났을까, 다시 전화가 왔다. 윗선에서 그것 말고 '인문학' 강의를 원한다는 것이었다. 역사와 문학이 인문학이 아니면 무엇이 그들이 원하는 '인문학'일까? 요즘 트렌드인, 재벌이 전도하고 기업이 요구하는, 그런 '인문학'의 약을 팔 재주가 없기에 나는 강연을 거절하고 말았다.

무엇이 인문학일까? 정작 대학에서 인문학을 가르치는 과는 취업률이 낮다고 요상한 이름으로 바꾸거나 아예 없어지는 판인데, 텔레비전에는 난데없는 '인문학자'들이 설치고 기업에서는 연수 때마다 구색 맞추듯 인문학 강의를 기획한다. 전혀 창조적이지 않은 '크리에이티브 워크숍'이나 혁신을 다시금 새롭게 외치는 것이 전부인 '혁신 워크숍'만큼이나 허황하다.

인문학의 자리가 어디인가를 고민할 때 철학자 고병권의 책은 어둠 속에 오솔길을 밝히는 등롱 같다. 그가 말하는 인문학은 길 위의 인문학, 사건의 시공간인 현장의 인문학이다. 내일이 아니라 오늘을 사는, 거기가 아닌 여기에 살 수밖에 없는 사람들이 스승이자 도반이자 학생이다. 그가 노들야학 장애인 학생들에게 니체를 강의할 때의 일화는 인문학이란 무엇인가에 대한 가장 뜨거운 대답이다.

그는 학생들 앞에서 차라투스트라가 신체에 대해 "우리 안에 맹수들이 살고 있다"고 했던 말을 소개한다. 맹수란 우리 자신이 어쩔 수 없는 욕망이나 충동을 상징하는 것인데, 순간 학생들이 보인 반응이 놀라웠다.

"갑자기 여러 학생들이 동시에 소리를 질러대는 것이었다. 소리를 지르고 손을 휘젓고 휠체어를 들썩였다. 비B는 급작스레 근육 강직이 일었고, 시C는 자기를 손으로 가리켰으며, 디D는 '내가 그렇다'고 핏대를 세우며 말했다. 『차라투스트라는 이렇게 말했다』는 여러 번 읽었고 여기저기서 강의도 많이 했지만, 그 문장에 그런 반응을 보인 사람들은 처음이었다. 그 순간 이들은 세상 그 누구보다도 그 문장에 대해 자신의 판단을 확신하는 듯했다. 지금까지 살아오면서 가두어두었을 우울과 분노, 슬픔, 격정이 쇠우리에 갇힌 괴물처럼 자기 안에서 어슬렁거리고 있었던 것이다."

그는 말한다. "철학은 본래 용기"라고, 오직 "살아가겠다"는 선언으로 삶에 맞서는 일이라고. 그것이 인문학이다.

#69

나는 조금씩 조금씩 거기에 익숙해졌고 나는 서서히 그러나 확실하게 내놓고 모욕을 받고도 전혀 개의치 않는 법을 배우게 되었다. 그것은 모든 선의의 사람들이 받는 교육의 일부분을 이룬다. 오래전부터 나는 더는 조롱을 두려워하지 않게 되었다. 이제 나는 인간이란 결코 웃음거리가 될 수 없는 무엇임을 잘 알고 있다.

로맹 가리, 『새벽의 약속』

너무 작은 땅덩이에서 너무 많은 사람들과 너무 가까이 부대끼며 너무 바쁘게 살아가기 때문일까.

한국 사회의 '관계'는 지나치게 바투고 다밭다. 타인에 대한 관심이 기어이 오지랖으로 발휘되고, 있는 그대로를 이해하고 인정하기보다는 재단하고 심판하기에 바쁘다.

이를테면 날씬한 몸매는 건강과 미용을 위해 좋다. 하지만 뚱뚱한 몸매를 가진 사람을 모욕하고 조롱하는 것에 대한 잣대가 될 수는 없다. 고소득을 보장하는 좋은 직업은 안정적인 생활과 풍요를 약속한다. 그렇지만 적은 수입이라도 자신이 원하는 일을 선택한 사람들을 비웃고 폄하하는 기준이 되어서는 안 될 것이다. 나라에서 권장할뿐더러 아이를 낳아 기른다는 것은 인생의 중요하고 의미 있는 일이다. 하지만 지극히 개인적인 사정으로 아이를 낳지 않거나 낳지 못하는 커플에게 이기적이고 미성숙하다고 비난하는 기준이 될 수는 없다. 이런 식이다.

모욕과 조롱은 어느덧 서로의 약점과 허점을 흠뜯어 '디스'하는 힙합 배틀을 넘어 우리의 일상 속에서 악마적인 위력을 발휘하고 있다. 한국 사회를 불행하게 하는 수많은 긴장과 압력들 중에 칼

춤을 추는 잣대와 기준이 함부로 휘두르는 모욕과 조롱도 분명히 한몫을 하고 있다. 서로 '리스펙트(respect, 존중)'하지 않는 개싸움에 '스웨그(swag, 자유·만족)'가 있을 리 없다.

올바른 것, 아름다운 것, 정의롭고 훌륭한 것은 말마따나 올바르고 아름답고 정의로우면서 훌륭하지만, 그것의 기준이 자의적이 되는 순간 폭력으로 변한다. 그야말로 잣대와 기준 없이 난무하는 잣대와 기준은 순식간에 나의 삶을 재고 옭아맨다. 마치 신화 속 프로크루스테스의 침대처럼 남들을 묶어놓은 그 침대에서 우리 또한 발목이나 무릎이나 허벅지를 베이거나 잡아 늘리게 된다.

조롱과 모욕에 익숙해지되 개의치 않는 법을 교육하고 교육받을 필요가 점점 더 절실해진다. 조롱과 모욕을 두려워하다 보면 자기도 모르게 위협받던 바로 그 무기를 남들에게 돌리게 된다. 그처럼 비열한 사슬을 끊기 위해서는 무엇보다 조롱받고 모욕당하는 데 대한 두려움을 떨쳐버려야 할 터, 이에 대한 로맹 가리의 대답은 간명하다. "인간이란 결코 웃음거리가 될 수 없는 무엇"임을 깨닫는 것이다.

한때 나는 '모욕의 매뉴얼'을 가지고 조롱과 모욕에 맞설 전투태

세를 가진 쌈닭이었으나, 손자의 말씀대로 싸우지 않고 이기는 것이 최고의 승리다. 그러기 위해 남들의 것이 아닌 나의 기준을 훔쳐쥐고 남의 것이 아닌 나의 잣대로 세상을 헤쳐가는 법을 연습한다. 다르다는 것이 틀린 것이 아니라는 사실과 누구도 함부로 나를 조롱하거나 모욕할 권리를 갖지 못했다는 것을 기억한다. 거듭 연습하고 또 기억한다. 무엇에도 끝끝내 훼손당하지 않도록.

#70

다듬지 않은 통나무를 쪼개면 그릇이 된다.
성인은 이를 사용하여 지도자가 된다.
하지만 정말로 훌륭한 지도자는 자르는 일을 하지 않는다.

노자, 『도덕경』 28장

텔레비전 채널을 돌리다가 이른바 오지라고 불리는 산골 깊숙이 은둔해 사는 사람들을 찾아가 만나는 프로그램을 보았다. 남들이야 뭐라든 나물 먹고 물 마시며 '자연인'으로 사노라 한다. 어쨌든 (흔히 '정상'과 혼돈되는) '보통'의 궤도를 벗어나 다른 삶의 방식을 택한 그들의 모습에 백석의 시 「나와 나타샤와 흰 당나귀」의 일절이 언뜻 겹친다.

산골로 가는 것은 세상한테 지는 것이 아니다
세상 같은 건 더러워 버리는 것이다

오죽하면 그리 떠났을까, 오죽하면 그리 숨었을까. 각각이 다른 사연이야 제쳐두더라도 세상의 환란에서 벗어나고자 하는 그 마음만큼은 이해가 될 듯도 하다. 가슴 한가득 비탄과 분노를 품은 사람들이 부대끼며 미워하는 도시는 화려한 문명의 혜택만큼이나 쓰라린 상처를 준다. 비교하고 비교당하며, 경쟁하고 짓밟고 오르며, 우리는 바늘 끝에서 간신히 서로를 딛고 산다.

나는 산골에서 도시 아이처럼 자랐다. 골짜기 마을에서 살며 배를 타거나 농사를 짓는 부모를 두었던 친구들과 달리 부부 교사인 부모와 함께 비탈 꼭대기의 학교 관사에서 살았다. 도시로 돌아와 서는 산골에서 온 아이라는 꼬리표를 붙이고 다녔다. 그렇게 '이곳' 에서 '이렇게' 살지 못하고 '저렇게' 살다 보니 도시도 산골도 서름 하기만 하다. 산골을 그리워하면서도 도시를 떠나지 못하고, 도시 에서도 멋들어진 도시인처럼 살지 못한다. 도시도 무섭지만 산골 도 무섭다. 그리하여 두려움과 게으름으로 오도 가도 못할 때, 맥 없이 노자를 펼쳐 읽으며 내가 떠나왔지만 돌아갈 수 없는 곳을 그리워한다.

　가능성과 잠재력이란 말은 누군가에 대한 격려이자 희망이다. 그런데 여기에 노력하면 반드시 이룬다는 신화가 결합하여 그저 보통의 존재인 개인에게 압박과 부담이 된다. 다듬지 않은 통나무, 다듬지 않은 원석을 그릇으로 만들고 보석으로 빛나게 해야 한다 는 강박이 지금껏 발전이라는 이름 아래 세상을 지배해왔다. 여전 히 그 의미가 사라질 수야 없겠지만, 그 과정에서 너무 많은 사람 들이 지쳤다. 가능성과 잠재력 따위를 인정해주지 않아도 좋으니 제발 '노오력'을 하라고 채찍질하지만 말라고, 비명을 지르며 산골이든 어디로든 도망치고파 한다.

애초에 '자연보호'니 '녹색성장'이니 하는 말 자체가 형용모순이다. 자연은 애초부터 스스로 그러한 것이기에 보호할 대상도 성장시킬 대상도 될 수 없다. 그저 있는 그대로 놓아두면 그뿐! 사람도 자연의 일부일진대, 분명 그러할 터인데, 제아무리 아름답게 쪼개고 신묘하게 자른대도 본래의 그것보다 얼마나 나을까? 원치 않게 통나무와 그릇이 되어 썰리고 잘리는 삶이 저릿저릿 아프다.

#71

학창 시절에 회초리나 채찍으로 매를 맞았던 이들은 거의 한결같이 그 덕에 자신이 더 나은 사람이 되었다고 믿고 있다.
내가 볼 때는 이렇게 믿는 것 자체가 체벌이 끼치는 악영향 중 하나다.

버트런드 러셀, 『런던통신 1931~1935』

갓 개교한 여자중학교의 2기 졸업생이었던 내게 "전통을 세워야 한다!"는 것만큼 무겁고도 어이없는 말이 다시없었다. 무논이 펼쳐졌던 자리를 메워 개발한 택지 지구에 덩그러니 들어선 학교의 풍경은 참으로 을씨년스러웠다. 우리는 체육 시간마다 운동장이랍시고 다져놓은 벌판에서 캐도 캐도 자꾸 솟아나는 돌멩이를 주웠다. 그늘을 드리울 만한 변변한 나무도 없어서 고스란히 땡볕 아래서 붉은 먼지를 들이켰다. 그런 지경에 전통이라니, 그건 비평준화 지역이기에 서열화 된 고등학교 입시에서 좋은 성적을 거두어야 한다는 뜻, 그 이상도 이하도 아니었다.

어쨌거나 명분은 그럴듯했다. 좋은 성적을 거두어 신흥 명문으로 부상한다는 게 나쁠 이유는 없었다. 하지만 문제는 그 빛나는 결과를 가져오기 위한 끔찍한 과정이었다. 내 중학교 시절의 기억은 끊임없는 체벌과 가혹한 신체적 징벌로 가득 차 있다. 1학년이나 2학년 때도 아주 평화로운 상태는 아니었지만 3학년에 올라가 받은 체벌은 아직도 뇌리에 생생할 정도다. 교사들은 자신의 몸과 외부의 기물 전체를 도구로 사용했다. 뺨을 맞고 귀를 잡히고 머리채를 꺼둘릴 때도 있었지만, 성적과 관련된 체벌에는 주로 대걸

레 봉, 빗자루, 회초리, 지휘봉 등이 사용되었다. 단체 기합도 빈번
했다. 아무리 나 혼자 성적이 좋대도 소용없었다. 어느 모의고사가
끝난 후에는 운동장 뒤편에서 3학년 전체가 무릎을 꿇고 앉아 있
기도 했다. 한 시간을 꼬박 그렇게 앉아 있다 일어났을 때 다리에
서 느껴지던 기괴한 이물감은 지금도 몸을 저릿하게 한다. 내 곁에
서 친구들이 벌목된 나무처럼 쿵, 쿵 쓰러졌다.

열세 살에서 열다섯 살, 미묘하고도 중대한 삶의 변화를 겪고
있던 여자아이들에겐 아무래도 어울리지 않는 환경이었다. 그래도
우리는 꿋꿋이 맷집을 키우며 견뎠고, 살아남았다. 하지만 나는
어떻게 미화를 해서도 그 시절을 아름답게 기억할 수 없게 되었고,
어른과 그들이 만들어놓은 세계를 불신하다 못해 경멸하고 염오
하며 자랐다. 큰비가 내려 학교 주변의 길이 모두 잠겼을 때 선생
님들이 아이들을 하나하나 업어 큰길까지 데려다준 미담이 있음
에도 불구하고 나는 끝내 그들을 사랑으로 기억할 수 없었다. 자
식의 학교 '뻿지'에 따라 면이 서고 구겨지는 부모들 또한 침묵의
동조자였다.

물론 지금은 안다. 모든 인간이 시대의 산물일 수밖에 없으니

교사들도 그 야만의 시대에 피해자였다는 사실을. 하지만 여전히 매를 맞아야만 아이들이 더 열심히 공부하고 더 착하고 예의바르게 클 수 있다고 주장하는 사람을 볼 때마다 그때 해소하지 못한 분노로 괴롭다. 러셀의 말대로 그 무지와 포악함이야말로 체벌이 피해자에게 남긴 가장 큰 멍 자국, 노예의 낙인이기에.

#72

배우는 사람에게는 세 가지 큰 병통이 있는데, 다행히 네게 해당
되는 것이 하나도 없구나.
첫째, 외우는 데 민첩한 사람이 있는데 그 폐단은 소홀히 하게 되
는 것이요,
둘째, 글 짓는 데 빠른 사람이 있는데 그 폐단은 들떠 날리게 되
는 것이요,
셋째, 이해를 빨리 하는 사람인데 그 폐단은 거칠게 되는 것이다.
무릇 둔하지만 계속 파고들면 그 구멍이 넓어지고, 막혔다가 뚫리
면 그 흐름이 성대해지며, 답답한데도 연마하면 그 빛이 윤택하게
되는 법이다.
파고들어 가는 것도 부지런함이요, 뚫는 방도도 부지런함이요,
닦는 방법도 부지런함이다. 이 부지런함을 다하기 위해 마음가짐
을 확고히 해야 한다.

정약용, 「권학문」

정약용이 유배지 강진에서 만난 열다섯 살의 제자 황상은 아마도 명민한 수재가 아니었나 보다. "저는 잘 이해하지 못하고 머리가 좋지 못합니다. 그래서 어려운 공부를 할 능력이 없습니다"라고 스승에게 토로할 정도였다. 그리하여 똑똑하지 않은 대신 정직하고 겸손한 제자에게 정약용은 '공부하는 법'을 한 수 가르쳐준다. 이른바 「권학문」으로 알려진, 오직 부지런함과 부지런함과 다시 부지런함을 일깨우는 글이다. 민첩하게 외운다고, 글을 빨리 짓는다고, 이해를 빨리 한다고 자만하지 말고 마음을 다잡고 끝없이 연마하는 것만이 학문의 정도正道라는 가르침이다.

너무도 당연하다. 그래서 더욱 따르기 어려운 방도다. 그렇지만 원칙이다. 원칙이란 본디 가장 평범하면서도 가장 비범한 것이므로.

다산의 「권학문」을 곱씹어 읽을 때 느끼는 또 하나의 감정은, 글이 매우 따뜻하다는 것이다. 표면적으로는 외우는 데 민첩하고 글 짓는 데 빠르고 이해를 빨리 하는 사람을 경계하는 듯하지만, 실제로 이 「권학문」이 필요했던 황상은 그런 특질을 하나도 갖지 못했던 것으로 보인다.

조선의 천재 앞에 꿇어앉은 열다섯 살짜리 소년의 모습을 상상해본다. 몇 번을 반복해 읽고 쓰게 해도 까먹고 또 까먹었을 것이다. 글을 지으라 하면 한나절 내내 멈칫거리고 더듬더듬하였을 것이다. 아무리 풀어 설명을 해도 스톤헤드인지 석두인지 돌머리인지 아무래도 이해를 하지 못했을 것이다. 내 자식이면 이미 주먹이든 곰방대든 뭔가가 날아갔을 터, 다른 사람의 자식은 내가 가르치고 내 자식은 다른 사람에게 부탁하여 가르쳐야 한다는 맹자의 '역자이교지易子而教之'가 다시 한 번 생각나는 대목이다.

그럼에도 정약용은 행여나 황상의 마음이 다칠세라, 둔하고 막히고 답답한 것이 오히려 장점이요 재산이라고 격려한다. 자기가 모자라다는 것을 알기에 가장 괴롭고 두려운 것은 자기 자신일 터, 상처입어 좌절하지 않도록 약점을 강점으로, 단점을 장점으로 바꾸어 가르친다. 아이들은 누구 하나만이라도 끝까지 자신을 믿어주리라는 것을 알면 포기하지 않는다. 공부든 삶이든.

평생토록 둔재인 자신을 믿어준 스승을 기억했던 황상은 76세가 되던 해 「임술기」라는 글에서 그때 받은 사랑을 이렇게 회상한다.

"스승의 말씀을 마음에 새기고 뼈에 새겨 감히 잃을까 염려하였다. 그때부터 지금까지 61년 동안, 독서를 폐하고 쟁기를 잡고 있을 때에도 마음에 늘 품고 있었다. 지금은 손에서 책을 놓지 않고 글 속에서 노닐고 있다."

#73

인간이 가장 위험할 때는
얼굴을 붉히기에 너무 늙어버렸을 때보다,
한 치의 부끄러움도 없을 때다.

마르키 드 사드

인간 본성의 밑바닥을 파헤친, 폭력과 공포와 성적 도착으로 뒤엉
킨 작품들을 쏟아낸 사드는 그가 살았던 시대에도, 그리고 사후
200년이 지난 지금까지도 문학사에서 '가장 위험한 작가'로 손꼽힌
다. 사드의 작품들은 1960년대까지 프랑스 내에서 공식적 출판이
금지되었으며, 그의 소설 『소돔 120일』은 2012년 한국에서 과도한
음란성과 반反인륜성을 이유로 판매 금지 조치를 당하기도 하였다
(개인적으로도, 심약하거나 곱게 자랐거나 초자아가 발달한 분에게는 일독을 권하
고 싶지 않다. 살다 보니 그냥 모르고 사는 것이 나은 경우도 왕왕 있다).

　일평생의 3분의 1을 감옥에서 살았고, '성적性的 대상에게 육체
적·정신적 고통을 줌으로써 성적 만족을 얻는 이상異常 성욕'으로
해석되는 '사디즘'의 어원으로 자신의 이름을 내주기까지 한 희대
의 문제아 사드가 말하는 '위험'이란 무엇일까? 그것은 인간의 치
부를 날것으로 가감 없이 드러냈던 작가로서는 지극히 아이러니하
게도, 한 치의 '부끄러움'도 없는 상태이다.

　부끄러움에 대해 여러 날 곱씹고 있다. 어린 날의 나는 부끄러워
도 부끄러움을 드러내지 않으려고 기를 쓰며 살았다. 얼굴을 붉히
고 수줍어하는 것이 나약한 패배자의 징후라고 멋대로 믿었기 때

문이다. 강하게 보이고 싶었기에 위악을 부리며 염치없이 태연하게 굴기도 했다.

맨얼굴이 아름다워서가 아니라 치장한 얼굴이 더 이상 아름답지 않다는 것을 깨달았기에 천연스레 민낯을 드러내기 시작한 이즈음에 이르러, 부끄러움이 얼마나 중요한 덕목인지 새삼스레 느낀다. 나이를 먹으면 세상에 익숙해지고, 세상에 익숙해지면 자연스레 뻔뻔해진다. 뻔뻔함에마저 익숙해지면 더 이상 얼굴을 붉히지 않게 (못하게) 된다. 그러니까 부끄러움은 여린 삶의 증거, 젊음의 표식에 다름 아니다.

하지만 사드의 말대로 진짜 위험하고 치명적인 부끄러움은 시간과 나이를 뛰어넘는다. 자신의 악덕과 악행, 실수와 오판 앞에서 뻔뻔함을 넘어 당당한 사람들을 볼 때마다 경악한다. 어쩌면 저리도 부끄러움을 모를까! 정말 모를까? 알면서도 모른 체하는 것일까? 차라리 알면서도 모른 체한다면 언젠가 그 자신에게 결과로 돌아갈 자기기만을 동정하기라도 할 테다. 그런데 정말로 모르는 것 같은, 스스로마저 감쪽같이 속이는 후안무치의 경지에 이른 이들이 있다. 무신론자의 입에서도 저절로 「루카복음」의 일절이 터져 나올 지경이다.

"주여, 저들은 자기들이 무슨 일을 하는지 모르나이다!"

부끄러움을 모르는 세상에서는 부끄러운 일을 한 이들 대신 부끄러움을 아는 이들이 부끄러워할 수밖에 없다. 조금은 억울하고 무력할지라도 누군가는 보속補贖하듯 부끄러워해야 한다. 세상을 위험에서 구하는 슈퍼히어로로는 될 수 없을지언정 그래야만 나 자신이라도 위험에서 건질 수 있을지니.

#74

계속해서 태양을 바라보아라,
그러면 그림자를 볼 수 없을 것이다.

헬렌 켈러

얼마 전 어느 잡지의 기획으로 인터뷰를 하고 그 뒤풀이로 조촐한 술자리를 가졌다가 조금은 충격적인 말을 들었다. 인터뷰어는 아주 가깝지도 멀지도 않은 사이, 그러니까 비교적 객관적으로 나를 바라볼 수 있는 거리에 있던 사람인데, 인터뷰 녹음을 푸는 과정에서 특이한 점 한 가지를 발견했다는 것이었다.

"모든 답변을 '노$_{no}$'로 시작하시더라고요."

어떤 질문이든 일단 아니라는 부정의 대답으로 시작해 이야기를 풀어나가는 습관이 있다는 지적에 깜짝 놀랄 수밖에 없었다. 그다지 긍정적인 인간이 아니라는 건 스스로 알고 있었지만 그처럼 부정적인 반응이 특징적으로 보일 만큼인지는 몰랐기 때문이다.

리얼리즘의 기초는 불신이라고, 직업적인 특성을 앞세워 변명할 수도 있다. 나는 거의 아무것도 믿지 않는 편이다. 세계의 정합성도, 인간의 이성도, 사회의 도덕과 제도도, 관계의 약속도, 말하자면 삶이 확고하다는 사실을 근본적으로 불신하는 것이다. 확고하지 않기에 흔들린다. 그 흔들리는 틈을 포착해 파고드는 것이 문학의 작업이다.

그러나 일상에서 부정적인 태도를 드러내는 건 별개의 문제다.

부정적인 태도는 대화를 가로막는다. 상대방이 무슨 말을 해도 헤아려 자세히 들을 준비가 되어 있지 않기 때문이다. 비판 의식과 별개로 습관이 된 부정의 대답은 고집스러운 내면의 표식이다. 아무리 얼굴에 부드러운 미소를 띠고 있어도 절대 내 생각을 바꾸지 않겠다는 완고함이 절로 드러나는 것이다.

마음은 말랑말랑해야 좋다. 나이를 먹을수록 더 그렇다. 최소한 그것을 알고 있기에, 반성 속에서 조금은 긍정적인 태도를 연습해야겠다고 생각했다. 물론 쉽지는 않을 것이다. 날로 강퍅해지는 삶 속에서 억지 긍정은 현실도피일 뿐이다. 빛이 있으면 그림자가 생기는 것은 당연하다. 하지만 그림자를 안다는 것과 그 어둠에서 벗어나지 못한다는 것은 엄연히 다르다. 내 어둠에 갇힌 채로는 상대방의 그림자조차 제대로 헤아릴 수 없다. 언젠가 졸작 『불의 꽃』에서 이렇게 썼다.

"불행을 경쟁하지 마라! (중략) 불행을 경쟁하노라면, 너도 모르게 이기고 싶어질 것이다. 설령 그 승리의 조건이 더 큰 불행일지라도"

한때 긍정의 힘을 강조하는 책이 베스트셀러가 되고, 그에 대한 반론으로 긍정적 사고가 어떻게 우리의 발등을 찍는가를 논파한 책이 출간되기도 했다. 무비판적이고 무조건적인 긍정은 종교에 다름 아닐 것이다. 하지만 긍정을 이데올로기라는 이름에 가두다가는 자칫하면 불행을 서로 경쟁하는 지경에 이른다.

헬렌 켈러는 가장 불행하고 부정적일 수밖에 없는 삶의 조건을 가진 사람이었다. 그러하기에 그녀가 설파하는 긍정은 어설픈 타협이 아니라 치열한 삶의 투쟁일 수밖에 없다. 그녀는 말한다. 그림자에 갇히지 않기 위해서는 계속해서 태양을 바라보아야 함을, 부정을 딛고 일어서기 위해서는 긍정이라는 실낱같은 희망을 끝내 포기하지 말아야 함을.

#75

사람의 마음을 제대로 알지 못하면
온 세상이 두려운 곳이 되고
세상 물정을 제대로 알지 못하면
일생이 모두 꿈속이 된다.

진계유, 『소창유기小窗幽記』

자식이 부모를 닮듯 사람은 자신이 살아가는 세상을 닮는다. 학교에서 배운 성선설이니 성악설이니 하는 이론에서 주장하는 바대로 태초에 선하거나 악하게 태어나서라기보다 제가 살기에 편편한 방향으로 착해지고 제가 살아남기에 구구한 방식으로 악해진다. 보상을 바라지 않는 선의를 경험한 사람이라면 선의 아름다움에 영원히 눈감을 수 없고, 까닭 모를 적의를 경험한 사람이라면 악의 실체를 생생하게 그려낼 수 있다. 그리하여 자기가 아는 바대로 행한다. 선을 경험한 사람은 선으로, 악을 경험한 사람은 악으로 자신이 받은 선행이나 악행을 세상에 갚음한다.

나쁜 사람들이, 아픈 사람들이 점점 더 많아지는 것을 보면 세상이 점점 나쁘고 아프게 변해가고 있나 보다. 타인에게 공감하기보다는 차이를 끄집어내 차별을 만들고, 서로 기댈 무리를 짓는 일조차 힘겨워 분열하고 또 분열한다. 이처럼 서로에게 노골적으로 이빨을 드러내고 으르렁대는 시대는 '헬조선'이라는 무시무시한 신조어까지 만들어냈다.

언어는 생물처럼 나고 살고 죽는다. 그 삶의 여로는 고스란히 사회의 변화를 따른다. 그러니 왜 그런 부정적이고 극단적인 단어를 쓰느냐고 탓하기 전에 자신이 사는 이곳을 헬$_{hell}$, 지옥으로 느끼는 젊은이들의 마음을 헤아려야 한다.

경제적 요인이나 정치사회적·문화적 요인이 모두 작용할 것이다. 그런데 그보다 단순하면서 좀 더 근본적으로 현재를 공포로 느끼는 까닭은 미래의 예측 가능성이 사라진 데 있지 않나 싶다. 알 수 없음. 한 치 앞을 모른 채 어둠 속을 걷노라면 발걸음은 지칫거리고 바스락거리는 소리에도 화들짝 놀랄 수밖에 없다.

이토록 정보가 넘쳐나는 시대에, 초고속 인터넷으로 세계와 소통하는 시대에, 여전히 무지의 공포에 시달린다는 것 자체가 기묘하다. 하지만 정보의 포화 상태 속에서도 여전히 사람들은 서로의 마음을 '제대로' 알지 못하고 세상 물정 또한 제대로 알지 못한다. 대충 알거나 엇비슷하게 알거나 넘겨짚어 알 뿐이다. 사람의 마음을 제대로 알기 위해서는 그것에 공감하는 능력이 필요하고 세상 물정을 제대로 알기 위해서는 편견에서 벗어나 끊임없이 배워야 한다. 그것을 제대로 하지 못하기에 우리는 오늘도 외롭고 두렵다.

사람의 마음을 알지 못하면 관계를 맺는 일이 불가능해진다. 그리하여 각각이 고립된다. 초식동물처럼 약한 존재들에게 고립은

곧 죽음이다. 세상 물정을 알지 못하면 그대로 세상의, 지배자의
노예가 되어버린다. 노예는 단 한순간도 자신의 삶을 살지 못한다.

고단한 세상 속에서 참사람은커녕 그냥 사람으로 살기도 어렵
다. 그럼에도 짧고도 긴 한 생애가 고스란히 취생몽사, 술에 취해
잠들었다가 꿈속에서 살고 죽듯 흐리멍덩하게 왔다 가는 일이라
면, 굳이 사람이어야 할 필요가 있을까? 우리는 무엇이어야 할까?

#76

겁쟁이는 실제로 죽기 전에 여러 번 죽지.
하지만 용감한 자는 죽음의 맛을 오직 한 번만 볼 뿐이야.

셰익스피어, 『줄리어스 시저』

나이가 가르쳐준 교훈 중 하나는 경사慶事는 다 챙기지 못하더라도 조사弔事는 되도록 빠뜨리지 말아야 한다는 것이다. 기쁨도 진심으로 같이 나누기 만만찮은 것이지만 슬픔이야말로 같이 나눌 필요가 간절하기 때문이다.

H언니의 아버지가 돌아가셨다는 소식을 뒤늦게 들었다. 요즘 세상에 보기 드물게 염치가 과한 H언니가 가까운 친구들에게조차 먼 길 오는 일이 폐가 된다며 가족끼리 장례를 치러버렸기 때문이다. 나중에야 전해 듣고 미안함과 섭섭함이 뒤엉킨 채 펄펄 뛰었지만 상주의 의지가 강하니 초대받지 않은 문상객이야 어쩔 수 없는 일이었다.

말하자면 호상이었다. 돌아가신 아버지는 1914년생으로, 백수를 이태나 넘겨 102세까지 사셨다. 그리 연로하시면서도 병치레를 하지 않았고 제주도의 풍속대로 자식과 같은 대문을 쓰면서도 부엌을 따로 써서 끼니를 손수 해결하셨다. 마지막 순간까지 자식에게 대소변 한 번 받아내게 하지 않았으니 조쌀하기가 어지간한 양반이었다. 그 아버지의 그 딸, H언니가 누굴 닮았겠는가?

하지만 호상이라고 말하려니 가슴이 애절하고 우릿하다. 그런

아버지가 어느 날 갑자기 곡기를 끊으셨다. 102살이면 살 만큼 살았다고, 더 이상 이 세상에 대한 미련이 없다고 스스로 떠나기를 결정하신 것이었다. 아무도 말릴 수 없었고 강제할 수 없었다. 아버지를 꼭 닮은 자식들은 조용히 사위어가는 아버지의 손을 잡고 마지막 인사를 나눌 수밖에 없었다.

그렇게 스스로 마지막을 결정하고 떠나는 분을 나는 꼭 세 번 보았다. 나머지 두 분은 투병 중 회복 가능성이 없다는 사실을 확인하자 치료를 중단하고 주변을 정리한 뒤 곡기를 끊으셨다. 세 분 모두 살아생전 대단히 강강했던 분들은 아니었다. 오히려 조용하고 얌전했으며 섬세하게 주변을 돌보는 사람들이었다. 그런 분들이 마지막 순간에 누구보다 단호했다. 삶에 대한 미련이 없어서라고 해석할 수도 있겠지만 죽음에 대한 공포를 뛰어넘었다고 말하는 편이 더 옳으리라.

어느 누구도 자신의 의지로 세상에 태어날 수 없듯 보통의 존재는 자신의 의지로 세상을 떠나기 어렵다. 흔히 '자살'이라는 단어로 표현되는 의지에 의한 삶의 마감은 비극적인 빛깔을 띠기 마련이다. 중세 시대에 자살은 자기 살해의 죄를 저질렀다고 판단되었기에 판관들은 자살자의 시신을 다시 교수대에 매달기도 했다. 하지만 내가 본 세 분의 죽음은 아무래도 자살이라는 말로 표현할 수 없다. 그것은 마지막 자존을 지켜내겠노라는 가장 인간적인 의지의 발현에 다름 아니었으므로.

죽음은 어차피 모든 인간에게 예정된 결말임에도 셰익스피어의 말처럼 누군가는 두려움으로 여러 번 죽는다. 그런 공포는 제대로 된 삶을, 후회도 미련도 없는 삶을 불가능하게 한다. 하지만 용기 있는 자는 딱 한 번 죽는다. 최선을 다해 살면, 후회도 미련도 없이 살면, 과연 그런 용기를 낼 수 있을까?

#77

인간은 곤란함을 피한다. 탐구를 견뎌내지 못하는 탓이다.
있는 그대로의 사실을 받아들이지 않는다.
희망을 구속하기 때문이다.
자연의 심오한 부분도 배척한다. 미신 때문이다.
경험의 빛도 거부한다. 자신의 오만함과 자존심 때문이다.
자신의 마음이 하잘것없고 덧없는 것에 관심을 갖는 것으로 여겨
지지 않도록 낯설고 모두의 기대에 어긋나는 것도 외면한다.
통속적인 견해를 이기지 못하는 탓이다.

프랜시스 베이컨

듣는 순간 무릎을 치게 만드는, 노벨물리학상 수상자 리처드 파인만의 원칙은 "첫 번째는 자신을 속이지 말라는 것, 그리고 자신이야말로 가장 속이기 쉬운 사람이라는 것"이다. 물리학은 도무지 알수 없어도 그 말만은 사무치게 이해된다. 그 원칙이야말로 학문과 연구뿐만이 아니라 삶과 관계 모두에 해당되기 때문이다.

얼마간의 과장을 포함해 노골적으로 이야기하자면 인간은 스스로에 대한 사기꾼이다. 자기를 속이기에 골몰하고 또 잘 속아 넘어간다. 사기는 피해자와 가해자의 욕망 혹은 욕망으로 인한 과실이 맞물렸을 때 일어나는 범죄이기 때문이다. 내가 나를 속이는 데는 남들을 속이는 것만큼의 공력도 들지 않는다. 어쨌거나 나는 나의 취약점, 어떤 헛된 욕망을 품고 있는지를 가장 잘 알고 있는 사람이므로.

프랜시스 베이컨은 이를 정연하게 표현해 "인간의 오성은 냉담한 빛(명료하고 불편부당한 견해)이 아니라 욕구와 감정에 의해 고취된다"고 말한다. 그리고 이 욕구와 감정 탓으로 '희망에 종속된 과학'이 생겨난다는 것이다. 인간은 실제 사실보다도 자신이 진실이었으면하는 것을 믿고자 하기 때문이다. 그래서 곤란함을 피하고, 있는 그대로의 사실을 받아들이지 않고, 자연의 심오한 부분이나 경험으로 얻은 지혜마저 거부한다. 낯설고 모두의 기대에 어긋나는 것 (이것이 바로 창의성의 출발점이다!)을 끝끝내 외면한다. 말로는 변화해야 하고 새로워져야 하고 현실을 직시해야 한다고 하지만 마음은 결코 그것을 원하지 않는 것이다. 그러고는 스스로에게 사기를 친다.

"여기까지인 걸 어쩌란 말이야? 난 할 만큼 했다고!"

탐구의 과정은 지루하다. 희망을 구속당하면 괴롭다. 미신은 우리의 생활에 생각보다 깊이 침투해 있고 나약한 이들은 그에 의존한다. 오만함과 자존심이야말로 진실을 차단하는 가장 강력한 가림막이다. 낯선 무엇 앞에서는 당황하게 되고, 그것이 심오하다면 더욱 불편해진다. 너무도 시시하고 사소한 것에 사로잡혀 있었던 나 자신을 발견하기 때문이다. 그럴 때면 간단히 통속적인 견해를 자기 것인 양 수용해버린다. 이 모든 어리석음은 결국 스스로를 보호한다는 명목으로 스스로에게 사기를 치는 것이다.

내게 속지 않기 위해서는 헛된 욕망을 인정하는 수밖에 없다. 나를 속이지 않기 위해서는 진리와 이성의 빛 앞에 노출되기를 두려워하지 말아야 한다. 범죄는 항상 어둠 속에서 일어나니까, 이성이 잠들면 기어이 요괴가 눈을 뜨니까.

#78

태평한 세상을 살아감에는
몸가짐을 방정하게 하는 것이 좋고
어지러운 세상에서는 원만히 살아가야 하며
말세에는 방정함과 원만함을 아울러 가져야 한다.
착한 사람은 너그럽게 대해야 하고
악한 사람은 엄하게 대해야 하며
보통 사람들은 너그럽고도 엄하게 대해야 한다.

홍자성, 『채근담』

이제 조금쯤은 살아가는 법을 알아야 할 때가 되지 않았나? 불혹을 넘어 지천명에 가까워지니 하늘의 뜻까지야 알지 못하더라도 세상살이의 이치쯤엔 어섯눈을 떠야 마땅할 텐데, 모르겠다. 갈수록 더 모르겠다.

바탕이 오만불손하여 세상을 사는 이치니 법칙이니 하는 것들은 귓등으로 들었는데 정말 처세술이 필요한 시기가 왔나 보다. 난세는 과연 어떻게 견뎌야 하나? 태평성대에도 살펴야 할 몸가짐새가 있는지, 말세라면 어찌 처신해야 할지 궁금해졌다.

요임금과 순임금의 시대에 살았던 사람들은 사뭇 배짱이 두둑했다. 그들의 유행가를 요즘 식으로 풀어보자면 대략 이렇다. "해 뜨면 일하고 해 지면 휴식하지. 내 손으로 내가 밭 갈아 먹고 우물 파서 물 마시는데, 임금이 나랑 무슨 상관?" 임금의 이름조차 알 필요가 없을 만큼 권력이 개인의 삶에 영향을 미치지 않던 시절, 그런 때가 바로 태평성대였다.

『채근담』에서 가르치는 처세는, 그럴수록 스스로 말과 행동을 바르게 다스려야 한다는 것이다. 경거망동이야말로 평화를 해치는 악재이므로. 반듯한 사람들은 패악을 부릴 일이 없기에 평화는 통제 없이도 마땅히 유지되었다. 말하자면 법 없이도 사는 세상이다.

그런가 하면 어지러운 세상, 난세에는 가능한 한 원만하게 살라고 한다. 원만함이란 결국 성격이 모난 데 없이 부드럽고 너그러운 것인데, 이것은 지극히 평범하고도 비겁한 사람들을 위한 덕목이다. 난세에 도리어 영웅이 났다. 영웅이야말로 원만함과 정반대편에 있는 강강하고 까칠한 사람이다. 영웅의 자질을 가진 자도 태평성대에 태어났다면 마을 축제의 힘겨루기 대회 우승자쯤으로 살다 죽었을지 모르니, 시대가 영웅을 만든다는 말은 사실일지 모른다.

말세, 이른바 끝판왕. 정치와 도덕과 풍속이 쇠퇴해 끝판이 다 된 세상에서는 이런 것 모두가 필요 없을 듯 다 필요하다고 한다. 그때야말로 세상의 기준이 모두 사라진 상태이니 스스로의 기준을 분명히 세우고 반듯하고도 너그럽게 환란을 견뎌야 한다는 의미이리라.

태평성대가 아니라면 어느 시대인들 쉬웠으랴. 역사를 읽다 보면 난세와 말세를 막막하게 견뎠던 사람들의 삶이 상상되어 먹먹해지곤 한다. 태어나서 죽을 때까지 전쟁과 가난과 학정을 두루 겪어낸 사람의 한 생애는 어떤 의미일까? 끝이 보이지 않는 고난을 그들은 어떻게 견뎠을까? 시대에 희생된 이름 없는 수많은 사람들이 역사라는 이름으로 새롭게 다가온다.

처세란 결국 기술이 아니라 삶의 태도일지도 모른다. 착한 자에게 너그럽고 악한에게 엄하다는 건 강자에게 강하고 약자에게 약한 연민과 용기를 말한다. 아무리 난세일지라도 사람에 대한 연민과 용기만은 놓치지 말아야 할 것이다. 그것이 어둠 속의 마지막 등대일지니.

#79

번지가 공자께 여쭈었다.
"어짊仁이란 무엇입니까?"
공자께서 말씀하시길,
"사람을 사랑하는 것이니라."
번지가 다시 여쭈었다.
"앎知이란 무엇입니까?"
공자께서 말씀하시길,
"사람을 아는 것이니라."

공자, 『논어』

공자의 제자 중에서 스승의 수레를 몬 사람은 번지와 염유 두 사람 뿐인데, 그중에서 번지는 질문을 잘하는 학생이었다. 어짊을 묻고 앎을 묻고 정치를 묻고, 묻고도 이해가 안 되면 또 묻고, 옆의 친구 에게까지 물어 확인했다. 그리하여 궁금한 게 많고 이해가 안 되면 끈질기게 묻고 늘어지는 번지 덕분에 우리도 성인의 지혜를 엿볼 수 있게 되었다.

여러 질문들 중에서도 『논어』의 중심 주제인 인仁과 지知를 물 은 것으로 번지의 중요도가 더욱 높아진다. 말몰이를 하면서도 배 우려는 열의가 있으면 지척의 거리에 마주 앉은 애제자가 부럽지 않다.

사람을 널리 사랑하는 인, 사람을 아는 지, 그처럼 명쾌한 배움 은 다시없을 것이다. 어진 이는 편벽됨이 없으니 차별하지 않고 사 람들을 사랑한다. 어떤 조건을 충족시켜서가 아니라 존재 자체가 애정의 조건이 된다. 알기 위해 배우고 공부하고 다시 가르치지만, 그 공부의 근본은 다름 아닌 사람을 아는 것이다. 세계를 이해하 는 것도 사람을 이해하는 것으로부터 시작된다.

심오한 철학이나 종교, 문학예술 전부가 이 간명한 진리에서 시작되고 끝난다. 결국엔 어떻게 사람을 사랑할 것인가, 어떻게 사람과 사람을 둘러싼 세계를 이해할 것인가를 두고 이런저런 방법으로 고민하고 궁리하고 반성하는 것이다. 그런데 이 문제가 철학과 종교와 예술의 핵심이라는 것은 자기 자신을 비롯해 사람을 사랑하고 이해하기가 얼마나 어려운가에 대한 인류의 고백이기도 하다.

서로를 미워하는 사람들이 너무 많다. 각각이 살아내기 힘들고 고단하기 때문이다. 개인적인 공간을 충분히 확보하지 못한 채 다붙어 살아가다 보니 아웅다웅할 수밖에 없다. 어진 마음은 편안한 얼굴로 표현되는데 아무리 의학 기술이 좋아져서 얼굴을 팽팽하고 탄력 있게 하는 약물을 주입받아도 불편한 기색까지는 숨길 수 없다. 사랑하지 않다 보니 이해할 수 없고 이해할 필요도 없어진다. 한국 사회 전반을 관통하는 혐오주의는 분열의 원인이면서 결과다.

독자와의 만남이니 강연이니 하여 정해진 대상 없이 이곳저곳을 다니다 보니 여러 세대 여러 계층의 사람들을 만난다. 당사자들은 느끼지 못할지 모르지만 특정한 집단에는 반드시 고유한 분위기가 있다. 어떤 곳은 장소부터 사람들까지 춥고 까칠하고, 어떤 곳은 수수하고 소박한 모습으로 다들 웃고 있다. 원인이 무언가 가만히 살펴보니 결국에는 사랑과 이해다. 선생님들이 우리 아이들은 형편이 어려워도 다들 착하다고 말하는 학교에서는 아이들이 활짝 웃고 있다. 상관이 우리 직원들은 업무를 넘어 자기 생활에 충실하다고 말하는 직장에서는 사원들이 편안하고 진지한 표정을 짓고 있다.

사람은 이해받고 사랑받을 때 가장 빛난다. 그리고 그 빛을 다른 누군가에게 나눠줄 줄 안다. 개인은 작고 그 힘은 미약하다. 하지만 칠흑 같은 어둠 속에서는 촛불도 횃불만큼이나 크고 환한 빛이다.

#80

오늘 오전에 새로 발명된 깃펜 깎이를 샀습니다.
깃펜을 깎을 때 번거롭지 않아서 정말 기쁘더군요.
하지만 그 물건의 존재를 몰랐을 때도 나는 불행하지 않았어요.
페트라르카가 고작 커피를 못 마셔봤다는 이유 때문에 불행했을
까요?

스탕달, 『연애론』

아이의 친구 엄마 중에 정리 수납 전문가가 있다. 그녀의 주 업무
는 스스로 정리 정돈하지 못하는 사람들의 공간을 청소하고 재배
치해주는 일인데, 그 외에도 부수적인 업무가 뒤따른다 한다. 엄청
나게 넓은 대저택이 아닐 바에야 만만찮은 비용까지 지불해가면서
정리 정돈할 것이 얼마나 많을까 싶지만 그녀가 사진으로 찍어둔
'Before-After'를 보면 왜 전문가가 필요한가를 이해할 수 있다.

　평범한 집의 공간이라 해봤자 거실, 주방, 침실, 드레스룸, 베란
다나 신발장 정도가 전부인데, 'Before'의 사진에서는 실제로 그 구
분이 거의 없다. 모든 곳에 물건이 층층이 겹겹이 산더미처럼 쌓여
있다. 그들은 최소한 물건들을 사서 쌓을 만큼의 구매력이 있는 사
람들이다. 하지만 이미 가진 것을 또 사거나, 혹은 산더미 속에서
이미 샀던 물건을 찾지 못해 다시 산다. 한 번 입고 던져버린 옷, 포
장도 뜯지 않은 새 물건들이 숱하다. 그것이 짐이 되어 그들을 짓
누르고, 그 엄청난 산더미를 파헤칠 일이 두려워 당장 필요한 만큼
또 산다.

　정리 수납 전문가는 버리고 남길 것을 구분해 제자리에 배치하
고 집주인에게 수납 요령을 가르쳐준다. 그 과정에서 이루어지는

일이 부수적인 업무, 집과 짐을 이고 지고 살아가는 집주인의 마음을 어루만지는 것이다. 그들은 대개 무기력을 증상으로 하는 우울증이나 그와 유사한 어떤 원인으로 마음을 앓고 있다. 최소한 가지고자 하는 욕망과 필요를 조절하는 절제 사이의 불균형이 병적인 수준이라는 사실만은 분명하다.

자본주의는 필요 이상으로 물건을 과잉생산한다. 광고는 끊임없이 신제품을 선전하고 그것에 홀린 사람들은 지금까지 잘 쓰던 것들을 낡은 것으로 느끼며 던져버린다. 반짝반짝한 신생의 빛을 뿜는 새 것을 사기 위해 지갑을 열기 전, 과소비에 대한 부담감이나 죄책감을 달래기 위해 그것이 꼭 필요하다고 스스로를 설득한다. 얼마나 편리하고 얼마나 효율적일 것인지, 그래서 자기가 행복해질 것이라고 믿는다.

스탕달의 깃펜 깎이처럼 작은 물건 하나 때문에 기뻐지는 일은 꽤 있다. 나 또한 손걸레 대신 자동 물걸레 청소기를 돌릴 때마다 기쁘다. 얼마 전에는 밤껍질 깎이와 끝이 둥근 코털 가위를 사고 감탄했다. 문명의 이기에 혜택을 받으니 감사하기도 하다. 하지만 이런 것들이 아예 없었을 때에도 나는 불행하지 않았다. 다만 조금

불편했을 뿐이다. 텔레비전에는 온갖 먹방이 넘쳐나고 커피며 와인
이며 기호 식품에 전문가들까지 생겨나는 지경이지만, 르네상스의
시인이자 인문주의자인 페트라르카가 커피를 못 마셔봤다고 불행
할 가능성은 전무全無인 것처럼.

　　그렇다면 정녕 우리에게 '필요'란 무엇일까? 스탕달은 "사랑은 사
랑하는 사람을 잃을 것이라는 두려움을 기초로 해서만 생길 수 있
다"고 말한다. 두려움이자 간절함인, 그런 것이 행복을 위해 진정
으로 필요한 것 중 하나, 아니 전부가 아닐까?

#81

한 해가 막 끝나는 날을 섣달그믐除日이라 하고, 그 그믐날이 막 저물어갈 때를 그믐날 저녁除夕이라 합니다. 네 계절이 번갈아 갈리고 세월이 오고 가니, 우리네 인생도 끝이 있어 늙으면 젊음이 다시 오지 않습니다. 역사의 기록도 믿을 수 없고 인생은 부싯돌의 불처럼 짧습니다. (……) 10년의 세월이 어느 날인들 아깝지 않겠습니까마는 유독 섣달그믐날에 슬픔을 느낍니다. 그것은 하루 사이에 묵은해와 새해가 바뀌니, 사람들이 늙음을 날로 따지는 것이 아니라 해로 따지기 때문입니다. 그러니 그날이 가는 것을 안타까워하는 것은 실은 그해가 가는 것을 안타까워하는 것이고, 그해가 가는 것을 안타까워하는 것은 늙음을 안타까워하는 것입니다. (……) 그러나 저의 감회는 이런 것들과 다릅니다. 저는 덕을 닦지도 못하고 학문을 통달하지도 못한 것이 늘 유감스러우니, 아마 죽기 전까지는 하루도 유감스럽지 않은 날이 없을 것입니다. 그러니 해가 저무는 감회는 특히 유감 중에서도 유감입니다. 이로써 저는 스스로 마음에 경계합니다. "세월은 이처럼 빨리 지나가고, 나에게 머물러 있지 않는다. 죽을 때가 되어서도 남에게 칭송받을 일을 하지 못함을 성인은 싫어했다. 살아서는 볼만한 것이 없고 죽어서는 전해지는 것이 없다면, 초목이 시드는 것과 무엇이 다르겠는가?"

이명한, 1616년 광해군 8년 증광회시 책문에 대한 대책

그해 왕이 대과의 마지막 관문에 들어선 33인의 수험생에게 냈던 논술 주제, 책문策問은 "섣달그믐밤의 서글픔, 그 까닭은 무엇인가?"였다. 1608년부터 1623년까지 15년간 재위한 광해군이 조선의 왕으로 살았던 시간의 한가운데, 바로 그때였다. 대과의 합격자들은 조선의 인재 중 인재로 왕과 함께 나라를 이끌어갈 인물들이었으니 그들을 향한 책문이야말로 시험을 뛰어넘는 중요한 대화이자 비전vision의 제시였다.

세종대왕은 법의 폐단을 고치는 방법과 어떻게 인재를 구할 것인가를 물었다. 중종은 처음부터 끝까지 잘하는 정치는 어떻게 해야 하는지와 외교관은 어떤 자질을 갖추어야 하는가를 물었고, 명종은 육부의 관리를 어떻게 개혁해야 하는가를 물었다. 반정反正으로 폐위당한 광해군 시절이 난세는 난세였다는 증거가 책문에서도 배어나온다. 정벌이냐 화친이냐, 지금 이 나라가 처한 위기를 구제하려면, 지금 가장 시급한 나랏일은 무엇인가? 질문은 다급했고 대답은 날카로웠다. 그러다 문득 던져진 섣달그믐밤에 서글픈 까닭을 묻는 질문은 얼마간 돌출적이면서 역사의 결과를 아는 후대에게 애상적으로 느껴진다.

12월 31일 밤, 보신각 타종을 기다리며 연예인들이 상 받는 모습을 지켜보는 동안 마음에 깃드는 서글픔은 이명한의 말대로 스러져가는 젊음과 다가오는 백발을 감지하기 때문이다. 물론 그는 수석 합격자답게 일체의 후회가 남지 않도록 열심히 공부하고 일하는 수밖에 없다는 모범 답안을 내놓지만, 정녕 아쉬움과 두려움을 이겨내는 것은 자신의 삶에 만족하든 불만족하든 그것을 끌고 나가야 할 자기뿐이다.

쓸쓸하거나 막막하거나, 지금껏 애써왔고 앞으로 애써야 할 자신을 위로하며 격려하는 시간이 필요하다. 섣달그믐밤, 민낯의 나를 만나기에 이보다 적당한 때는 다시없다.

#82

식견은 무겁게
기운은 날카롭게
힘은 진중하게
담력은 결단성 있게
눈은 밝게
말은 어눌하게

황순요, 『자감록白監錄』

새해가 밝으면 어제와 크게 다를 바 없는 오늘이지만 날짜를 적어 넣는 앞머리가 새로운 만큼 마음은 얼마간 다를 수밖에 없다. 기실 나는 인간의 본성은 변하지 않는다는 강력한 믿음하에 기대하지 말아야 실망하지 않는다고 생각하는 별간장이지만, 어떻게든 스스로 변해보려 애쓰는 눈물겨운 시도까지 반대할 생각은 없다. 아니, 권장하고 격려한다. 끝끝내 불가능한 일이라는 것을 번연히 알면서도 바위를 굴리고 또 굴리는 시시포스야말로 가장 인간적인 인간의 상징이 아니런가!

그런데 변하고 싶다, 변화시키겠다는 마음가짐도 중요하지만 어떻게 변하고 싶은지, 무엇을 변화시키고 싶은지를 아는 것이 더 긴요하다. 잘못 변하면 더 나쁘게 변한다. 나쁜 세상에 나쁘게 적응하다 보면 차라리 예전보다 못해지는 경우가 숱하다. 나이를 먹어도 어른이 아니라 꼰대가 되고, 어리보기가 세상 물정을 알았나 싶더니 속물이 되어버린다. 어떻게 변할 것인가? 무엇을 변화시킬 것인가? 술을 줄이고 담배를 끊고 운동과 외국어 공부를 시작하는 그런 뻔한 것들을 넘어서는 무언가가 있을까? 바로 이럴 때 앞서 시간을 살아냈던 옛사람들의 지혜가 소중하다.

황순요는 명나라 말기의 문인으로 혼란의 시기를 자신만의 방식으로 살아냈다. 과거에 급제했으나 관직을 포기하고 낙향해 열심히 학문에 힘쓴 그였지만 난세에는 홀로 온전할 길이 없었다. 청나라에 항거하는 민중 봉기에 지도자로 추대되었다가 성이 함락되자 친동생과 함께 암자에 들어가 목을 매어 자살했으니, 그 비극적인 생의 후반기가 절개와 지조의 한평생을 증명한다.

　난세의 문사 황순요는 스스로를 이렇게 살피고 경계했다. 사물을 분별하는 식견은 가볍지 않고 무겁게, 살아 움직이는 기운은 둔하지 않고 날카롭게, 능력과 역량을 다룰 때에는 균형을 갖추어 진중하게, 배짱 있게 용감한 기운을 발휘할 때는 어물거리지 말고 결단성 있게……. 여기까지는 너무 훌륭한 말씀이라 평범한 우리는 그저 고개밖에 주억거리지 못할지라도, 마지막 두 덕목 정도는 결단코 사흘에 한 번씩 마음먹어봄직하다.

　최소한 사물과 인간을 바라보는 눈만은 밝게 뜨고 있어야겠다. 꼬락서니가 아무리 보기 싫어도 눈을 질끈 감아버리거나 외면하지 말고 세상이 어떻게 돌아가는지 시간이 어떻게 흘러가는지 그 속에서 사람들은 어떻게 처신하고 살아내는지를 지켜봐야 할 것이다. 때로는 밝은 눈을 빛내며 똑바로 바라보는 것만으로 해악과 거짓을 찔끔하게 만들 수 있다.

그리고 마지막으로 가장 중요한 것이 보았다고 알았다고 섣부르게 화문禍門을 열지 말고 어눌하게 말하는 것이다. 언제나 너무 빨리 너무 많이 말하는 것이 어리석음과 분쟁의 원인일지니, 한 번만 더 생각하고 말하기를, 꼭 필요한 말만 하기를, 말하기보다 듣기에 힘을 쏟기를 스스로에게 약속한다. 또 잊어버릴 게 분명하니 사흘에 한 번씩 다짐하기로 한다. 비록 작심삼일일지라도 사흘에 한 번씩 마음을 먹으면 어쨌거나 일신우일신할 수 있을지도 모르니.

일기는 고독한 인간의 위안이자 치유다.
날마다 기록되는 이 독백은 일종의 기도이자 영혼과 내면의 대화, 신과의 대화다.
이것은 나로 하여금 혼탁에서 벗어나 평형을 되찾게 해준다.
의욕도 보장도 멈추고, 우주적인 질서 속에서 평화를 갈구하게 된다.
일기를 쓰는 행위는 펜을 든 명상이다.

앙리 프레데릭 아미엘, 『아미엘의 일기』

나는 일곱 살 때부터 하루도 빠짐없이 일기를 썼다. 아직도 고향집 창고에는 엄마가 라면 박스에 차곡차곡 모아둔 일기장들이 세월의 먼지를 이고 쌓여 있다. 그림은 잘 그리지 못하고 그리기를 좋아하지도 않아서 그림 일기장에도 빼곡하게 글만 썼다. 결국 글밖에 다른 무엇으로도 나를 표현할 재주가 없는 사람으로 살게 되리라는 전조 같은 것이었는지 모른다.

어린 나는 몸과 마음이 자주 아팠다. 맞벌이를 하는 부모님은 일에 쫓겨 허둥지둥 바빴고 집은 언제나 텅 비어 있었다. 친구들과 어울려 뛰놀기보다는 찬 방바닥에 배를 깔고 혼자 놀기에 익숙했다. 외톨이에게 대단한 하루 일과가 있을 리 없었다. 매일매일이 닮은꼴로 느리게 흘러갔다. 그래서 쓸거리가 별로 없었다. 그래도 항상 쓸거리를 만들어냈다. 기분이 나쁘다고 썼다. 엄마 때문에, 동생 때문에, 무언가 때문에 기분이 상했다고 썼다. 억울하고 슬프고 우울해서 기분 좋은 일은 영영 일어나지 않는다고 썼다. 내 일기장의 제목은 '기분 일기장'이었다. 상처 받은 아이의 일기장은 감정의 요철로 울퉁불퉁했다.

사춘기 때는 열쇠로 잠그는 일기장이 유행했다. 별다른 비밀도 없는 글을 끄적거릴 때마다 비밀처럼 꼭꼭 숨겼다. 대학에 가서도 계속 일기를 썼다. 예전만큼 매일 강박적으로 쓰지는 않았지만 머리맡에는 언제나 호흡의 기록 같은 일기장이 있었다. 그때는 글이 쓰고 싶다고 글을 썼다. 언젠가 글만 쓰며 살고 싶다고 글을 썼다.

작가라는 직업을 갖게 되면서부터 더 이상 일기를 쓰지 않게 되었다. 창작은 내가 가진 모든 생각과 에너지를 요구했고, 시나브로 일기에 토로할 기분이나 숨겨둘 비밀이 사라졌다. 상처와 그 상처의 흔적도 조금씩 희미해졌다. 바야흐로 문학으로 구원을 받은 것인지도 모른다. 심리학적으로 말하자면 통제되고 억압되었던 충동과 욕구가 사회적·정신적 가치인 예술 창작을 통해 승화된 것이라고 말할 수도 있으리라.

별다른 창작 수업이나 습작의 과정을 밟지 않은 내게는 일기 쓰기가 수업이자 연습이었다. 밤마다 내가 살아낸 하루를 돌이키는 일은 아미엘의 표현처럼 독백의 기도이자 내 안의 신과 나누는 대화였다. 일기를 쓰며 나는 나 자신을 다시 만났다. 약하고 어리석지만 미워할 수 없는 나를 용서하고 화해하게 되었다. 그제야 비로소 세상을 향해 첫걸음을 뗄 용기가 났다.

대단하고 특별한 일로 생각할수록 글쓰기는 어려워진다. 머리맡에 노트와 펜이 있고 내가 너무 잘 아는 주인공인 내가 있다. 이제 아는 만큼, 느끼는 만큼, 살아낸 만큼 쓰기만 하면 된다.

#84

눈에 티가 들어가면 견딜 수 없고, 이齒 사이에 조그만 것이 끼어도 참을 수 없다.
내 것이 아니기 때문이다.
그런데 어찌하여 마음속에 그 많은 가시를 지니고도 오히려 아무렇지 않을 수 있단 말인가?

신음어, 책 제목부터 묘하다.

"신음이란 병자의 앓는 소리다. 신음어란 병이 들었을 때 아파서 하는 말이다. 병중의 아픔은 병자만이 알고 남은 몰라준다. 그 아픔은 병들었을 때에만 느끼고 병이 나으면 곧 잊어버린다. 사람이 병들어 앓을 때의 고통을 안다면 모든 일에 조심하여 다시는 괴로움에 시달리는 시련을 겪는 일이 없을 것이다"라는 서문을 읽으면 비로소 싸한 감동과 함께 고개를 끄덕이게 된다.

끙끙, 아파서 앓으면 절로 신음 소리가 흘러나온다. 앓는다는 것은 가장 약한 상태, 따라서 가장 민감한 상태가 된다는 뜻이다. 배를 앓으면서는 함부로 먹은 것을 반성하며 앞으로 자극적이지 않은 부드러운 것을 골라먹겠다고 결심한다. 다리를 앓으면서는 발밑을 살피지 않고 부주의하게 헛디딘 것을 후회하며 앞으로 발걸음을 조심하겠다고 다짐한다. 손끝의 상처나 난치병이나 내가 걸리면 경증과 중증을 헤아릴 필요 없는 고통이다. 고통은 나쁜 애인처럼 일상을 잠식하고 오직 자기에게만 집중하라고 요구한다. 그런데 사로잡혀 있는 동안에는 도저히 벗어날 수 없을 것만 같았던 그 애인과 결별하는 순간, 후유증이 좀 남긴 하겠지만 그럭저럭 살 만하다는 걸 깨닫게 된다. 아니, 시간이라는 만병통치약 덕택으로 금세 까무룩 잊어버리기도 한다. 그처럼 어리석게 잊을 수 있어서 사람은 언제고 살아낼 수 있는지도 모른다.

명나라 말기의 문신 여곤의 책 『신음어』에는 '중국의 목민심서'라는 별명이 붙어 있지만, 국가 경영의 길을 밝히고 관리들을 경계하는 가르침 외에도 썩어빠진 세상을 견디는 수양의 방도가 올올이 들어차 있다. 명말의 타락한 세상을 끙끙 앓으며 여곤은 스스로의 환부에 메스를 댄다. 그는 꽤나 아팠나 보다. 병과 고통에 대한 비유가 특히 날카롭다.

작은 티끌 하나만 들어가도 눈에서는 눈물이 줄줄 흐르고 금세 눈알이 새빨개진다. 이 사이에 고깃점이나 생선 가시가 끼었다 하면 성가시고 불편해 연신 혀를 밀고 잇몸을 비비며 쯧쯧거리게 된다. 우리의 몸은 본디 우리 소유가 아닌 것에 대해 격렬하게 반응한다. 애초에 저항력이라는 보호의 기재를 장착하고 나왔기에 건강할수록 더 민감하게 대항한다.

하지만 마음속에 지닌 가시에만은 턱없이 둔감하다. 태어날 때부터 씨앗이 심겨 있어 자라난 것도 아닌데 그 뾰족한 것을 꿀꺽

삼키고도 아무렇지 않다. 심지어는 자기를 보호하기 위해서는 마음속에서 그것을 무럭무럭 키워 남들을 찌르는 데 써야 마땅하다고 믿기도 한다. 그리하여 탐욕, 시기, 질투, 교만, 인색…… 뾰족뾰족했던 그것들이 어느새 아무런 이물감 없이 내 것이 되어버린다.

건강한 몸은 민감하다. 아픔에 빨리 반응하기에 질병에 대한 조기 대응이 가능하다. 건강하지 못한 몸은 무감각하다. 어디가 아픈지 몰라 병을 키운다. 마음이라고 몸과 다를까? 아픈 줄도 모르고 마음속에 가시나무 숲을 짓는 사이, 신음도 없이 병들어간다.

#85

언젠가 계단에서 같은 건물에 사는 사람을 알게 되었는데, 그가 당신을 바에 초대하여 커피 한 잔을 대접하고, 너무 지나치지 않으면서도 불쾌하지도 않은 우스개 이야기를 들려주었다고 상상해보라. 당신은 그가 호감을 주는 괜찮은 사람이라고 말할 것이다. 그런데 그를 매일, 하루에 세 번 계단에서 만나는데, 그때마다 당신에게 커피 한 잔과 우스개 이야기를 강요한다고 상상해보시라. 얼마 지나지 않아 당신은 그의 목을 조르고 싶을 것이다. 단어들에 대해서도 마찬가지이다.

움베르토 에코, 『책으로 천년을 사는 방법』

영어로 쓰인 소설을 더듬더듬 읽어나가다가 분통을 터뜨린 적이 있다. 막히는 단어마다 일일이 뜻을 찾다 보면 바로 앞에서 찾았던 단어와 같은 뜻이기 일쑤! 이를테면 pretty와 beautiful과 lovely와 gorgeous가 모두 예쁘다, 아름답다라는 한 가지 뜻으로 해석되는 것이다. 별다른 차별성도 없는 단어들을 왜 이렇게 속속들이 다르게 썼느냐고 투덜거리다 보니 나 또한 소설을 쓸 때 같은 문장에 절대, 같은 문단에 가능한 한 같은 뜻이라도 다른 단어를 쓰려고 애쓴다는 자각이 들었다.

글을 쓴다는 건 언어에 민감해진다는 것이다. 글을 잘 쓰기 위해서는 언어마다 가지고 있는 빛깔과 향기와 촉감에 예민해져야 한다. 문장은 일차적으로 뜻이 정확하게 통해야 한다. 더하여 문장이 아름다워지고 그런 문장들이 모여 문체에 개성이 생길 때 전달하려는 뜻은 더욱 풍부해진다.

반복되는 단어는 이내 식상해진다. 움베르토 에코의 비유는 참으로 쉽고 명확해서, 그 자신이 뛰어난 작가인 동시에 조사법措辭法의 대가라는 사실을 확인시킨다. 처음 만난 사람의 친절한 태도와 유머는 호감과 함께 신선한 재미로 다가온다. 하지만 두 번째에는 좀 당황스러워지고, 세 번째쯤에는 얼마간 지루해지며, 그것이 매일 세 번씩 거듭된다면 거의 폭력적으로 느껴질 것이다. 처음에 호감과 함께 재미있게 느꼈던 내용이 전혀 달라진 게 아님에도 그러하다. 글쓰기의 내용과 형식은 이처럼 분리될 수 없다.

『책으로 천년을 사는 방법』은 정치, 미디어, 문화 등에 대한 에코의 짧은 통찰을 묶은 칼럼집인데, 어쩌면 본격적인 작법에 대한 책보다도 배울 만한 비결들이 갈피갈피에서 반짝인다. "말없음표들의…… 소화불량에 걸리지 않도록 주의하라"든가 "언제나 대충 구체적이도록 하라"는 장난기 어리지만 긴요한 조언이 있는가 하면, "너무 장황하지 않도록 하라. 그렇다고 그보다 덜 말하지 않도록 하라"는 곱씹을수록 어려워지는 주문도 있다.

단어에 대해 에코가 말하고자 하는 메시지는 바로 "단어들을 상상력 없이 사용함으로써 혐오스럽게 만드는 것은 바로 우리 자신"이라는 것이다. 문장 내에서 지루한 반복을 거듭하는 것도 문제이거니와 더 중요한 것은 그것을 통해 행간을 만들어낼 힘을 잃는 것이다. 이따금 글의 주인은 그것을 쓴 작가가 아니라 그것을 읽는 독자라는 생각을 하곤 한다. 독자들이 글을 읽으며 자신의 삶을 투

영하는 상상력을 발휘하게 하기 위해서는 작가가 최대한 행간을 넓혀 상상의 가능성을 열어두어야 한다.

그러니, 독자들이여. 부디 낯선 단어, 뜻 모를 단어를 쓴다고 작가를 욕하지 말아주길!

#86

런던에 사는 나의 에이전트가 말하길, 만약 그것이 정말 '뉴욕 영화'라면, 모든 '뉴욕 영화'는 근사하고 멋지다.
왜냐하면 그것들은 마치 여행기와 같기 때문이다.

이스라엘 호로비츠

방학을 맞은 아이와 함께 조금 긴 여행을 다녀왔다. 때마침 한반도는 폭한暴寒의 습격을 받아 연일 최저기온을 갱신하는데, 머리 위로 끓는 해를 이고 방울땀을 흘리는 일이 비현실적이기 그지없었다. 예상치 않게 피한避寒 여행을 하던 중 점심을 먹고 호숫가를 산책하다가 결국 비어 있던 집의 수도가 동파되었다는 메시지를 받았다. 미리 옆집에 부탁하고 온 덕분에 신속히 계량기를 교체해 피해는 줄였지만 이웃들에게 폐를 끼치게 되어 마음이 편편찮았다. 공항 세탁소에 겨울 외투를 맡겨둔 채 반바지에 맨발로 거리를 걷고, 맹렬한 추위에 얼어터진 수도를 걱정하며 열대 과일을 먹었다. 내 몸은 여행지에 있지만 마음은 그곳까지 따라오지 못했다. 그렇다면 나는 정녕 떠나온 것일까, 떠난 시늉만을 하고 있는 것일까?

여러 차례 고백한 바 있지만 나는 그다지 여행을 좋아하지 않는다. 가끔 둔하고 무거운 몸을 일으켜 여행을 시작하지만 떠나는 순간부터 다시금 여행 체질이 아님을 깨닫는다. 여행은 무릇 낯선 것들과의 조우다. 낯선 사람들 사이를 헤쳐 낯선 거리를 걸으며 낯선 풍물을 보고 낯선 음식을 먹는다. 여행은 우리 곁을 빠르게 스쳐지나는 시간을 잠시 붙들어 잡는다. 여행지의 시간은 아주 천천히 흐르고 아무리 느긋하게 움직이려 애써도 여행자의 다리는 고단하기만 하다. 하지만 나는 새롭고 특이한 사건보다는 일상의 도저한 힘의 신봉자, 여행이 손해날 일일 리는 없지만 큰 이득을 얻을 것도 없는 일인 것이다.

여행 중에 나는 아무것도 쓰지 않는다. 아니, 못한다. "Writing is thinking!"의 원칙에 비춰보아도 여행에서 영감을 받지 못하는 자는 여행기를 쓸 수 없다. 예정된 여행지에 대한 사실적 정보 이상의 여행기를 미리 읽거나 돌아와서 다시 읽지도 않는다. 미리 읽으면 스스로 느껴야 할 감상을 방해하고, 돌아와서 읽으면 시나리오 작가 호로비치의 말마따나 근사하고 멋질 수밖에 없는 '뉴욕 영화'를 보는 기분이 들기 때문이다. 그곳이 여기와 다르고 그들과 내가 다르다는 확고한 자각이 아니라면 뉴욕을 배경으로 한 영화가 굳이 '뉴욕 영화'가 될 필요가 없다.

그나마 여행기 중에 흥미롭고 영감을 불러일으키는 것은 오로지 내 힘으로 갈 수 없는 곳이거나 아마도 평생 가볼 일이 없을 곳에 대한 불가능하고 불가역적인 여행의 기록뿐이다. 근본적으로 모든 여행기는 이방인의 눈으로 지켜본 꿈의 기록이기 때문이다.

  진정으로 여행을 잘하는 사람은 얼마나 많은 나라와 도시들을 얼마나 오래 떠돌았는가를 자랑삼지 않는다. 그곳이 어디든 매일 새롭게 시작되는 삶의 여행길에서 시시때때로 무엇을 느끼는가, 그 길섶에 핀 풀꽃 한 송이를 발견하는 밝은 눈을 가졌는가가 진정으로 여행을 잘하는 사람의 자세가 아닐까? 어차피 삶 자체가 거대한 여행이기 때문이다. 길고 멀고 험한 길을 지루하거나 흥미롭거나 고단하거나 부질없이 헤매는 일.

#87

깊은 절에서 한 해가 저무는 날, 눈보라는 골짝에 흩뿌리고 차가운 밤기운에 스님은 잠들었을 때 홀로 앉아 책을 읽는 일.

봄과 가을 한가로운 날 높은 산에 올라 멀리 바라보니, 몸과 마음은 가뿐하고 시상이 솟아오르는 일.

굳게 닫힌 문에 꽃은 떨어지고 주렴 밖에선 새가 우는데, 술동이를 열자 그 정취가 읊고 있던 시구와 맞아떨어지는 일.

굽이도는 물에 술잔을 띄우고 어른과 젊은이 한자리에 모여 한 잔 마시면 한 번 읊는데 어느새 시집 한 권이 만들어지는 일.

아름다운 밤 고요하고 맑은데, 밝은 달빛이 마루로 새어들고 부채 소리에 맞춰 글을 읽으니 소리 기운이 씩씩하고 힘 있는 일.

산과 시내를 돌아다녀 말도 고달프고 하인도 지치는데, 안장 위에서 쉬엄쉬엄 읊은 구절이 작품이 되어 호주머니 가득하게 되는 일.

산속에 들어가 책을 읽어 목표량을 마치고 집에 돌아오니, 마음 가득 기쁘고 기운이 넘쳐나 붓놀림이 신들린 듯하는 일.

멀리 살던 좋은 친구를 뜻하지 않게 만나 그간의 공부를 자세히
묻고 새로 지은 작품을 외워보라고 권하는 일.
좋은 글과 구하기 힘든 책을 친구가 갖고 있다는 말을 듣고 사람
을 시켜 빌려와 허겁지겁 포장을 풀어 여는 일.
숲과 시내 건너편에 친한 친구가 살고 있는데 새로 빚은 술이 익
었다고 알려오며 시를 부쳐 화답하기를 요청하는 일.

김창흡, 「예원십취藝苑十趣」, 『삼연집三淵集』

조선 후기의 문장가 김창흡은 아버지 김수항이 기사환국己巳換局에 연루되어 사사되자 서울을 떠나 포천 영평으로 가서 영평팔경 중 하나인 금수정에 은거하며 학문을 닦고 500여 편의 시를 짓는다. 좌의정 할아버지에 영의정 아버지를 둔, 말마따나 원조 '금수저'였던 그가 화려한 만큼 위험한 세상의 영화 대신 택한 '열 가지 즐거움'은 하나같이 소박하나 예스럽다.

쫓기듯 전쟁처럼 살아내느라 별달리 즐거울 것이 없는 이들에게 잠시나마 위로가 될까, 인용이 좀 길기는 하지만 하나하나 문장이 아름다워서 그대로 옮겼다. 모두가 향긋한 상상을 불러일으키고 잔잔한 미소를 떠오르게 하는 일들이다. 열 가지 중 네 가지 즐거움은 책과 관련된 것이요, 여섯 가지는 시를 짓는 일과 관련된 것이다. 사시사철 무쌍하게 변하는 자연은 책과 시를 더 깊이 읽고 쓰는 배경이 되고, 취향을 이해하고 함께하는 벗은 읽기와 쓰기가 쓸쓸한 자기만족이 아닌 풍부한 소통의 도구가 되는 조건이다.

누군가의 눈에는 평범한 사람이 쉬이 따라 하기 어려운 신선놀음으로 보일지는 모르지만, 삶의 즐거움이라는 것이 그리 대단한 것이 아니라는 사실에는 동의할 수 있을 것이다. 남들의 평가와 상관없이 아무리 사소한 것이라도 자기가 지극히 사랑하는 것이 있다면, 그것을 함께 즐길 벗이 있다면, 그조차 집착은 아닐 수 있도록 자연의 순리를 양순히 따른다면, 누구라도 자기 삶에서 열 가지 즐거움을 찾아낼 수 있지 않겠는가? 아니, 아무리 부박한 세상이라도 최소한 사람으로 태어나 사람답게 살려면, 열 가지 즐거움쯤은 반드시 가져야지 않겠는가?

#88

가족이란 개인의 삶을 위한 중심부이자 본거지이자 우리가 진정
으로 자기 자신이 되는 곳이다. 우리는 자신을 위해, 그리고 가장
가까운 사람들을 위해 가정을 가꾼다.
우리는 밖에서 '일하고' 집에서 '산다'.

대니얼 J. 레빈슨, 『여자가 겪는 인생의 사계절』

'계절의 여왕'이자 이른바 '가족의 달'이라는 5월에는 특별한 날이 많다. 아이와 부모와 성년이 되는 젊은이와 스승을 기념하는 날마다 행사가 연이어진다. 왜 그리 한꺼번에 사랑과 감사를 몰아 바치게 되었는지는 알 수 없지만, 아름다운 날이니 좋은 사람들과 서로 축하하고 축복하라는 뜻이리라 어림한다.

밖에서 '일하고' 집에서 '산다'는 말의 간결하고도 강렬한 의미처럼, 집은 삶의 근거이자 삶 자체다. 그리하여 그곳에서 만나는 가족은 삶을 함께하는 사람이면서 삶 자체다. 분명 타인이면서 타인일 수 없는, 민낯의 나 자신이기도 하다. 가장 가깝고 가장 편안하다. 가장 익숙하고 가장 내밀하다. 가족이라면 '부모, 자식, 형제 따위 한 혈통으로 맺어진 육친' 즉 혈육을 일차적으로 떠올리게 되고, 그것은 우리의 목숨에 비견되는 피와 살이다.

많은 사람들이 가족을 위해 일한다. 때로는 힘겨워도 참는다. 가족의 생존과 안전을 위해서라면 어떤 모욕과 부당한 처사조차 마땅히 견뎌야 할 무엇이 된다. 지극히 원초적인 동시에 거룩한 본능이다. 우리가 어머니와 아버지와 형제자매를 떠올리는 것만으로 울컥하는 것은 그들이 나를 위해 감수했던 것들에 대한 감사와 미안함 때문이다.

하지만 가만히 커튼을 들춰 무대 뒤를 들여다보면 뜻밖의 것들이 드러난다. 가족이라는 그토록 아름다운 이름이 때로 힘이 아니라 짐이 되기도 한다. 밖에서 '일하고' 집에서 '살기'보다는 '쉬기'를 원하는 사람들이 있다. 밖의 일이 너무 경쟁적이고 치열하다 보니 집에서는 모든 긴장을 풀고 널브러지고 싶은 것이다.

그런데 내가 쉬자면 다른 가족이 일해야 한다. 그런가 하면 가족을 위해 일하다 보니 나를 위해 해야 할 무언가를 놓쳐버리는 경우도 있다. 그것은 희생과 헌신이라는 이름으로 칭송되지만, 가족을 포함한 어떤 인간관계에서도 주었으나 받지 못함은 착취이고, 착취는 보상을 낳는다.

가장 사랑해야 할 사람들이 가장 미워하는 경우도 적지 않다. 가장 많이 알고 이해할 것 같지만 남보다 더 까마득히 모르는 경우도 숱하다. 밖에서 받은 상처를 집에서 치유하기는커녕 더 큰 상처를 입는 경우도 있다. 가족이라는 단위가 공동체에서 이탈해 고립되면 그 폐쇄된 공간은 어느 곳보다 위험해진다.

5월이면 집 근처의 큰 공원이 분주해진다. 바리바리 도시락을 싸든 가족들이 손에 손을 잡고 몰려든다. 하지만 그들 모두의 얼굴이 5월의 햇살처럼 빛나는 건 아니다. 몰래 묻어둔 갈등과 쌓인 원한, 풀리지 않은 숙제들을 김밥 속에 꾹꾹 눌러 말고, 남들과 같은, 남들에게 보여주는 '가족'을 짓시늉하는지도 모른다.

어쩌면 일보다는 삶이 더 어렵다. 훨씬 많은 정성과 노력을 들여야 한다. 나를 꼭 닮은 이상한 사람들, 내 곁의 가족을 진정으로 이해하고 사랑하기 위해서는 진정한 내가 되어 그들을 다시 만나야 한다.

#89

아이들이야말로 지극히 문학적인 존재다.

아이들은 자기 느낌 그대로를 말하지, 다른 사람들이 느끼는 방식을 따라 하지 않기 때문이다.

(……) "울고 싶어요" 하지 않았다. 그건 바보들이나 하는 말이다.

대신 아이는 "눈물이 되고 싶어요"라고 말했다.

페르난도 페소아, 『불안의 서』

아들아이가 걸음마가 서툴러 등에 업혀 다닐 무렵, 가을날 은행나무 잎이 바람에 후두두 떨어지는 것을 보고 고사리손을 뻗으며 소리쳤다.

"비, 노란 비다!"

그때의 신비롭고 뭉클했던 감동은 엄마의 기억 속에만 남아 있지만, 모든 아이들은 내 아이가 그러했듯 타고난 시인이다. 물고 빨고 쥐어뜯고 흩어놓아서라도 세상을 낱낱이 알고픈 공붓벌레다. 지금은 까마득히 잊어버리고 말았지만, 한때 우리는 그렇게 시인이자 공붓벌레였다.

언젠가 그 아이들과 삼십여 년을 함께 생활한 초등학교 교사 출신 김용택 시인의 강연을 들었는데 시인이 읽어주는 아이들의 시가 무척 재미있었다. 아버지의 회사 일이 어렵다는 사실을 "줄넘기 두 개가 꼬이면/ 풀기 어려운 거"에 빗대어 이해하는 아이, "이제/ 눈이 안 온다/ 여름이니까"라는 간명한 통찰로 계절의 변화를 전하는 아이, 거미줄에 동글동글 이슬이 맺혀 바람에 흔들리는 모양을 보고 "가만히/ 들어보면/ 음악이 들릴까?" 궁금해하는 아이……

아이들이 시를 쓰고자 애쓰지 않아도 절로 시를 쓰는 건 그들이 솔직하기 때문이다. 그것이 멋있는지, 대단한지, 시가 될 수 있는지 없는지를 따지지 않고 자신의 느낌을 있는 그대로 말하기 때문이다. 그리고 페르난도 페소아의 말대로 다른 사람들이 느끼고 표현하는 방식을 흉내 내지 않기 때문이다.

남들의 눈치를 보며 따라 하는 순간 시의 재능은 사라지고 진부하고 얄팍한 재주만 남는다. 남들처럼 느끼고 남들처럼 표현해야 한다는 강박이 천부적인 시인을 바보로 만든다. 자기의 느낌을 숨기다 보니 서서히 잊어버린다. 느낌 자체가 사라진다.

글쓰기가 너무 어렵다고 하소연하는 사람들은 글재주가 없다기보다 재주가 없다는 사실을 남들에게 들킬까 봐 두려워하는 이들이 대부분이다. 한마디로 '쪽팔릴까 봐' 한 줄의 글도 제대로 써내지 못한다. 삶에 대한 솔직함이 무엇인지, 그것이 어떻게 감동이 될 수 있는지의 한 예로 장애인 시화전에서 읽은 포항장애인복지관 소속 나희진 씨의 시 「엄마」 전문을 소개한다.

엄마,

혹시 내가 먼저 죽어도
나 때문에 울지 말고 잘 먹고 잘 살아.

엄마는 나한테 충분히 할 만큼 했어.

자신의 느낌과 자신의 생각에 집중할 때 우리 마음속에 웅크린 아이의 목소리를 들을 수 있다. 두려움과 부끄러움, 멋있게 보이고 싶거나 초라해 보이고 싶지 않은 욕심을 버리고 다만 그 속삭임에 귀 기울일 때, 우리는 엄마 등에 업혀 어섯눈을 뜨던 그때처럼 세상 전부를 새롭게 볼 수 있을지도 모른다.

#90

우리는 모두 시궁창 속에서 살아가지만,
그중 몇몇은 별을 바라보고 있다.

오스카 와일드

'현시창'이라는 신조어가 나온 것이 벌써 여러 해 전의 일이다. 이른바 '현실은 시궁창'의 줄임말이랬다. '현시창' 앞에는 '꿈높'이라는 말이 생략되어 있었다. '꿈은 높은데'의 줄임말이다. 꿈은 높은데, 현실은 시궁창. 그나마 그때는 꿈은 높다고 했다. 꿈이라도 있다고 했다.

꿈이라는 말을 발음하는 것이 약간은 쑥스럽고 낯간지러웠지만 몇 해 전까지는 나도 이따금 꿈에 대해 이야기하곤 했다. 꿈을 환상과 혼동하는 것도 곤란하지만 지나치게 현실적으로 꿈을 직업에 국한시키는 것도 경계해야 한다고. 의사든 변호사든 교사든 사업가든 특정한 직업을 갖는 것이 꿈이 될 수는 없다는 뜻이었다. 일례로 의사가 되어 어떤 의술을 펼칠 것인가만 놓고 보아도, 누군가는 돈이 되지 않는 치료라면 철저히 기피하는가 하면 누군가는 험지와 오지로 스스로 찾아들기도 한다. 양쪽이 똑같이 의사라는 직업을 가졌지만 의술을 통해 구현하는 가치는 전혀 다르다. 그래서 꿈은 직업이 아니라 가치라고 주장하곤 했다. 꿈이 우리에게 묻는다. 무엇을 하며, 무엇을 하든, 어떻게 살고 싶은가?

그런데 다시 몇 해가 지나 이제는 꿈이라는 말 자체를 입 밖으로 내기가 어렵다. 차마 발설하기조차 두렵다. 말은 시대와 함께 나고 살고 죽는다는 사실을 상기하면 '헬조선'이라는 무시무시한 신조어에서 보이는 것처럼 현실은 시궁창을 넘어 지옥으로 치닫고 있는 모양이다. 정치적·경제적·사회문화적으로 우울한 뉴스들이 쏟아지고, 날로 숨 가빠지는 무한 경쟁의 압박 속에서 남녀노소를 막론하고 평화롭고 행복한 사람은 아무래도 찾아보기 어렵다. 그러니 언감생심 꿈이며 가치며 떠벌릴 수 있겠는가?

하지만 그 와중에도, 아이러니하게도 현실이 혹렬하고 척박해질수록, 꿈의 의미는 중요해진다. 모두가 시궁창 속에 빠져 있다면, 아니 그보다 더한 불지옥 속에 있다면, 그래도 빠져나갈 방도가 없다면, 그 속에서 악취를 지우고 열기를 이길 무언가를 찾아야만 하기 때문이다.

누군가는 경쟁의 의자놀이에서 기필코 승리해 몇 남지 않은 안정된 자리를 차지하기에 골몰할 것이다. 누군가는 '탈脫조선'을 위해 이민과 해외 취업 정보를 열심히 모을 수도 있다. 죽음으로 이생을 영원히 탈출하는 것이 아니라면 어쨌거나 시궁창 속에서도 삶은 권리이자 의무이자 살아나가는 목적 그 자체이기 때문이다.

한동안 꿈을 믿지 않았던 나는 꿈을 말하는 사람들을 남몰래 비웃었다. 코앞의 허방도 헤아릴 수 없는 깜깜절벽에 그 얼마나 헛된 더듬이질이란 말인가! 하지만 다시, 극단과 극단이 서로 만나듯 절망이 일상화된 시절에 꿈을 말하는 사람들을 그리워한다. 꿈을 가진 사람들은 구정물에 발을 빠뜨린 채로도 머리 위의 별을 바라보길 포기하지 않으리니, 그것은 시궁창에서 뒹굴지라도 스스로 더러운 오물은 될 수 없다는 자존의 선언이다. 진흙에서 피는 연꽃처럼 그 어디에도 물들지 않는, 물들 수 없는, 꿈꾸는 이를 꿈꾸는 날이다.

#91

어느 저녁, 체로키족의 한 노인이 그의 손자를 불러 노인의 내면
에서 벌어졌던 전쟁에 대해서 말했다.

"아가야, 이 전쟁은 늑대 두 마리의 싸움이란다. 하나는 악이라는
이름의 늑대인데, 이 늑대는 화, 질투, 비탄, 후회, 탐욕, 거만, 자기
연민, 죄의식, 분노, 열등감, 거짓말, 허풍, 우월감, 자만심을 가지
고 있단다. 그리고 또 다른 한 마리는 선이라는 이름의 늑대인데,
즐거움, 평화, 사랑, 희망, 평온, 겸손, 친절, 자비, 동정, 관용, 진실,
연민 그리고 신념을 가지고 있단다."

손자는 한동안 곰곰이 생각하더니, 할아버지께 물었다.

"어떤 늑대가 이겼나요?"

그 늙은 체로키는 간단히 답했다.

"내가 먹이를 준 늑대가 이겼지."

포리스트 카터, 『내 영혼이 따뜻했던 날들』

수학능력평가 모의고사 문제로까지 나온 이 유명한 이야기는 인간의 마음이 무엇으로 어떻게 움직이는가에 대한 심오하고도 간단명료한 해답이다. 아무리 흑백논리가 판치는 세상이라도 완벽하게 선한 사람이나 악한 사람은 없다. 모두가 가슴속에 두 마리의 늑대를 키우고 있다. 누군가의 늑대는 날카로운 발톱을 세워 목구멍을 뚫고 튀어나오고, 누군가의 늑대는 길들여진 개처럼 다정하고 양순한 벗이 된다. 애초에 그들은 닮은꼴의 쌍둥이였다. 그들에게 먹이를 주어 몸집을 키운 건 그들의 주인, 다름 아닌 우리 자신이다.

1830년 미국 정부가 일방적으로 만든 '인디언 거주법'에 의해 애팔래치아산맥 남부에서 서부의 오클라호마까지 강제 이주한 체로키족의 이야기는 작가 포리스트 카터의 자전소설 『내 영혼이 따뜻했던 날들』을 통해 전해진다. 체로키족은 자연과의 조화를 무엇보다 중시하는 지혜롭고 소박한 부족인 동시에 자존심이 강한 일족이었다. 1만 2천 명이 무려 1년에 걸쳐 이동하는 가운데 3분의 1이 넘는 5천 명이 그 '눈물의 길' 위에서 희생당하는 지경에도 체로키족은 끝내 백인들이 권하는 마차를 타지 않았다. 남은 영혼을 마차에 빼앗겨서는 안 된다고 생각했기 때문이다. 백인들이 사흘에 한 번씩만 희생자를 매장할 것을 허락하자 시신조차 싣지 않고 껴안은 채 걸어갔다. 그들에게는 영혼을 지키는 일이 목숨보다 더 귀했던 것이다.

체로키족이 믿기를 사람에게는 마음이 두 개 있다고 한다. 하나는 몸의 마음이고 다른 하나는 영혼의 마음이다. 몸의 마음이 삶의 본능대로 물질적 일상을 꾸려가는 데 쓰이는 마음이라면 영혼의 마음은 그를 넘어선 무엇이다. 몸의 마음이 욕심을 부리며 악이라는 이름의 늑대를 키울수록 선한 영혼의 마음은 쪼그라들어 밤톨보다 작아진다. 하지만 영혼의 마음은 몸이 죽은 뒤에도 영원히 살아 있을지니, 분노와 탐욕과 거짓말이 당장에 더 큰 위력을 발휘하는 것 같아도 시간이 흘러 남는 것은 평화와 사랑과 희망이라는 사실과 일맥상통한다.

군침을 흘리며 사납게 으르렁대는 건 악의 늑대 쪽이다. 그놈은 언제나 굶주린 채 발광한다. 놈이 원하는 대로 생피가 뚝뚝 떨어지는 날고기를 먹일 것인가? 그 날고기야말로 내가 도려낸 내 살점에 다름 아니다. 배가 고파도 보챌 줄 모르는 선의 늑대 또한 눈에 잘 띄지는 않지만 마음 한구석에 웅크리고 있다. 그놈은 거친 먹이를 던져준대도 불평하지 않고 무럭무럭 자라날 터이다. 황야와 같은 마음속에서 오늘도 전쟁은 계속된다.

#92

남의 작은 허물을 꾸짖지 말고
남의 은밀한 비밀을 발설하지 말며
남의 지난 잘못을 마음에 두지 말라.
이 세 가지면 덕을 기르고 해를 멀리할 수 있다.

남의 잘못을 지적할 때는 너무 엄격하게 하지 말라.
그가 감당할 수 있는지를 생각해야 한다.
남에게 선을 가르칠 때는 너무 높게 말하지 말라.
그가 따를 수 있을 만큼 해야 한다.

홍자성, 『채근담』

남의 허물을 집어낼 때도 격식이 있다. 너무 엄격한 잣대를 들이대어 자잘한 것까지 들추지 말 것이며, 굳이 숨기고 싶은 비밀이나 지난 일까지 캐낼 필요는 없다는 것이다. 상대가 감당하며 따를 수 없을 만큼 폭로하고 까발릴 때, 그것은 고스란히 '지적질'이 되어버린다. 애초에 '-질'은 단어의 뜻을 더하는 접미사에 불과하지만 특정한 단어 뒤에서 그 어감이 사뭇 비하와 부정의 편으로 기울어진다. 지적과 지적질 사이에는 작은 듯 큰 간극이 있다. 아무리 옳은 말이라도 하는 방식과 태도에 따라 당하는 이의 반발을 사게 되며 원한만 키울 수 있다.

개인과 개인의 관계에서 애정이 없는 비판은 비난에 다름 아니다. 그래서 『채근담』에서는 지적의 태도가 잘못되었을 때 도리어 지적당하는 사람보다 지적하는 사람의 됨됨이가 드러남을 덧붙여 밝힌다. 이를테면 남의 소소한 잘못까지 지적하는 사람은 마음이 좀스러운 사람이라고 한다. 좁쌀눈으로 바라보기에 쪼잔한 것들만 보이는 게다.

또한 너무도 당연한 말이지만, 남의 감추고 싶은 속사정을 함부로 떠벌리는 사람을 신뢰해서는 안 된다고 한다. 인생에는 공짜와 정답 그리고 영원한 비밀이 없지만, 어른에게는 비밀이 있다. 아이가 아닌 이상, 있어야 마땅하다. 이때의 비밀은 범죄성의 꿍꿍이나 흑막이라기보다 들키고 싶지 않은 혼자만의 은신처 같은 것이다. 벌을 받을 게 두려워서라기보다 자기가 한 일의 문제점을 알고 있기에 부끄러워 숨기고자 하는 것이다. 그런 비밀은 행여 알게 되더라도 모른 척 눈감아줄 필요가 있다.

그런데도 굳이 당장의 잘못만이 아니라 남의 지나간 소소한 허물까지 마음에 쌓아두는 사람은 속이 좁은 사람이라 할 만하다. 단순히 속이 좁은 것을 넘어 잔인한 사람이라는 생각도 든다. 과거의 내가 시간을 거슬러 끌려나와 야단을 맞을 때 지금의 나는 반성보다 수치심과 모욕감을 느낄 수밖에 없다.

한국 사회는 타인의 삶과 타인의 취향에 그리 너그럽지 않다. 강제적인 교훈의 감옥에서 영혼 없는 당위, 남의 것만 같은 선善과 정의를 수업받는다. 그래서야 배우고 가르치는 즐거움을 느낄 리 없다. 감당할 만큼의 잘못을 지적하고 따를 수 있을 만큼의 선을 가르치는 일은 옳음을 넘어 아름답다. 그것은 남의 허물을 보기 이전에 자신의 허물을 헤아리는 내면의 눈을 가진 이에게 해당되는 덕목이기 때문이다. 그것을 따져보지 않고 핏대를 세우며 자기를 주장할 때 우리는 그를 '꼰대'라고 부른다. 그는 자기가 가르치고자 하는 것에서 가장 먼 자리에 있다.

이 모두가 너무 어렵다면, 차라리 입을 다물어야 한다. 때로 침묵이야말로 최고의 애정이자 최선의 예의일지니.

#93

학생들이나 학문을 접한 사람들은 어느 시대의 누구나 할 것 없이 통찰력 대신 정보력을 갈구한다. 그들은 모든 것에 대한 정보 소유를 영예롭게 생각하게 만든다. 하지만 정보란 통찰력을 얻기 위한 단순한 수단이며 그 자체로는 거의 가치를 지니지 못한다는 사실을 깨닫지 못하고 있다. 이런 좋은 정보력을 갖춘 사람들이 얼마나 많이 알고 있는지를 확인할 때면, 나는 종종 혼자 중얼거리곤 한다.
"이런, 저렇게 읽는 것에 시간을 많이 들여왔으니, 생각하는 데 써야 할 시간은 얼마나 남을까?"

쇼펜하우어

독일의 철학자 아르투어 쇼펜하우어는 1788년에 태어나 1860년에 죽었다. 1788년이라면 영국인들이 호주에 이주하기 시작하고, 미국의 초대 대통령을 뽑기 위한 선거가 시작된 해다. 1860년은 베이징 조약의 체결로 2차 아편전쟁이 종식되고, 에이브러햄 링컨이 미국의 16대 대통령으로 당선되고, 조선에서는 최제우가 동학을 창시한 해다.

그때도 그랬다. 지금과 하등 다를 바 없이 사람들은 경박하고 탐욕스러웠으며 무엇보다 어리석었다. 자기가 남들보다 얼마나 많이 아는가를 내세우기에 급급해 도대체 그것을 어디에 써먹어야 하는지를 잊곤 했다. 백 년 후쯤이면 기계가 눈 깜짝할 사이에 처리해 버릴 자료를 달달 외우고, 그것을 얼마나 완벽하게 기억하는가를 시험하느라 일생을 몽땅 써버리기도 했다. 먼저 아는 것이, 조금 더 아는 것이 지성의 척도이기도 했다. 오직 지혜를 사랑했던, 사랑하며 갈구했던 철학자의 눈에만 그 어리석음이 보였다.

세상은 변하지 않았다. 그때 태어났다 죽은 사람들이 모두 지난 역사가 되어버린 후에도 정보와 지성을 혼동하고 산다. 많이 안다는 것과 지혜로움을 구분하지 못한다. 이른바 정보량은 시간이 흐를수록 점점 늘어나는데, 그것을 처리하기 위해 만든 편리한 도구인 컴퓨터의 발달에도 불구하고 인간은 여전히 누가 얼마나 더 많이 머릿속에 꾸역꾸역 정보를 밀어 넣었는가를 시험하기에 바쁘다.

대학에 들어간 아이가 치른 중간고사 문제를 보고 기함을 했다. 선택 교양이라는 과목의 시험이라는 것이 달달 외운 내용을 시험지 위에 빼곡하게 써내놓는 것에 다름 아니었다. 아들아이는 나름대로 이해를 하고 자기의 의견을 적었더니 터무니없는 점수를 받았단다. 그래서 기말고사에는 교수의 말 한마디, 토씨 하나 다르지 않게 쓰겠노라고 결심하며 강의를 녹음하고 수업 후 녹취하는 데 기력을 쏟았다. EBS 다큐프라임에서 방영했던 '서울대 A+의 조건'과 똑같은 상황이다. 요약 정리를 잘하고 키워드를 잘 잡아내는 것만으로는 부족하다. 수업 중에 교수가 던진 시시풍덩한 농담까지도 모조리 빠짐없이 적어야 A+를 받는단다. 알파고가 바둑과 체스에서 인간을 격파하는 세상에, 이게 무슨 어리석은 헛짓이란 말인가!

어쩌면 대학 교육 수준은 20여 년 전 내가 받았던 것보다도 못한 수준이 되어버린 듯하다. 그런데도 상대평가의 잣대를 들이대며 경쟁으로 내몰아대니, 누가 생각을 하겠는가? 생각할 생각이라도 하겠는가? 등록금만큼이나 시간이 아깝다. 생각할 시간조차 앗아버린 그 헛된 시간들이.

#94

우리의 기쁨은 다른 이들에게 힘이 되는가.

우리의 기쁨이 타인의 원망과 슬픔을 한층 배가시키거나 모욕을
안겨주고 있지는 않는가.

우리는 정말 기뻐해야 할 것을 기뻐하고 있는가.

타인의 불행과 재앙을 기뻐하고 있지는 않은가.

복수심과 경멸, 차별의 마음을 만족시키는 기쁨은 아닌가.

니체, 『권력에의 의지』

연이은 막말로 구설수에 올라 방송 퇴출 압박까지 받는 개그맨이 있다. 한때 사람들은 그의 말 한마디, 몸짓 하나에 웃음을 터뜨렸다. 그런데 언젠가부터 그의 재치 있는 말과 우스꽝스러운 표정이 불편해지기 시작했다. 유쾌하게 폭소를 터뜨리기는커녕 그냥 웃어넘길 수가 없게 되어버렸다. 그가 '웃음거리'로 삼은 대상 때문이다.

웃음은 섬세하고 미묘한 작용이다. 사람을 울리는 일은 어느 정도 쉽지만 웃기는 일은 좀처럼 쉽지 않다. 간지러워 웃는 게 아닌 바에야 웃음은 억지로 지어내기 어려운 것이며 자칫하면 쓴웃음을 짓게 하거나 비웃음을 사게 된다. 그래서 웃음은 어려운 만큼 귀한 것이기도 하다. 웃음이 마음을 치료하는 한 방식으로 등장할 정도로 중요해진 것은 생존의 고통과 경쟁의 스트레스에 짓눌려 웃지 못하는 병에 걸린 사람들이 그렇게나 많기 때문이다.

웃음은 기쁜 마음에서 빚어져 나온다. 어린아이처럼 천진한 즐거움으로부터 자연스럽게 터져 나온다. 연구자들은 웃음의 구조를 '전제-긴장-반전-안심'이라는 도식으로 설명하기도 한다. 핵심은 긴장과 반전 사이, 그리고 안심에 있다. 긴장은 두려움과 초조함을 동반하지만 반전에 의해 통렬히 부서진다. 이때 주로 폭소가 터진다. 폭소는 감쪽같이 긴장에 속았던 자신이 자기도 모르게 터뜨리는 것이다. 하지만 그것도 마지막까지 미심쩍은 한 가지가 해결되어야 진정한 웃음이 된다. 반전 뒤에 안전이 확인된다는 전제가 있을 때 비로소 허리끈을 풀고 안심하며 웃는다.

　모든 이들이 흔쾌히 받아들일 수 있는 기쁨이 아니라면 그로부터 빚어지는 웃음 또한 진정한 웃음이라기 어렵다. 사회심리학에서는 불유쾌하거나 자기들과 다른 특성을 가진 존재를 공격함으로써 심리적 만족을 얻으려는 유머를 '공격적 유머'라고 부른다. 공격적 유머는 우리와 '그들'을 분리해 조롱거리로 삼으면서 우리를 응집시키고 그들을 고립시킨다. 그들이 노인이거나 어린이이거나 여성이거나 외국인이거나 한부모가정이거나 성소수자 같은 사회적 약자일 때, 그 공격은 니체의 말처럼 그들의 불행과 재앙을 강조해 원망과 슬픔과 모욕을 주는 절반의 기쁨, 차별일 수밖에 없다.

　다시, 니체는 말한다. 자신과 친구에 대해서는 성실하라 한다. 적에 대해서는 용기를 가지라 한다. 패자에 대해서는 관용을 베풀라고 한다. 그리고 가장 중요한 말을 덧붙인다. 그 밖의 모든 경우에 대해서는 언제나 예의를 지키라고. 그것이 곧 인간에 대한 예의다.

#95

가난이 죄가 아니라는 말은 진실입니다. (……) 그러나 빌어먹어야 할 정도의 가난은, 그런 극빈은 죄악입니다. 그저 가난하다면 타고난 고결한 성품을 그래도 지킬 수 있습니다. 그러나 극빈 상태에 이르면 어느 누구도 결단코 그럴 수 없지요. 극빈자는 몽둥이로 쫓아내지도 않습니다. 아예 빗자루로 인간이라는 무리에서 쓸어 내 버리지요. 그렇게 함으로써 더 모욕을 느끼라고 말입니다. (……) 극빈 상태에 이르면 자기가 먼저 자신을 모욕하려 드니까요.

도스토예프스키, 『죄와 벌』

기나긴 수도권 전철을 타고 먼 길을 나섰을 때였다. 그 노선에는 유독 '잡상인'이라 불리는 이들과 구걸하는 '동냥아치'들이 많다. 이른바 부촌을 관통하는 운행 노선은 아니었다. 고만고만한 서민들의 동네와, 베드타운으로 개발되기 전에는 빈촌에 가까웠던 동네까지 두루 섞여 있다. 어쩌면 도스토예프스키가 『가난한 사람들』에서 말했던 '불행하고 가난한 사람들은 서로 전염되지 않도록 멀리 떨어져 있어야' 한다는 주장보다는 '동병상련'이라는 오래된 고사가 더 실제적인 힘을 발휘하는 것일까?

　시각장애인이 하모니카를 불며 지나간다. 주름살투성이의 사내가 잡동사니를 잔뜩 실은 손수레를 끌고 들어와 쉰 목소리로 열차 안을 휘젓는다. 뒤축이 잔뜩 닳은 그의 낡은 구두는 비 오는 날 대리석 바닥에서 미끄러지기 쉬울 테다. 가난한 삶은 그처럼 평지에서도 살얼음판 위를 걷듯 위태롭다. 그럼에도 대부분의 사람들은, 무감하다. 나 역시 무심하고 무력하게 그들의 동냥 그릇과 손수레를 지나쳤다. 각자도생의 살벌한 시대를 살아내다 보면 연민과 동정심마저 무뎌지기 마련이다. 외면하지 않으면 견딜 수 없으니까, 양심에 따르기 이전에 자기 마음 하나 지키기에 급급하니까.

　그래서 새로운 '잡상인'들이 수레를 끌고 들어와 호객하기 시작했을 때 나는 여전히 보던 책에서 눈길을 돌리지 않은 상태였다. 곁귀로 듣기에 그들은 부부인데 남편은 지적장애인이고 아내는 지병이 있고 집에는 어린아이까지 있다고 했다. 하지만 타인의 불행에 눈물을 흘리기보다 눈살을 찌푸리는 잔인한 세태에 익숙한 승객들은 눈썹 하나 깜짝하지 않았다. 그때, 놀라운 일이 벌어졌다. 자신을 한 집안의 남편이자 아버지라고 소개한 그가 더러운 전철 바닥에 털썩 무릎을 꿇고 손을 모아 빌기 시작한 것이다.

　"제발, 제발 한 번만 도와주세요! 저희 가족을 살려주세요!"

　어느 작가의 에세이에선가, 그 당시엔 '각설이'라 부르던 걸인이 밥때가 되어 대문을 두드리면 그의 할머니는 바가지에 먹던 밥을 퍼주는 대신 마루 끝에 조촐하지만 정갈한 밥상을 차려주셨다고 한다. 어린 그가 걸인의 행색이 신기해 힐끔대며 쳐다보자 따끔하게 꾸지람하며, 비록 얻어먹는 밥이나마 마음 편하게 먹도록 배려해주셨다는데…… 스스로를 모욕할 수밖에 없는, 자존을 버릴 수밖에 없는 극빈을 눈앞에서 보는 심정은 참담했다. 겨우 세 자루

에 천 원짜리 볼펜을 사주는 일밖에 할 수 없는 내가 부끄럽고 무
참했다. 무고한 이가 죄인을 자청할 때, 죄는 그를 방기한 우리 모
두의 것이다. 그 볼펜으로 무엇을 써야 할지 나는 좀처럼 알 수가
없다.

#96

어머니, 저는 사람을 죽였습니다. 수류탄이라는 무서운 폭발 무기를 던져 일순간에 죽이고 말았습니다. 어머니, 적은 다리가 떨어져 나가고 팔이 떨어져 나갔습니다. 아무리 적이지만 그들도 사람이라고 생각하니, 더욱이 같은 언어와 같은 피를 나눈 동족이라고 생각하니 가슴이 답답하고 무겁습니다. 어머니, 전쟁은 왜 해야 하나요? 이 복잡하고 괴로운 심정을 어머니께 알려드려야 제 마음이 가라앉을 것 같습니다. 저는 무서운 생각이 듭니다. 지금 제 옆에는 수많은 학우들이 죽음을 기다리는 듯 적이 덤벼들 것을 기다리며 뜨거운 햇볕 아래 엎드려 있습니다. 적병은 너무나 많습니다. 우린 겨우 71명입니다. 이제 어떻게 될 것인지를 생각하면 무섭습니다. 어제 저는 내복을 손수 빨아 입었습니다. 그런데 저는 내복을 갈아입으며 왜 수의를 생각했는지 모릅니다. 어머니, 어쩌면 제가 오늘 죽을지도 모릅니다. 저 많은 적들이 그냥 물러갈 것 같지는 않습니다. 어머니, 죽음이 무서운 게 아니라 어머 님도 형제들도 못 만난다고 생각하니 무서워지는 것입니다. 하지 만 저는 살아가겠습니다. 꼭 살아서 가겠습니다. 어머니, 이제 겨 우 마음이 안정되는군요. 어머니, 저는 꼭 살아서 어머님 곁으로 가겠습니다. 상추쌈이 먹고 싶습니다. 찬 옹달샘에서 이가 시리도 록 차가운 냉수를 들이켜고 싶습니다. 아! 놈들이 다가오고 있습 니다. 어머니 안녕! 안녕! 아, 안녕은 아닙니다. 다시 쓸 테니까요. 그럼……

1950년 8월 11일 포항여중전투에서 전사한
학도병 이우근의 수첩에서 발견된 부치지 못한 편지

군인 아저씨가 군인 오빠가 되더니 군인 친구 같다가 군인 동생 같다가 마침내 군인 아들이 되어버렸다. 그래서 한글박물관의 기획특별전 「한글 편지, 시대를 읽다」에 전시된 학도병 이우근의 편지를 도저히 심상하게 읽을 수 없었다. 절로 가슴이 메고 눈시울이 뜨거워졌다. 아들, 그 착한 아들이 죄 없이 죽었다. 까닭도 모른 채 서로 죽고 죽이는 전쟁터에서 마지막까지 어머니를 그리워하다가 스러져버렸다.

독일의 군사학자 클라우제비츠는 그 유명한 『전쟁론』에서 "전쟁은 타 수단에 의한 정치의 계속이다"라고 언명하며 전쟁의 삼위일체로 첫째, 맹목적인 자연적 힘으로 여겨지는 증오와 적개심과 같은 본래의 격렬성, 둘째, 전쟁을 자유로운 창조적 정신 활동으로 만드는 개연성과 우연성, 셋째, 정책적 도구로서의 전쟁을 전적으로 오성의 영역에 속하게 만드는 전쟁의 종속적 성격을 지목한다. 첫째는 주로 민중에, 둘째는 주로 지휘관과 군대에, 셋째는 주로 정부에 속하는 것……이라지만, 어떠한 이론과 주장보다도 김민기의 노래 「그날」의 가사가 더욱 통렬하다.

"싸움터엔 죄인이 한 사람도 없네. 오늘이 그날일까, 그날이 언제일까……?"

전쟁을 원한 사람, 전쟁을 일으킨 사람, 전쟁으로 이득을 볼 사
람들은 정작 전쟁터에 없다는 것이 전쟁의 가장 큰 모순이자 본질
이자 슬픔이다. 그곳에는 다만 어머니가 해준 밥을 상추쌈에 싸서
한입 가득 베어 물고픈, 반드시 살아서 다시 만나야 할 사랑하는
아들들이 있을 뿐.

[#]97

생활 속에서 우리가 잃어버린 삶은 어디에 있는가?
지식 속에서 우리가 잃어버린 지혜는 어디에 있는가?
정보 속에서 우리가 잃어버린 지식은 어디에 있는가?

T. S. 엘리엇, 「바위」

슬금슬금 불평이 들려오는가 싶더니, 이젠 아예 대놓고 원성을 퍼붓기 시작했다. 너만 바쁘냐, 어울리지도 않게 웬 독야청청이냐, 세상에 이름자 걸어놓고 산다고 잘난 체하는 거냐……! 이게 다 그놈의 '똑똑이폰' 때문이다. 내가 갖지 못한(않은) 신기종의 휴대폰으로 소통하는 친구들이 '밴드'인지 뭔지를 만들어놓고 나를 향해 대답(할 수) 없는 헛된 초대 문자를 띄우다 못해 터뜨리는 원망이 그러하다. 친구들에게는 미안하다. 하지만 나는 여전히 초등학생, 아니 유치원생들까지 자유자재로 사용한다는 그 물건을 장만할 요량이 없다.

과학기술의 발달은 결국 인간이 만들어낸 소우주를 각자의 손바닥 위에 올려놓기에 이르렀다. 이제는 하염없이 버스를 기다리거나 길을 몰라 헤맬 필요도 없고, 세계 어느 곳에 있는 누구라도 자유로이 연락할 수 있다. 그 생활의 편리는 활용하는 만큼 무한해지고, 검색 한 번에 누구나 지식을 소유할 수 있고, 방대한 정보를 간단히 취할 수 있으니 온 세상을 손아귀에 넣고 다니는 셈이다. 그러니 날로 빨라지고 날로 새로워지는 '똑똑한 폰의 시대'를 구형 폴더폰 하나로 살아가는 나는 되도 않는 반항아, 이단아, 외톨이,

찰구식의 낙오자나 다름없다.

그런데 나의 고집 아닌 고집에도 나름의 이유가 있다. 우선은 내가 밥벌이를 하는 데 똑똑이폰의 필요를 느끼지 못한다는 것이며, 다음은 똑똑이폰만큼 똑똑해져서 얻는 것보다 잃는 것이 많으리라는 나름의 손익계산 때문이다. 시인 T. S. 엘리엇은 이미 1934년에 이 셈평을 끝냈나 보다. 그때는 컴퓨터나 휴대폰 따위를 상상조차 못하던 시절이었지만, 사람들은 기어이 눈앞의 생활에 꺼둘리고 지식에 목을 매고 정보를 좇았나 보다.

오로지 생활이라는 빽빽한 나무에 홀려 전전긍긍하다 보면 삶이라는 거대한 숲을 보지 못한다. 사물의 내용을 알기에 골몰하다 보면 지식이야 얻을 수 있겠지만 정작 그 사물의 이치를 깨닫는 지혜를 놓칠 수 있다. 그런데 그 지식조차도 정보라는 세부적인 자료에 매몰되면 진정한 앎의 경지로 나아가기 어렵다. '검색'만 하고 '사색'을 하지 않으면 그것이 진짜 내가 아는 것일까? 그저 주어진 정보를 읽고 얄팍한 지식을 흉내 내어 생활의 방편으로 삼는 것이 아닌가?

어쩌면 공허한 넋두리일지 모른다. 대세를 부정하는 무의미한 저항일지 모른다. 이미 똑똑이폰과 그만큼 압도적인 변화에 사람들은 '중독'되어간다. 하지만 잃어버리고 놓쳐버렸다고 느낄수록 삶과 지혜와 지식의 가치는 빛난다. 사이버공간에서 부유하는 말들은 외로움의 수신호에 다름 아니다. 그것을 달랠 수 있는 유일한 방법은 만남이다. 부대낌이다. 다시 삶의 광장으로 나와 지식을 얻고 지혜를 배우는 것뿐이다. 버스가 언제 오는지 몰라도 버스는 온다. 길을 몰라 헤매다 보면 길가의 맨드라미와 간판이 예쁜 국숫집을 찾을 수 있다. 문자로 수많은 잡담을 주고받는 일보다 친구들과 만나 나누는 따뜻한 술 한잔이 향기롭다. 나는 그 모든 즐거움을 놓치면서까지 똑똑해지고 싶지 않다.

#98

너희들 도시의 길은 너무 밝다! 너희는 별이 겁나느냐?
너희 음악 소리는 너무 크다! 너희는 바람의 속삭임이 두려우냐?
혹시, 너희는 너희 자신을 두려워하는 것은 아니냐?

크소코노쉬틀레틀

정복자들의 착각에 의해 얼토당토않게 '인디언Indian'이라고 불리게
된 '네이티브 아메리칸(Native American, 북미 원주민)'들에게 예부터 전
해 오는 이야기를 듣노라면 코끝에 새벽바람 냄새가 느껴진다. 싸
하고, 찡하다. 촉촉하면서도 웅숭깊어서, 호들갑스럽게 감탄하기보
다는 가만히 고개를 주억거리게 된다.

　예를 들면 시쳇말로 '인디언 달력'이라 불리는 각 부족이 달月을
지칭하는 고유의 이름이 그러하다. 온 세상이 추위와 눈으로 뒤덮
인 1월은 '마음 깊은 곳에 머무는 달', 천지간이 생령으로 가득 차
는 5월은 역설적으로 '오래전에 죽은 자를 생각하는 달', 태양이 들
끓어 세상이 불타는 8월은 '다른 모든 것을 잊게 하는 달', 다시 겨
울이 다가와 나무들이 헐벗고 숨탄것들이 움츠러드는 11월은 그러
나 '모두 다 사라진 것은 아닌 달'로 불린다. 그 이름으로 붙은 말과
그 이름을 부른 마음이 올올이 아름답다.

　그들이 지혜로웠던 것은 자연과 하나였기 때문이다. 말을 타고
드넓은 초원을 달리며 신비와 자유, 야생의 존재로서의 자신을 느
끼며 살았기 때문이다. 인간이 적극적으로 참여함으로써 이 세상
을 바꾸어나갈 수 있다는 인간 중심적 종교관을 가졌던 그들에게

는 전지전능한 신이 존재하지 않았다. 다만 자연의 모든 것이 저마다의 신성을 가지고 그들과 함께했다. 대지를 어머니로 여기고 태양을 아버지로 삼았기에, 구름과 새와 강물과 물고기와 산과 바위는 모두 같은 부모에게서 비롯된 형제였다. 그래서 그들에게는 두려움이 없었다. 오직 용기와 기쁨이 삶을 벅차게 했다.

현대의 밤에는 더 이상 어둠이 없다. 거리거리마다 인공의 빛이 보무당당하게 번쩍거리고 있다. 그 불빛에 가려 별빛은 보이지 않는다. 하지만 우리가 정말 어둠을 물리친 것일까? 문명은 어둠과 함께 침묵을 몰아냈다. 소음을 쏟아내는 기계들이 발명되어 끊임없이 음악을 재생한다. 그런데 그 잡다한 소리들을 흡수하는 우리의 귀는 예전보다 더 많은 것을 듣고 있는가?

멕시코 아즈텍족의 후예로서 태양을 향해 기도하는 전통 춤을 계승하고 있는 크소코노쉬틀레틀은 어둠과 침묵을 몰아내고 우쭐해하는 우리에게 묻는다. 혹시 내리비치는 별빛이, 바람의 속삭임이 겁나는 게 아니냐고. 어쩌면 어둠과 침묵 속에서 더욱 명백해질 우리 자신의 비밀을 두려워하는 게 아니냐고. '시큼하고 매운 열매 선인장'이라는 뜻의 이름을 지닌 크소코노쉬틀레틀의 질문은 언젠가 '인디언'에게 그러했듯 자연을 '정복'했다고 믿는 현대인들의 급소를 시고 맵게 톡 쏜다.

별에게 길을 묻던 때에 어둠은 상상과 이야기의 너른 배경이었다. 바람의 속삭임에 귀를 기울이던 때에 침묵은 성찰과 예지의 보물 창고였다. 밝고 시끄러운 현대의 도시에 꿈과 지혜가 사라진 것은 당연한 일이다. 우리 모두는 스스로의 마음속에 웅크린 괴물과 마주 보기에 너무나 두려운 겁쟁이들이니까.

#99

부끄러워 할 줄 아는 것은 괴로운 일이지만
이치로써 맑고 깨끗한 것을 취하여
욕을 피하고 망령되지 않으면
그것을 조촐한 생이라 하느니라.

『법구경』

'생명을 지니고 있다'는 뜻인 '산다'라는 표현에도 여러 가지가 있다. '살아가다'라고 말하면 제 몫의 짐을 걸머지고 모래바람 날리는 끝없는 평원을 뚜벅뚜벅 걷는 장면이 그려진다. 그런가 하면 '살아내다'라는 말은 까마득히 높은 계단을 무릎 짚어가며 하나하나 힘겹게 오르는 듯한 느낌이 든다. '살아지다'라는 말에선 아예 내 삶의 고삐를 다른 누군가가 쥐고 있어 기신기신 끌려가는 그림마저 그려진다. 다 같이 살아도 삶을 자신이 주도하는가 아닌가에 따라 그 본질이 전혀 달라지는 것이다.

자기 삶의 주인이 아니라 노예이고 싶은 사람은 아무도 없다. 그럼에도 많은 사람들이 진정한 자기 삶의 소유권을 갖지 못한 채 노예처럼 살아낸다. 그에 더해 저도 모르는 사이에 홀린 듯이 살아진다. 아직 죽지 않았고, 여전히 숨이 붙어 있기에 그 모두를 '산다'고 칭할 수는 있을 것이다. 하지만 삶에 대한 가장 중요하고 결정적인 물음을 놓치지 않을 때, 비로소 살아간다고 말할 조건이 갖춰진다.

"어떻게 살고 싶은가?"

남들처럼 살아내는 게 아니다. 별생각 없이 살아지는 것도 아니다. 스스로에게 묻고 이에 대해 대답을 하거나 대답을 하려고 노력해야만 비로소 살아갈 수 있다.

삶의 봄과 여름날에, 나는 '치열하게' 살고 싶었다. 세상과 정면으로 맞부딪혀 뜨겁게 싸워보고 싶었고 사람들과 어울려 격렬하게 부대끼고 싶었다. 그 와중에 상처를 입었고 상처만큼 큰 깨달음을 얻었다. 그때 몸을 사리고 내 껍질 속에 침잠했다면 나는 다치지 않았을지언정 아무것도 배우지 못했을 것이다. 그런데 이제 삶의 가을에 접어들어 겨울을 바라보노라니, 어느덧 치열한 삶보다는 '조촐한' 삶을 꿈꾸게 된다. 화려하게 만개한 꽃보다는 사철 푸른 나무에 더 눈이 가고, 뛰어난 언변보다는 행동이 엽렵한 사람에게 마음이 가고, 제대로 싸우기 위해 가끔은 질 줄도 아는 지혜를 배우고 싶어진다.

조촐하다는 것은 초라하거나 비겁한 삶과 같은 뜻이 아니다. 『법구경』 제18장 진구품은 진정으로 '조촐한 생'이 어떤가를 풀어낸다. 기실 진구품은 죽음의 공포와 무지에 대한 노래로, 맑고 흐림을 분별하여 깨끗한 것을 배우고 더러움을 행하지 말라는 가르침이다. 그런데 진구품은 특이하게도 세상에서 가장 추한 것이 '무지

無知'라고 일컫는다.

여기서 '부끄러워 할 줄 아는 것'은 염치를 풀이한 부분이다. 염치를 알아야만 욕됨과 망령됨을 피하고 맑고 깨끗한 것을 취할 수 있다. 그런데 부끄러워 한다는 것은 괴로운 일이다. 염치를 모르는 뻔뻔스러운 사람은 염치를 아는 사람을 치욕스럽게 한다. 그럼에도 몰라서 당당하기보다는 알아서 평온하기를 택한다. '아는 것이 힘'이라는 말은 지식만이 아니라 지혜에도 융통된다. 세상의 기준이나 남의 눈이 아니라 내 마음의 잣대에 따라 살아가는 것이 '조촐한 생'이니, 날로 각박해지는 환란의 시대에 스스로를 지킬 방도는 그뿐이 아닐까 싶다.

#100

홀로 있을 때는 낡은 거문고를 어루만지고 오래된 책을 펼쳐보며 한가롭게 드러누우면 그뿐이다. 잡생각이 떠오르면 집 밖을 나가 산길을 걸으면 그뿐이고 손님이 찾아오면 술을 내와 시를 읊으면 그뿐이다. 흥이 오르면 휘파람을 불며 노래를 부르면 그뿐이다. 배가 고프면 내 밥을 먹으면 그뿐이고 목이 마르면 내 우물의 물을 먹으면 그뿐이다. 춥거나 더우면 내 옷을 입으면 그뿐이고 해가 저물면 내 집에서 쉬면 그뿐이다. 비 내리는 아침, 눈 오는 한낮, 저물녘의 노을, 새벽의 달빛은 이 그윽한 집의 신비로운 운치이므로 다른 사람들에게 말해 주기 어렵다. 말해준다 한들 사람들은 또한 이해하지 못할 것이다. 날마다 스스로 즐기다가 자손에게 물려주는 것, 그것이 내 평생의 소망이다. 이와 같이 살다가 마치면 그뿐이리라.

장혼, 「평생지平生志」

몇 해 전 역사 에세이 한 권과 그 책을 쓴 저자를 길잡이 삼아 '북book 트레킹'에 나선 적이 있다. 그동안 역사서와 상상 속에만 있던 '한양'을 내 발로 밟아보는 즐거운 경험이었다. 조선의 뒷골목 중에서도 서촌, 몇 해 사이 카페와 음식점이 가득 들어차 '핫 플레이스'가 된 동네가 우리의 주요 답사지였다.

그곳에는 역사가 빼곡했다. 눈 밝은 길잡이는 덤불에 가려진 안평대군의 옛집 비해당, 흔한 다세대 주택에 불과한 시인 윤동주의 하숙집, 재개발로 흉흉한 친일파 윤덕영의 벽수산장을 용케 찾아 소개했다. 역사는 정녕 알아보는 이에게만 보인다. 해방 후 미 군복을 입고 조선에 돌아온 유일한 여성이자 파란만장한 인생사의 주인공인 앨리스 현의 원적지는 몰랐다면 그냥 스쳐버리고 말았을 동네 치킨집이 되어 있었다.

그중에서도 특히 흥미로웠던 것은 중인 문화의 절정인 옥계시사의 배경인 송석원, 그리고 조선 시대 서촌의 주인들이 형성한 문화였다. 양반 문화에 대응해 자신감에 넘친 중인들은 인왕산 기슭에서 남산을 정면으로 내다보는 넓은 시야를 확보하고 시문학 동인인 '송석원시사'를 결성했다. 해마다 봄가을이면 백일장을 열었는데 날이 저물어 시가 다 들어오면 소의 허리에 찰 정도였고, 스님이 그 시축들을 지고 당대 제일의 문장가를 찾아가 품평받았다니…… 그 풍류가 넘치는 정경이 골짜기 가득 벅차게 상상된다.

그들은 신분 때문에 벼슬길이 막혔다. 돈과 재주가 있었으나 세상에 쓰일 길이 없었다. 그중 한 명이었던 장혼이 쓴 「평생지」에는 여유로움과 동시에 헛헛함이 배어 있다. 불덩이를 삼킨 듯한 울화도 있었을 것이다. 하지만 그들은 세상에서 모욕당하느니 차라리 은일하여 자신만의 삶을 살길 바랐다. 욕망은 점차로 소박해져서 양반들이 목청 높여 말하는 맑고 깨끗한 청빈의 삶마저도 넘어섰다.

언젠가 명리학을 공부하는 어느 선생에게서 가장 사주팔자가 좋은 사람은 바로 동네 쌀집 아저씨라는 이야기를 들었다. 쌀집 주인인데다 통장을 겸해 가게를 사랑방으로 삼아 이웃과 두루두루 친하게 지내고, 환갑쯤 되었을 때 잔치를 벌이는데 잘나지도 못나지도 않은 자식들이 하나도 상하지 않고 모두 자라나 제 밥벌이를 하니, 잔칫날 동네 사람들이 모두 모여 술도 먹고 떡도 먹으며 축하를 하는…… 그런 삶.

어쩌면 평범이야말로 가장 구하기 힘든 비범인지라!

참고 도서

『고독을 잃어버린 시간』, 지그문트 바우만, 조은평·강지은 옮김, 동녘, 2012

『꼴통들과 뚜껑 안 열리고 토론하는 법』, 후베르트 슐라이허르트, 최훈 옮김, 뿌리와이파리, 2003

『광대한 여행』, 로렌 아이슬리, 김현구 옮김, 강, 2005

『끝과 시작』, 비스와바 쉼보르스카, 최성은 옮김, 문학과지성사, 2007

『남자의 탄생』, 전인권, 푸른숲, 2003

『내 영혼이 따뜻했던 날들』, 포리스트 카터, 조경숙 옮김, 아름드리미디어, 1998

『네 고통은 나뭇잎 하나 푸르게 하지 못한다』, 이성복, 문학동네, 2014

『노년』, 시몬 드 보부아르, 홍상희 옮김, 책세상, 2002

『눈먼 자들의 도시』, 주제 사라마구, 정영목 옮김, 해냄, 2002

『당신이 없으면 내가 없습니다』, 정호승, 해냄, 2014

『런던통신 1931~1935』, 버트런드 러셀, 송은경 옮김, 사회평론, 2011

『마더 테레사, 넘치는 사랑』, 오키 모리히로, 정창현·정호승 옮김, 해냄, 2013

『밤이 선생이다』, 황현산, 난다, 2016

『불안의 서』, 페르난도 페소아, 배수아 옮김, 봄날의책, 2014

『"살아가겠다"』, 고병권, 삶창, 2014

『새벽의 약속』, 로맹 가리, 심민화 옮김, 문학과지성사, 2007

『소립자』, 미셸 우엘벡, 이세욱 옮김, 열린책들, 2009

『스밀라의 눈에 대한 감각』, 페터 회, 박현주 옮김, 마음산책, 2005

『여자가 겪는 인생의 사계절』, 대니얼 J. 레빈슨, 김애순 옮김, 이화여자대학교출판부, 2004

『역사의 연구』, 아널드 조셉 토인비, 홍사중 옮김, 동서문화사, 2007

『외면일기』, 미셸 투르니에, 김화영 옮김, 현대문학, 2004

『이것은 왜 청춘이 아니란 말인가』, 엄기호, 푸른숲, 2010

『이것이 인간인가』, 프리모 레비, 이현경 옮김, 돌베개, 2007

『인문학을 위한 한문 강의』, 김영, 청아출판사, 2013

『책으로 천년을 사는 방법』, 움베르토 에코, 김운찬 옮김, 열린책들, 2009

빛나는 말
가만한 생각

초판 1쇄 발행 2017년 11월 20일   초판 2쇄 발행 2018년 4월 16일

지은이 김별아
펴낸이 연준혁

출판 1본부 이사 김은주
출판 7분사 분사장 최유연
편집 김소연
디자인 하은혜

펴낸곳 (주)위즈덤하우스 미디어그룹   출판등록 2000년 5월 23일 제13-1071호
주소 경기도 고양시 일산동구 정발산로 43-20 센트럴프라자 6층
전화 031)936-4000   팩스 031)903-3893
홈페이지 www.wisdomhouse.co.kr

© 김별아, 2017

값 15,000원
ISBN 978-89-5913-507-3 03810

국립중앙도서관 출판시도서목록(CIP)

빛나는 말 가만한 생각 / 김별아 지음.
— [고양] : 예담, 2017
p. ;   cm

ISBN 978-89-5913-507-3 03810 : ₩15000

수기(글)[手記]

818-KDC6
895.785-DDC23   CIP2017028552